Atilla Vuran
Gunnar Seide

# Mensch Professor

Atilla Vuran
Gunnar Seide

# Mensch Professor

Bibliografische Information der Deutschen Nationalbibliothek
Die Deutsche Nationalbibliothek verzeichnet diese Publikation in der Deutschen Nationalbibliografie; detaillierte bibliografische Informationen sind im Internet über http://dnb.d-nb.de abrufbar.

ISBN 978-3-7664-9953-0
Im Vertrieb von: Jünger Medien Verlag + Burckhardthaus-Laetare GmbH, Offenbach

Lektorat: Anja Hilgarth, Herzogenaurach
Überarbeitung der Geschichte: Alexander Natter, Wendelstein
Umschlaggestaltung: Martin Zech Design, Bremen, www.martinzech.de
Autorenfotos: Foto Danner e.K., Jestetten
Satz und Layout: ZeroSoft, Timisoara
Druck und Bindung: Salzland Druck, Staßfurt

1. Auflage 2018
www.mensch-professor.de

# 1. Kapitel

„Entschuldigen Sie, aber sind Sie nicht ... sind Sie nicht Professor Max Urban? *Der* Professor Urban? Der berühmte Physiker?", fragte der Taxifahrer erstaunt. „Ich weiß zwar nicht genau, was Sie mit ‚DER' meinen, aber ich heiße Max Urban, ja!", antwortete Max Urban. Er saß auf dem Rücksitz des Taxis. Genau so, dass er den Gesichtsausdruck des dunkelhaarigen Fahrers im Rückspiegel sehen konnte. Der drückte eine Mischung aus Freude, Anerkennung und Bewunderung aus. Verständlich, denn Max Urban war nicht nur über viele Jahre Inhaber des Lehrstuhls für Physik an der Ferdinand-von-Kohlheim-Universität in Nürnberg, kurz FKU genannt, gewesen. Vielmehr war er eine Koryphäe auf seinem Gebiet mit einer Reputation, um die ihn viele Kollegen nur beneiden konnten. Sein Ruf in der Fachwelt war grandios und reichte weit über die Grenzen Deutschlands hinaus. Max Urbans Forschungsarbeiten wurden in aller Welt mit großem Interesse verfolgt. Überall, wo er auftrat, waren die Säle voll. Und wo er hinkam, schlug ihm eine Welle der Sympathie entgegen.

„Ich habe schon viel von Ihnen gehört, Herr Professor Urban!"

„Wirklich?"

„Ja, von meiner Tochter!", antwortete der Fahrer stolz. „Sie studiert nämlich hier an der Ferdinand-von-Kohlheim-Universität. Physik!"

„In welchem Semester?"

„Das weiß ich gar nicht so genau. Ich kenne mich mit diesen Semestern nicht aus. Barbara studiert nun seit einem knappen Jahr."

„Dann ist sie im zweiten Semester! Damit hat sie deutlich nach meiner Zeit dort begonnen. Seit mehr als sechs Jahren bin ich nicht mehr hier gewesen", meinte Urban und schaute etwas wehmütig aus dem Fenster. Das Taxi bog gerade um die Ecke und nun konnte man die Uni schon sehen.

„Das weiß ich!", sagte der Taxifahrer. „Meine Tochter hat es mir erzählt. In der Uni wird wohl viel darüber gesprochen. Eine tragische Geschichte, wirklich. Das tut mir leid für Sie!"

„Das braucht es nicht!", antwortete Max Urban. Er hasste es, bedauert zu werden. „Mir geht es gut!"

„Das freut mich!", meinte der Taxifahrer, als er in die Parkbucht vor dem Eingang der Uni fuhr. Während Max Urban sein Kleingeld zusammensuchte, das er loswerden wollte, erzählte der Taxifahrer von den vielen Neuerungen hier an der Uni, von denen ihm seine Tochter berichtet hatte. Max Urban aber hörte ihm gar nicht richtig zu. Genau genommen interessierte ihn das alles auch nicht. Schließlich hatte Urban sein halbes Leben und nahezu seine ganze wissenschaftliche Karriere hier verbracht. Wenn einer die Ferdinand-von-Kohlheim-Universität in Nürnberg kannte wie seine Westentasche, dann er. Was sollten die denn schon groß erneuert haben? Gut, die Fassade vielleicht. Das Gebäude war damals ja schon eine alte Bruchbude gewesen. Also ging alles, was der redselige Taxifahrer von sich gab, zu einem Ohr Urbans hinein und postwendend zum anderen wieder hinaus. Ein Fehler! Zu diesem Zeitpunkt ahnte Max Urban noch nicht, dass er im Laufe der nächsten Stunden sein blaues Wunder erleben würde.

„Stimmt so!", sagte Urban und drückte dem Taxifahrer alles an Kleingeld in die Hand, was er in seiner Geldbörse gefunden hatte. Dieser bedankte sich und wünschte ihm einen schönen und ereignisreichen Tag. Das Grinsen des Taxifahrers hätte manch ein Beobachter auch als schelmisch, vielleicht sogar als schadenfroh bezeichnen können. So als wüsste er bereits, welche Überraschungen auf den Professor an diesem Vormittag warteten.

Max Urban stand vor seiner alten Wirkungsstätte. Zugegeben: Er war etwas nervös und hatte gehöriges Lampenfieber. Und er war überrascht: Die Fassade der Universität war tatsächlich neu verputzt worden und sah einfach toll aus. Die Fenster hatte Urban viel kleiner und vor allem älter in Erinnerung. Ja, die hatten da ganz neue, moderne und vor allem größere Fenster eingesetzt. Max Urban erinnerte sich noch gut, wie er an manchen Tagen, wenn es draußen düster war, den ganzen Tag das Licht brennen lassen musste, weil kaum Tageslicht durch die winzigen Butzenscheiben fiel. Ach, und der alte Anbau aus der Zeit des Nationalsozialismus, Max Urban stets ein Dorn im Auge, war weg. Da stand nun ein hypermoderner Glaskomplex mit einem gläsernen Aufzug. Fasziniert und erstaunt beobachtete Urban, wie eine Kabine mit fünf jungen Leuten langsam nach oben fuhr. Damals, vor vielen Jahren, war er es gewesen, der die Idee gehabt hatte, den alten Anbau abzureißen und etwas Neues zu bauen. Etwas, das der Uni und vor allem den Studierenden Vorteile brachte. Urban war mit dieser Idee damals offene Türen eingerannt und die Stadt Nürnberg hatte sogar zugesagt, den Umbau zu finanzieren. Aber irgendwie, erinnerte sich Urban, waren nie wirklich Nägel mit Köpfen gemacht worden. Immer war irgendetwas dazwischengekommen. Und dann war die ganze Sache irgendwann im Sande verlaufen.

„Nein so was! Der Professor Urban!", riss ihn eine ihm bekannte männliche Stimme aus seinen Gedanken. Er drehte sich um und sah Frank Dutschke auf sich zustürmen. „Welch eine Freude, Sie zu sehen! Warten Sie, ich helfe Ihnen!" Frank Dutschke, ein kräftiger und ziemlich sportlich wirkender älterer Herr um die sechzig, fasste Urban am rechten Arm. So wie man das macht, um einem gebrechlichen Menschen beim Erklimmen einer Treppe zu helfen.

„Was soll denn das, Dutschke?", zischte Urban barsch und wehrte Dutschke ab. „Ich bin doch kein Invalide. Ich kann selbst laufen!"

Frank Dutschke ging einen halben Schritt zurück. „Entschuldigung, Herr Professor! Ich wollte Ihnen nur helfen. Meine Güte, Sie habe ich ja eine gefühlte Ewigkeit nicht mehr gesehen. Wie geht es Ihnen denn?"

„Danke!", antwortete Max Urban knapp. „Mir geht es gut. Und Ihnen?"

„Alles bestens, Herr Professor!"

Urban musterte Dutschke und machte ein anerkennendes Gesicht. „Das sieht man Ihnen an. Sie haben abgenommen, nicht wahr?"

„Ja, Herr Professor. Zehn Kilo!", antwortete Dutschke stolz und erzählte Urban, dass er bereits vor Jahren seinen Lebensstil drastisch geändert habe. Er hatte seine Ernährung umgestellt, aß nun viel weniger Fleisch und hatte mit dem Nordic Walking begonnen. „Heute laufe ich mindestens dreimal die Woche."

„Aha!", antwortete Urban beeindruckt. Er konnte sich noch gut erinnern: Früher war Dutschke zwar nicht dick, aber doch gut genährt gewesen. Mit einem untersetzten und ziemlich träge wirkenden Äußeren. So wie er selbst. Genau das Gegenteil von dem gepflegten, sportlichen Mann, der in diesem Moment vor Max Urban stand. Und der dunkelblaue Arbeitsanzug von einem bekannten Markenhersteller für Berufskleidung, den Dutschke trug, wirkte überaus zweckmäßig und hatte einen Hauch von praktischer Eleganz.

„Ich wurde gar nicht informiert, dass Sie uns heute besuchen."

„Das war ein spontaner Entschluss von mir", meinte Urban. Er wunderte sich, dass Frank Dutschke dies monierte. Normalerweise informierte die Leitung einer Universität doch nicht den Hausmeister, wenn sie Gäste zu einer Veranstaltung einlud. „Zu Hause fällt mir einfach die Decke auf den Kopf. Und da ich demnächst hier zu einem Kolloquium eingeladen bin, konnte ich die Vorbesprechung dafür ganz gut mit einem Besuch in meiner alten Arbeitsstätte verbinden."

Wahrhaftig, das war ganz und gar nicht gelogen. Nach seiner Genesung und den anschließenden Weltreisen saß Urban seit einem halben Jahr zu Hause herum und versuchte sich irgendwie zu beschäftigen. Aber Rasen mähen, spazierengehen, Ausflüge machen und andere diverse Beschäftigungsmaßnahmen befriedigten ihn selbstverständlich nicht. Für ihn, einen Wissenschafter durch und durch, einen Mann, der in seiner Arbeit aufgegangen und für den Physik nicht nur ein Beruf, sondern ein Lebensinhalt war, mutete das Frührentnerdasein wie Einzelhaft an.

„Eine sehr gute Idee!", erwiderte Frank Dutschke und musterte Urban von Kopf bis Fuß. Dann bemerkte er mit einem amüsierten und etwas abfälligen Lächeln: „Wie ich sehe, haben Sie sich kaum verändert. Immer noch genauso chic wie früher."

Natürlich war das eine gezielte Anspielung auf Urbans Standardkleidung: Unter dem dunkelgrauen Wollmantel trug er ein kariertes

Flanellhemd und ausgewaschene Jeans. In Farben, die nicht wirklich dem aktuellen Modetrend entsprachen. Dazu schwarze Halbschuhe mit Klettverschluss und dicker Komfortsohle, für die außer ihrer Bequemlichkeit nun wirklich gar nichts sprach. So hatte man ihn auch früher gekannt, hier an der Uni. Das Haar des mittlerweile Ende 50-Jährigen war dunkelblond, aber schon ziemlich grau meliert. Und: Nicht gekämmt. Auch dafür war er schon früher bekannt gewesen. Max Urban hatte schon immer ausgesehen, als habe er verschlafen und sei gerade erst aufgestanden. Allüren? Fehlanzeige! Max Urban hatte das nicht nötig. Er war stets „einer von uns" gewesen. So beschrieben ihn diejenigen, mit denen er nicht unbedingt beruflich zu tun hatte. Vor allem, wenn sie nicht wussten, welch wissenschaftliches Großkaliber da vor ihnen stand. Professor Urban machte nur wenig bis gar nichts aus sich, seiner Person und seinem Status. Dazu passte seine Kleidung! Wer ihn zum ersten Mal zu Gesicht bekam, dachte keineswegs, dass da ein Universitätsprofessor von Weltrang vor ihm stand. Damals, als die Urbans ihr Einfamilienhaus in dem kleinen Ort vor den Toren Nürnbergs bezogen, dachten die Nachbarn, er sei Verkäufer in einem Baumarkt.

„Kommen Sie, Herr Professor, ich begleite Sie."

„Nein, lassen Sie nur, Dutschke!", winkte Urban ab. „Sie haben doch sicher eine Menge zu tun!"

„Nein, nein, Herr Professor, das ist kein Problem! Das kann ich auch meinen Corpas machen lassen!"

„Ihren was?"

„Meinen Corpas!", antwortete Dutschke selbstbewusst. „Mein Corporate Assistent. Stefan Deiniger! Wir nennen unsere Assistenten nur Corpas."

„Aha!", entfuhr es Max Urban wieder und er wunderte sich nicht schlecht, als er hörte, dass der Hausmeister jetzt einen Assistenten hatte.

„Für Sie nehme ich mir gerne Zeit und zeige Ihnen alles!"

„Zeigen?", fragte Urban bissig. „Darf ich Sie daran erinnern, dass ich ein Vierteljahrhundert in dieser Universität dem Fortschritt und der Wissenschaft gedient habe? Ich denke nicht, dass ich einen Fremdenführer brauche. Aufs Klo muss ich gerade nicht, und wo die Sicherungskästen sind, interessiert mich nicht wirklich! Außerdem sollte sich der Hausmeister um diese Zeit doch in der Nähe der Hörsäle befinden. Für den Fall, dass man ihn für die Technik braucht."

Frank Dutschke lachte lauthals und antwortete: „Immer noch der alte Professor Urban. Es ist wirklich besser, wenn ich Sie begleite. Glauben Sie mir das einfach. Hier ist nichts mehr so, wie es einmal war. Die Zeiten haben sich geändert." Und wieder lachte Frank Dutschke. Diesmal amüsiert, nett und verständnisvoll. „Aber ich befürchte, Sie haben sich nicht geändert."

„Was soll das denn heißen?", fragte Urban noch eine Spur bissiger.

„Hausmeister gibt es hier nicht mehr!", erklärte Frank Dutschke, ohne sich beleidigt zu fühlen, griff an das linke Revers seiner blauen Jacke und machte mit der anderen Hand Max Urban auf das gestickte Logo aufmerksam. Urban las.

„Facility Manager?"

„Yep!", antwortete Dutschke. „Das Facility Management managt jetzt die gesamte Verwaltung der Liegenschaften und die benötigten Dienstleistungen an der FKU. Wir sind untergliedert in fünf Bereiche und kümmern uns um alles im Haus, was nicht zu den jeweiligen wissenschaftlichen Bereichen gehört. So ist gewährleistet, dass sich jedes Institut und letztlich jeder einzelne Mitarbeiter auf das konzentrieren kann, was das eigentliche Aufgabengebiet ist: gute Forschung und Lehre."

„Oh, das ist ja …" Urban verlor den Faden. Ihm fehlten glatt die Worte. Hatte er das richtig gehört? Dem wissenschaftlichen Bereich wurden alle administrativen Dinge abgenommen, sodass sich jeder nur auf seine Sache konzentrieren konnte. „… vorbildlich!"

„Ich leite mittlerweile den technischen Support", erklärte Dutschke.

„Klingt professionell! Und was macht dieser technische Support?"

„Wir sorgen dafür, dass jedes Gerät hier an der Uni, jeder Computer, jeder Laptop, jeder Beamer, jeder Versuchsaufbau, jedes Messgerät, also alles, was Wissenschaftler und Studierende benötigen und benutzen, stets einwandfrei läuft und jeder damit perfekt zurechtkommt."

„Dafür sind Sie der Richtige, Dutschke“, bestätigte Urban. „Das weiß ich noch aus meiner Zeit. Wenn Sie was gebaut haben, dann hat das auch funktioniert.“

„Guten Morgen, Herr Dutschke!“, rief eine Stimme und Frank Dutschke drehte sich um. Ein eleganter Herr mittleren Alters hatte ihn begrüßt.

„Morgen, Herr Müller!“, erwiderte Dutschke. „Die neuen Tastaturen sind bereits angeschlossen!“

„Perfekt!“, rief Daniel Müller. Man sah ihm deutlich an, wie er sich über diese Nachricht freute.

„Das war Herr Müller“, erklärte Dutschke Urban überflüssigerweise. „Er leitet unsere Ghostwriter-Abteilung und hat neue Tastaturen bekommen. So flache, mit denen man schneller schreiben kann.“

„Ghostwriter-Abteilung?“, fragte Urban erstaunt.

„Ja, die haben wir schon seit knapp vier Jahren. Die Leute dort kümmern sich um alles Schriftliche hier im Haus. Presseerklärungen, Lehrmaterialien und so weiter. Ein Teil von denen betreut die einzelnen Fakultäten. Unterstützt zum Beispiel Studierende bei ihren Facharbeiten oder Doktoranden bei ihren Dissertationen. Die bringen ihnen bei, wie man ordentlich formuliert, Texte gliedert und so was. Uns nehmen die Ghostwriter natürlich auch den ganzen Schreibkram ab und für die Wissenschaftler schreiben sie z. B. Berichte oder Fachbücher.“

„Was Sie nicht sagen.“ Max Urban zweifelte langsam, ob er überhaupt in der richtigen Einrichtung war.

„Unsere Ghostwriter bringen den Wissenschaftlern bei, wie man alles das, was sie wissen und forschen, auch ordentlich formuliert und kommuniziert“, erklärte Dutschke. „Früher mussten sich die Professoren selbst darum kümmern. Hatten dafür aber kaum Zeit. Aber das wissen Sie noch besser als ich, oder, Herr Professor?“

„Was? Ich? Äh … Ja, natürlich, Dutschke. Natürlich weiß ich das!“

„Dr. Gerke hat das durchgesetzt!“

„Gerke?“ Der Name traf Urban wie ein eiskalter Blitz und ging ihm durch Mark und Bein. Das bemerkte wohl auch Frank Dutschke.

„Ja! Dr. Raphael Gerke!", wiederholte Dutschke dennoch. „Sie erinnern sich doch an ihn, nicht wahr?"

Und ob sich Max Urban erinnerte. Raphael Gerke war so etwas wie sein Ziehkind, sein Lieblings-Doktorand gewesen. Hochtalentiert und in Urbans Augen ein vorbildlicher Wissenschaftler. Gerke war als designierter Nachfolger Urbans für den Lehrstuhl gehandelt worden. Alles war mehr als perfekt gelaufen. Der Professor und der Doktorand hatten sich blendend verstanden. Fachlich sowieso, und auch menschlich. Doch dann war diese Beziehung in einer mittleren Katastrophe geendet. Warum es so weit hatte kommen müssen, war Max Urban bis heute ein Rätsel. Es hatte wohl einfach nicht funktioniert. Und dann war da dieser leidvolle Donnerstag gewesen. Der Super-Gau! Urban war nie wirklich darüber hinweggekommen, hatte immer wieder nach dem Grund für das Zerwürfnis gesucht, das auch ihn fertig gemacht, sein Leben und seine Karriere entscheidend verändert hatte. Leider zum Schlechten!

„Natürlich erinnere ich mich an Raphael Gerke", antwortete Urban leichthin. „Schlimme Sache damals! Ist er denn wieder hier?"

„Ja, Gerke ist wieder da!", antwortete Dutschke. „Ein gutes halbes Jahr, nachdem Sie weg waren, kam er zurück. Ihre Nachfolgerin, Frau Professor Steiner, hat ihn geholt. Gerke habilitiert gerade und ist Steiners rechte Hand. Wie bei Ihnen damals! Und er engagiert sich vehement für die gesamte Universität. Ist in vielen Gremien und hat viel verändert, der Dr. Gerke. So, und jetzt kommen Sie, Herr Professor!"

„Steiner, soso!", murmelte Urban nur und folgte Dutschke. Der begleitete Max Urban bei seinem Weg zu der überdimensional großen Drehtür, dem neuen Eingang der Uni. Die hatte etwa sechs bis acht Meter Durchmesser und drehte sich ganz langsam. Solche Drehtüren zieren meist die Eingänge großer Einkaufszentren. Dieses Ding beeindruckte Max Urban. Früher, erinnerte er sich, war da eine ganz normale Doppel-Flügeltür aus uraltem, schwerem Holz gewesen. Zwar auch recht groß, aber nicht so ein Monster wie das hier. Kurz vor der Drehtür blieb Dutschke stehen und zeigte auf den neuen Glasanbau der Uni.

„Diesen Anbau haben wir auch Gerke zu verdanken!"

„Wirklich?“

„Ja. Der wird übrigens in zwei Monaten eingeweiht. Und wissen Sie was? Unser Glasbau soll Ihren Namen tragen. Zumindest, wenn es nach Gerke geht.“

Urban traute seinen Ohren nicht. „Meinen Namen?“

„Ja!“, bestätigte Dutschke. „Gerke sagte mal zu mir, dass das ursprünglich Ihre Idee war. Deswegen habe er sich bei Präsidium, Senat und der Stadt dafür stark gemacht, dass dieser Anbau nach Ihnen benannt werden soll. Stimmt das? Ich meine, das mit der Idee?“

„Ja“, antwortete Max Urban, ging aber nicht näher darauf ein. Ihn überkam gerade ein schwer zu beschreibender Gefühlsmix. Eine Mischung aus Scham, Freude, Glück, Stolz und Anerkennung. Letzteres für Dr. Gerke. „Das mit der Idee stimmt wirklich.“

„In diesem Glaspalast sind jetzt unsere Personal Development Areas untergebracht“, sagte Dutschke.

„Was für Dinger?“

„Personal Development Areas!“, wiederholte Dutschke und lachte. „Das sind die Bereiche, ‚Areas‘, wie wir sie nennen, in denen wir unsere Studierenden, Doktoranden, Habilitanden, Professoren, aber auch die Mitarbeiter der nicht-wissenschaftlichen Gebiete schulen und ihnen helfen, sich bestmöglich zu entwickeln. Ich sagte doch: Es hat sich viel verändert, seit Sie nicht mehr da sind! Ich sehe schon, Herr Professor, Sie brauchen doch jemanden, der Sie da durchführt und Ihnen alles zeigt.“

* * *

Die Tür zu dem kleinen Büro flog auf und eine junge, etwas mollige Frau mit einer runden Nickelbrille auf der Nase schneite herein. „Herr Dr. Gerke, Sie werden es nicht glauben!“

„Wie wäre es mit Anklopfen?“, fragte Raphael Gerke trocken. Der gut aussehende Physiker mit dem südländischen Teint sah mürrisch auf, denn er war gerade in Unterlagen vertieft gewesen, aus denen er einfach nicht schlau wurde.

„Entschuldigung, Herr Dr. Gerke, aber das müssen Sie aus erster Hand vor mir erfahren“, meinte die junge Frau leicht atemlos und schloss die Tür hinter sich. Gerke seufzte leise. Er kannte die Studentin Sabine Bauer nur allzu gut, schließlich betreute er sie. Sie war sehr wissbegierig und vor allem neugierig und verteilte Klatsch und Tratsch gerne und ausführlich an jeden.

„Na, dann schießen Sie mal los, Sabine!“, sagte Gerke resigniert und lehnte sich in seinem Bürosessel bequem zurück. Er wusste, das konnte jetzt dauern. „Was gibt es denn so Wichtiges?“

„Sie haben mir vorgestern von Ihrem früheren Doktorvater erzählt, von Professor Urban.“

„Ja und?“

„Der ist im Haus!“

„Was?“ Gerke traf fast der Schlag. Binnen eines Sekundenbruchteils sprang er aus seiner lässigen Sitzposition auf. „Urban ist hier? Sind Sie sicher?“

„Das hat mir gerade der alte Bernbacher von der Verwaltung erzählt. Er hat ihn unten vor dem Eingang mit Dutschke stehen sehen.“

Gerke eilte zum Fenster und spähte nach unten. Doch von seinem Bürofenster aus konnte man nur einen kleinen Bereich des Eingangs überblicken. Und da war weit und breit kein Urban zu sehen.

„Danke, Sabine!“, sagte Dr. Gerke und streifte mit der rechten Hand mehrmals über seinen gepflegten Dreitagebart. Das machte er immer, wenn er nervös, besorgt, sehr konzentriert oder anderweitig erregt war. Abgesehen davon ließ es sich der junge Physiker nicht anmerken, dass ihn diese Nachricht innerlich aufwühlte. Er setzte sich betont ruhig wieder an seinen Schreibtisch und tat so, als wolle er sich wieder seinem Aktenstudium widmen. Doch Sabine Bauer wollte sich so schnell nicht abschütteln lassen und sah Gerke erwartungsvoll an.

„Soll ich vielleicht für Sie in Erfahrung bringen, wo sich Professor Urban im Haus aufhält?“, fragte die Studentin eifrig.

„Nein danke, Sabine“, antwortete Gerke. „Das ist nicht nötig.“

„Vielleicht wollen Sie ihn ja begrüßen“, fuhr die Studentin unbeirrt fort und es hatte den Anschein, als platze die junge Frau gleich vor lauter Neugierde und Erwartung.

„Nein, das will ich nicht!"

„Es ist in der Fakultät doch ein offenes Geheimnis, dass Sie zu Professor Urban ein besonderes Verhältnis hatten. Deswegen haben Sie doch auch angeregt, dass ..."

„Ich sagte nein!", fiel Gerke der Studentin jetzt barsch ins Wort. Gleich darauf hatte er sich wieder im Griff und setzte hinzu: „Danke Sabine, aber ich habe zu tun. Und jetzt schließen Sie bitte die Tür hinter sich."

Die Studentin hatte endlich verstanden und verließ enttäuscht den Raum, nicht ohne die Tür demonstrativ schwungvoll hinter sich zu schließen. Sofort stand Raphael Gerke wieder auf und ging nervös im Zimmer auf und ab. Die Tatsache, dass sein früherer Doktorvater plötzlich hier aufgekreuzt war, beschäftigte ihn so sehr, dass er sich nicht mehr auf seine Arbeit konzentrieren konnte. Etwas mehr als sechs Jahre lag er schon zurück, jener „schwarze Donnerstag", wie er ihn für sich nannte, und die schlimmste Phase seines noch jungen Lebens, dem er beinahe selbst ein Ende gesetzt hätte. Anfangs hatte er seinen Doktorvater noch gehasst, hatte ihn für alles verantwortlich gemacht. Anfangs ... Gerke sah aus dem Fenster. Einfach so, mit leerem Blick und ohne Ziel. Dann kamen einige Rückblenden und Erinnerungen hoch. Gute, und leider auch unschöne.

Als Max Urban hinter Frank Dutschke durch die große Glastür das Foyer betrat, schaute er sich staunend um. „Donnerwetter", dachte er beeindruckt, „hier hat sich ja wirklich einiges verändert." Das letzte Mal, als Urban das Foyer der Ferdinand-von-Kohlheim-Universität von innen gesehen hatte, war hier alles noch düster und grau in grau gewesen. Und jetzt stand er in einer hellen, freundlichen, von Licht durchfluteten Halle. Wo früher die uralten Kronleuchter von der vergilbten Decke hingen, sorgte jetzt eine große Glaskuppel dafür, dass das Sonnenlicht hereinscheinen konnte. Entsprechend hell war es auch. Und dann dieser elegante, glänzende Boden aus grauem Marmor ... Einfach toll sah das aus. Max Urban war hin und weg und bemerkte gar nicht, dass Frank Dutschke ihn etwas fragte.

„Herr Professor, ich habe Sie was gefragt!“, wiederholte Dutschke energisch und blieb demonstrativ stehen. Max Urban ging alleine noch ein paar Schritte weiter und konnte sich nicht sattsehen an diesem einladenden Foyer, das mehr an die Empfangshalle einer Großbank erinnerte als an eine Universität.

„Was denn?“, antwortete Urban abwesend, als er bemerkte, dass Dutschke ihm nicht mehr folgte. Gerade faszinierten ihn die durchsichtigen Aufzüge.

„Aus welchem Grund sind Sie heute hier?“

„Ja!“, antwortete Urban, ohne den Facility Manager dabei anzusehen. Er war auch geistig überhaupt nicht bei seinem Gesprächspartner. Diese Aufzüge und das Innenleben des Glasanbaus interessierten ihn viel mehr. „Sagen Sie mal Dutschke, wie viele Personen gehen denn in so eine Gondel rein?“

Frank Dutschke antwortete nicht. Er stand einfach nur da und schaute Max Urban fragend an. Nach einer Weile wandte sich Urban zu ihm.

„Wie viele Leute passen denn nun in so eine Aufzuggondel, Dutschke?“, wiederholte er. Doch Frank Dutschke gab erneut keine Antwort und schaute Urban nur mit einem freundlichen Lächeln an, sodass sich dieser auf den Arm genommen fühlte. „Herr Dutschke? Habe ich mich unverständlich ausgedrückt?“

„Habe ich mich unverständlich ausgedrückt, Herr Professor?“

„Wie meinen Sie das?“, fragte Urban verblüfft. Er wusste wirklich nicht, wie er das Verhalten Dutschkes interpretieren sollte. „Ich habe Sie doch nur etwas gefragt.“

„Ich habe Sie auch etwas gefragt“, konterte Dutschke ruhig und mit dem gleichen weichen, freundlichen Lächeln auf seinem Gesicht. „Und keine Antwort bekommen!“

Urban schaute den früheren Hausmeister an und dachte kurz nach. „Ja, der hat wirklich was gefragt“, fiel ihm ein. Aber was? Urban hatte es vergessen. Oder richtig formuliert: Er hatte es gar nicht zur Kenntnis genommen.

„Lieber Herr Professor Urban!“, fuhr Dutschke fort und hörte sich dabei an wie ein Lehrer. Es fehlte nur noch der erhobene Finger. „Sie haben mir wieder nicht zugehört!“

Urban schaute Dutschke fragend an. „Was meinen Sie damit?“, wollte er wissen.

„Das war schon früher so typisch für Sie!“, erinnerte sich Dutschke. „Wissen Sie noch ... Ihr letzter Arbeitstag, dieser Donnerstag?“

Und ob Urban das wusste. Sofort wurde er von seinen Erinnerungen eingeholt. Sie sorgten für ein schlechtes, drückendes Gefühl in der Herzgegend. Eine Mischung aus schlimmer Erinnerung und Angst. Ja, das war der Tag gewesen, bevor er zusammengebrochen war.

„Ich habe diesen Tag nicht vergessen!“, sagte Dutschke. „Damals habe ich in einem der alten Hörsäle einen neuen Projektor installiert. Vor Ihrer Vorlesung wollte ich Ihnen die technischen Details dazu erläutern. Aber Sie haben mir – wie immer – nicht zugehört. Und dann ..., ja dann haben Sie Ihre Vorlesung gehalten und nicht gecheckt, wie der neue Projektor funktioniert.“

Max Urban erinnerte sich. Zwar nicht an dieses Detail mit dem Projektor, aber an besagten Donnerstag und den darauffolgenden Freitag. Keine angenehme Erinnerung. „Burnout“, hatten die Ärzte damals diagnostiziert.

„Daran, dass Sie mir den neuen Projektor erklärt haben, kann ich mich nicht mehr erinnern!“, gab Urban dann auch ehrlich zu. „Verzeihen Sie, Dutschke. Ich glaube, da habe ich tatsächlich nicht zugehört. Damals wie heute. Was wollten Sie wissen?“

„Ich habe Sie gefragt, welchen Grund Ihr heutiger Besuch hat.“

„Nun“, antwortete Urban, „Professor Mayr hat mich für ein Kolloquium eingeladen.“

„Mayr! Ach ja, das ist der Neue am Institut für Theoretische Physik. Haben Sie denn einen Termin mit ihm?“

„Ja! Um halb zwölf!“

„Oh, das ist aber schlecht“, meinte Dutschke.

„Warum ist das schlecht?“

„Weil sich Professor Mayr heute früh krankgemeldet hat. Grippe! Hat das Sekretariat den Termin denn nicht abgesagt?“, wunderte sich Dutschke.

„Nein!“

„Dann wird wohl einer seiner Assistenten den Termin für ihn wahrnehmen“, überlegte Dutschke und fügte hinzu: „Zu Ihrer Frage, Herr Professor: In so eine Kabine passen acht bis zehn Leute rein. Vorausgesetzt, die sind nicht zu dick!“

Die beiden Männer gingen weiter durch das helle große Foyer. Je weiter sie in das Innere der Universität kamen, desto besser konnte man das Innenleben des Glasanbaus erkennen. Wie die gesamte Uni hatte er insgesamt vier Stockwerke, die allesamt über diese faszinierenden Aufzüge oder aber durch ein innenliegendes Treppenhaus erreichbar waren. Max Urban staunte nicht schlecht. Das alles wirkte auf ihn ziemlich futuristisch und hatte so gut wie gar nichts mehr mit der Uni zu tun, die er von früher kannte.

„Darf ich Ihnen erst einmal einen Kaffee anbieten, Herr Professor?“, fragte Dutschke. „Es ist ja noch früh. Dann sehen Sie gleich einmal unser neues Bistro-Restaurant. Anschließend führe ich Sie durch unsere PDAs. Einverstanden?“

„Was für Dinger?“

„PDAs!“, wiederholte Dutschke. „Das ist die Abkürzung für die Personal Development Areas.“

„Ach so!“ Urban hatte nichts dagegen, und zu einem frischen Kaffee sagte er nie nein. Und so ging er mit dem Facility Manager den langen Gang entlang, an dessen Ende sich früher die Mensa befunden hatte. Auf der rechten Seite lag der Zugang zum Auditorium Maximum, dem repräsentativen großen Hörsaal der FKU. Der Hörsaal befand sich immer noch hier, wenngleich er einen neuen Eingang bekommen hatte. Die frühere Mensa ähnelte aber viel mehr einem großen Restaurant, so wie man es beispielsweise von großen Möbelhäusern kennt. Modern, freundlich und alles hell beleuchtet. Mit einem großen Buffet, das nahezu alles bot, was das Herz begehrte. Kein Vergleich zu der trostlosen Mensa, die Urban noch kannte. Hier bekam man allein schon vom Hinschauen Appetit. Um diese Zeit am Morgen war natürlich nicht viel los und die 800 Plätze waren nahezu leer. Nur vereinzelt saßen ein paar junge Leute an den Tischen. Urban war begeistert und steuerte gleich auf die Abteilung des Buffets zu, an der es die süßeren Köstlichkeiten gab.

Raphael Gerke saß wieder an seinem Schreibtisch und widmete sich dem Aktenstudium. Eine Arbeit, die nicht wirklich zu seinen Lieblingsbeschäftigungen gehörte. Aber seine Chefin, Frau Professor Steiner, hatte ihm eine Menge Papierarbeit zugeteilt, und die musste diese Woche unbedingt fertig werden. Da klingelte Gerkes Telefon.

„Ja, Gerke hier!", meldete er sich.

„Hallo Raphael, hier ist Micha", klang es vom anderen Ende der Leitung. Micha, das war Michael Schröder, ein Kollege. Auch Dr. Schröder gehörte zur Fakultät für Physik. Er war Assistent bei Professor Mayr. „Raphael, wir haben ein Problem und brauchen deine Hilfe."

„Wie kann ich euch denn helfen?", fragte Gerke und signalisierte seine Hilfsbereitschaft. Er wusste ja noch nicht, was sein Kollege von ihm wollte.

„Den Mayr hat die Grippe erwischt. Der hat sich heute früh krankgemeldet."

„Ach der Ärmste!", antwortete Gerke, stand auf und ging zum Fenster und schaute nach draußen. „Und was hat das mit mir zu tun?"

„Der hätte heute um halb zwölf einen Termin", erklärte Michael Schröder. „Es geht um die Einladung zum Kolloquium in zwei Wochen. Der Gastredner ist heute im Haus. Wegen der Vorbesprechung. Kannst du das übernehmen?"

„Ich bin aber nicht eingeweiht!", versuchte sich Gerke zu drücken.

„Macht nichts! Es geht nur um die Formalitäten. Termin, Uhrzeit, Dauer und so weiter. Ich bereite dir das alles vor. Ist keine große Sache und dauert auch nicht lange!"

Gerke überlegte einen Moment. Er hatte zwar eine Menge Aktenarbeit zu erledigen, aber eine halbe Stunde war schon drin. „Gut, ich mach das! Wer kommt da eigentlich?"

„Eine echte Koryphäe, kein Geringerer als Professor Max Urban! Danke, Raphael", sagte Schröder am anderen Ende der Leitung.

„Was?", entfuhr es Gerke. „Ich soll mit dem Urban sprechen? Micha, warte mal ..." Aber dieser hatte schon aufgelegt.

Der Aufenthalt im Bistro der Uni dauerte eine knappe halbe Stunde. Urban lobte den Geschmack des Kaffees und vor allem den der

Schokohörnchen, von denen er gleich zwei verdrückt hatte. Süße Sachen gehörten eindeutig zu den Schwächen des Professors. Das hatte wohl auch Frank Dutschke nicht vergessen und grinste, als Urban gierig seine Kalorienbomben verdrückte. Urban ignorierte das Grinsen, wischte sich die Hände an der Serviette ab und sah auf die Uhr. An sich hatte er noch gute zwei, ja sogar zweieinhalb Stunden Zeit bis zu seinem Termin. Urban war viel zu früh in die Uni gekommen, er hatte es einfach nicht mehr ausgehalten zu Hause.

„Ich würde sagen, Sie zeigen mir jetzt schnell mal diesen Glasbau", meinte Urban und war überzeugt, dass der Rundgang durch den Anbau in maximal 30 Minuten erledigt war.

„Schnell geht nicht, Herr Professor!", antwortete Dutschke mit einem amüsierten Lächeln.

„Ich will dort keine Wurzeln schlagen, sondern nur mal durchmarschieren und mir ansehen, was da so gebaut wurde."

„Das geht aber nicht schnell!," wiederholte der Facility Manager bestimmt.

„Dann schau ich mir die eben das nächste Mal an! Ich glaube nicht, dass ich etwas Weltbewegendes verpasse."

„Sie sollten sich die Zeit nehmen, Herr Professor. Wirklich!"

„Sprechen Sie nicht in Rätseln, Dutschke! Was ist denn dort so Wichtiges? Haben meine Nachfolger das Rad neu erfunden?"

„So ähnlich, Herr Professor, so ähnlich. Warten Sie es einfach ab."

Als die beiden Männer das Bistro verließen, gingen gerade zwei Damen mittleren Alters hinein. Es war jetzt kurz nach neun und langsam aber sicher füllte sich das Bistro-Restaurant. Eine ganz normale Zeit für die erste Kaffeepause und für viele auch das erste Frühstück.

„Professor Urban?", sprach ihn eine der beiden Damen an. Urban drehte sich um.

„Ja?"

„Wusste ich doch, dass Sie es sind. Ich habe Sie gleich erkannt!", sagte die Frau, die sich als Gisela Palluch vorstellte. Urban gab ihr artig die Hand, kannte sie aber überhaupt nicht. Frau Palluch erklärte, dass sie die Nachfolgerin von Silke Mönius war, Urbans früherer langjähriger Sekretärin. An die konnte er sich natürlich sehr gut erinnern. Fast 20 Jahre lang war Frau Mönius so etwas wie die gute Seele seines Lehrstuhls gewesen. Urban wurde ein bisschen wehmütig ums Herz, als er an seine tüchtige und stets hilfsbereite Sekretärin dachte.

„Es hat mich sehr gefreut, Frau Palluch", verabschiedete sich Urban und drückte der schlanken, braunhaarigen Dame in dem eleganten Kostüm fest die Hand. „Ich muss leider weiter!"

„Dann ist also deine jetzige Chefin die Nachfolgerin von Urban?", fragte Gisela Palluchs Begleiterin Sonja Bergmann. Die beiden hatten sich je einen Kaffee und ein Sandwich geholt und an einem der Tische im Bistro Platz genommen.

„Ja!", bestätigte Gisela Palluch. „Aber dem Urban kann die Steiner niemals das Wasser reichen."

„Echt nicht?", fragte Sonja Bergmann. Sie war ebenfalls Sekretärin. Von Professor Heimerl, dem Leiter des Instituts für Strafrecht der Ferdinand-von-Kohlheim-Universität.

„Nee ...!", bestätigte Gisela Palluch. „Urban war mehr als nur ein Lehrstuhlinhaber. Er war eine Koryphäe, den die gesamte Fachwelt bewundert hat. Als Wissenschaftler war er genial und ist es wahrscheinlich immer noch. Aber so als Chef und Führungsperson? Da hat er auf ganzer Linie versagt. Der hatte gewaltige Macken und hat meine Vorgängerin nicht nur einmal zur Weißglut gebracht."

„Womit zum Beispiel?", wollte Sonja Bergmann wissen und beugte sich ein bisschen vor, um auch alles genau mitzubekommen. Und schon plauderte Gisela Palluch aus dem Nähkästchen und gab weiter, was sie von ihrer Vorgängerin wusste. Auch ein paar Dinge, die nicht zum Weitererzählen bestimmt waren. Sie erzählte auch, dass Urban nichts organisieren konnte und total zerstreut war. Dass er zwar mit jedem reden und den Gesprächspartnern auch seine Aufmerksamkeit schenken konnte – zumindest gab er einem das Gefühl –, dass er das aber mit jedem so machte – und leider auch stets mit allen gleichzeitig. Sprachen ihn früher drei Studenten an, widmete er sich jedem von ihnen. Gleichzeitig! „Urban hörte nie richtig zu. Und kaum war ein Gespräch beendet, hatte er alles vergessen oder gar nicht erst registriert. Da drüben, unser neuer Glasanbau, das ist ein Paradebeispiel dafür. Silke Mönius erzählte mir, dass er wegen dieses Anbaus einmal das Fass im wahrsten Sinne des Wortes zum Überlaufen brachte. Das war an dem Tag, bevor Urban zusammenbrach!"

„Und was hat er so Schlimmes gemacht?", fragte Sonja Bergmann interessiert.

„Von der Mönius weiß ich, dass Urban die Idee zu diesem Bau hatte. Er hatte auch das Präsidium der Universität und sogar die Stadt Nürnberg davon überzeugen können. Aber dann schob er alles vor sich her. Irgendwas war für ihn immer wichtiger. Der Urban tanzte ständig auf mehreren Hochzeiten und wollte sich auch immer um alles selbst kümmern. Aber laut der Mönius sah er oft den Wald vor lauter Bäumen nicht mehr", erzählte Gisela Palluch.

„Ja und was ist dann bei dem Anbau-Projekt so richtig schiefgelaufen?", wollte Sonja Bergmann wissen und schaute schon ganz gespannt.

„Urban hat kurz vor knapp den entscheidenden Termin mit dem Bürgermeister platzen lassen und ihn versetzt!"

„Einfach so?"

„Einfach so!", wiederholte Gisela Palluch. „Das war dem schnurzegal! Er hatte halt keine Lust auf den Termin gehabt, oder grad keine Zeit. Weil vielleicht gerade ein Student bei einem Versuch nicht weiterkam. Irgendwas eben!" Gisela Palluch schüttelte den Kopf und lachte. „Zu Silke Mönius hat er nur gesagt, sie solle sich was einfallen lassen. Na ja, und dann ist die volle Kanne ausgerastet."

„Ist nicht dein Ernst!"

„Doch! Aber das war Urban live. Der war immer so! Hat zumindest die Mönius erzählt!", meinte Gisela Palluch. „Ja, ja ... Der Urban hat viele hier im wahrsten Sinne des Wortes wahnsinnig gemacht. Und sich selbst auch."

„Das ist ja spannend", sagte Sonja Bergmann und sah so fasziniert aus, als würde sie gerade einem Krimi-Hörspiel lauschen. „Und was meinst du mit wahnsinnig? Was ist mit ihm geschehen?"

„Das war alles an diesem ‚berüchtigten Donnerstag'", erklärte Gisela Palluch und kratzte die Reste ihres Sandwiches zusammen.

Dann schaute sie auf die Uhr und sprang auf. „Oh, so spät schon. Ich muss jetzt wieder los, Sonja. Das erzähl ich dir ein anderes Mal. Okay?"

Die beiden Frauen brachten eilig die Tabletts mit ihrem Geschirr zurück und verließen das Bistro. Unmittelbar hinter der Tür blieb Gisela Palluch stehen. Sie sah nach vorne, in Richtung Foyer. Dort standen Max Urban und Frank Dutschke ins Gespräch vertieft. „Das ist schon witzig", überlegte sie. „Wenn man es genau nimmt, dann war diese ganze Modernisierung ursprünglich Urbans Idee. Und dann hat er es selbst verbockt."

* * *

Max Urban staunte erneut, als er im Glasanbau stand. Er schaute nach oben. Durch die gläsernen Wände konnte man alles sehen, was sich im Inneren abspielte. Es ähnelte einem großen Puppen- oder Spielzeughaus, bei dem die vordere Wand offen war und Riesenkinder in jeden der Räume fassen konnten, um zu spielen. Urban war tief beeindruckt und dachte flüchtig zurück an die Zeit, als er sich mit der Idee der Modernisierung des Anbaus beschäftigt hatte. „Das ist ja echt beeindruckend!", sagte Urban dann auch zu Frank Dutschke, der neben ihm stand.

„Ja, da haben Sie verdammt recht, Herr Professor!", pflichtete ihm der Facility Manager bei und zeigte auf eine große, ebenfalls aus dickem Plexiglas bestehende Tafel. „Noch beeindruckender ist das Innenleben. Darum werden wir von vielen Universitäten beneidet."

Auf der Plexiglastafel standen insgesamt neun verschiedene Bezeichnungen für die einzelnen Areas. Ganz oben befand sich ein Schild, auf dem kein Name stand. Dieses war sogar etwas größer als alle anderen.

„Was kommt da oben rein?", wollte Urban wissen.

„Der Name, den dieser Bau bekommen soll. Also Ihr Name, Herr Professor!"

Urban kommentierte das nicht, er wusste nicht, was er hätte sagen sollen. Nach all dem, was damals geschehen war, war es ihm ein Rätsel, warum gerade Raphael Gerke sich dafür starkmachte, dass dieser Bau seinen Namen tragen sollte. Urban verdrängte den Gedanken und las die Namen der einzelnen Bereiche.

„Was ist denn z. B. eine Principle-Area?“, fragte er und sah Dutschke an.

„Das ist eine der PDAs, der Personal Development Areas. Das kann ich Ihnen aber leider nicht im Detail erklären, Herr Professor, das ist komplex“, antwortete Dutschke. „Aber wenn es Sie interessiert, dann gehen wir einfach mal rein und Sie schauen sich das in aller Ruhe an.“

„Geht das denn so einfach?“, fragte Urban. „Ich meine, ich bin ja nicht mehr hier an der Universität tätig.“

„Selbstverständlich geht das!“, entgegnete Dutschke bestimmt. „Schließlich sind Sie ja nicht irgendein Besucher. Kommen Sie, lassen Sie uns hineingehen!“

Die Principle-Area erwies sich als ein sehr großer und überaus freundlicher Raum mit verschiedenen einzelnen Bereichen. Alles war in Weiß gehalten, und ein Licht in einem sanften warmen Ton sorgte für eine strahlende, reine Atmosphäre. Ein Bereich auf der linken Seite war mit weißen Raumteilern abgetrennt worden, auf denen diverse Pflanzen in erfrischendem Grün für eine neutrale aber lebendige Abwechslung sorgten. Dort standen sich jeweils zwei zweisitzige Sessel aus weißem Leder direkt gegenüber, sodass sich die Personen von Angesicht zu Angesicht unterhalten konnten. Urban spürte die Ausstrahlung dieses Raums. Eine ganz bestimmte Aufbruchstimmung, die unbewusst Reinheit und Neutralität vermittelte. Ein anderer, etwas größerer Bereich schloss sich an, wieder durch Raumteiler getrennt. Dort saßen junge Leute in einem Kreis zusammen und unterhielten sich. Weiter hinten erspähte Urban einen weiteren separaten Bereich, in dem eine breite Glaswand mit unzähligen Bildern dominierte. An der Wand setzten einige junge Männer und Frauen eine Art Collage zusammen. Urban fühlte sich an einen Fernsehbericht über die Deutschland-Zentrale eines Internetriesen erinnert. Der hatte es sich auf die Fahnen geschrieben, seinen Mitarbeitern jeweils die bestmögliche Atmosphäre und ein Umfeld zu bieten, in denen sich die Leute wohlfühlen und kreativ werden konnten. Genau denselben Eindruck hatte Urban in dieser „Principle-Area“. Dieser Raum hier hatte so gar nichts mehr mit dem alten, tristen Gemäuer gemein, das Urban aus der Zeit kannte, als er hier an der Uni gearbeitet hatte. Gleich am Eingang der Area stand ein übergroßes Terminal mit einem Monitor und einem Tastenfeld, das ihn sofort an einen Bankautomaten erinnerte.

„Darf ich bitte mal vorbei?“, unterbrach ein junger Mann höflich Urbans Betrachtungen. Der junge Mann, sicher ein Student, wollte wohl an das Terminal.

„Selbstverständlich!“, antwortete Urban und rückte ein Stück zur Seite. Dann beobachtete er, wie der junge Mann eine Karte in den Slot des Terminals schob, als ob er tatsächlich Geld abheben wollte. Daraufhin meldete sich eine freundliche Computerstimme: „Guten Morgen, Herr Stanislaus! Bitte geben Sie Ihre PIN ein!“ Der junge Mann drückte auf die Tasten. Es dauerte einen Moment und dann sagte die Computerstimme: „Zum Einzelgespräch, Herr Stanislaus, bitte in Bereich 3!“ Urban staunte. Etwas verwirrt erwiderte er das Lächeln, das ihm der junge Mann zuwarf, bevor er zu einem der Doppelsessel schlenderte und dort Platz nahm.

„Was passiert hier denn eigentlich?“, fragte Urban.

„Das kann Ihnen am besten unser Herr Peip erklären!“, antwortete Dutschke und zeigte auf einen schlanken, in Weiß gekleideten Herrn, der gerade auf Urban und Dutschke zueilte. „Guten Morgen, Herr Peip!“

„Guten Morgen, Herr Dutschke!“, begrüßte Herr Peip Dutschke mit Handschlag. „Na, führen Sie wieder einen Besucher durch unsere heiligen Hallen hier?“

„Das ist kein normaler Besucher, Herr Peip!“, meinte Dutschke amüsiert. „Darf ich vorstellen: Professor Max Urban!“

„Oh, was für eine Ehre!“, antwortete der elegante Herr Peip, reichte Urban die Hand und deutete dabei eine Verbeugung an. „Und welch eine Freude, Sie kennenzulernen!“

„Nun versinken Sie mal nicht vor Ehrfurcht im Boden!“, sagte Urban und es war ihm ein wenig peinlich, dass dieser Herr sich so um ihn bemühte. Er erwiderte den Handschlag. „Die Freude ist ganz meinerseits, Herr Peip. Aber ich bin wirklich nur ein Besucher.“

„Ein Besucher, nach dem unser Anbau hier benannt werden soll“, antwortete Peip ehrfürchtig. „Wenn ich das meinen Kollegen und den Studierenden hier erzähle ...“

„Gott bewahre!“, unterbrach ihn Urban erschrocken. „Bloß nicht! Machen Sie wegen mir bitte kein Aufsehen. Ich möchte mir das hier nur mal ansehen. Rein interessehalber!“

„Ich freue mich, Ihnen alles zeigen und erklären zu dürfen. Kommen Sie bitte mit! Haben Sie schon Fragen?“

„In der Tat“, schmunzelte Urban. „Zuallererst – was bedeutet denn ‚Principle-Area‘ eigentlich?“

„Wie es der Name bereits sagt: Es geht in unserem Bereich darum, die Principles, also die Lebensprämissen eines jeden unserer Studierenden und Mitarbeitenden herauszufinden“, erklärte Herr Peip bereitwillig. „Jeder von uns ist ein Individuum und hat seine eigenen Werte und Ansichten.“ Er zeigte auf das Terminal, vor dem gerade wieder ein junger Mann stand und dieselbe Prozedur durchlief wie sein Vorgänger. „Das ist unser zentraler Computer. Hier werden alle Daten verwaltet. Jeder, der diesen Raum betritt und sich einloggt, wird erfasst und ihm wird im Anschluss seine individuelle Aufgabe für die jeweilige Sitzung zugeteilt. Jeder kann seinen Besuch bei uns so einrichten, wie es sein Zeitplan erlaubt.“

„Und welche Daten verwaltet der Computer?“, wollte Urban wissen.

„Alles über die jeweilige Person!“

„Alles?“

„Fast alles!“, bestätigte Peip. „Jeder Studierende an der FKU hat z.B. sein eigenes Curriculum. Dies hat er in der Development-Area bekommen, die Sie sicher später noch besuchen werden. Dieser persönlich zugeschnittene Lehrplan legt alle individuellen Lernziele, -prozesse und -inhalte fest und gibt damit natürlich auch vor, welche im Gesamtplan des Lernens in einem bestimmten Zeitintervall erreicht werden sollten. Dabei – und das ist das Besondere an diesem Bereich – berücksichtigt das Curriculum die individuellen Präferenzen der Studierenden. Unser Ziel ist es, das jeweilige Curriculum so auf jeden unserer Studierenden auszurichten, dass dieser sich bestmöglich entwickeln kann. Unsere Universität will nicht nur wissenschaftliche Erkenntnisse vermitteln, sondern ihre Wissenschaftler auch persönlich weiterbringen. Das erreichen wir nur, wenn jeder im Einklang mit seinen Lebensprämissen handelt."

„Das ist ein guter Ansatz", meinte Urban zustimmend. Doch so neu war das für ihn nun auch wieder nicht. Jeder Hochschullehrer strebte doch danach, aus den ihm anvertrauten jungen Akademikern erfolgreiche Wissenschaftler zu machen, dachte er sich. Dass dieses Bestreben alles andere als einfach umzusetzen war, wusste Urban natürlich auch. Sein früherer Lieblingsdoktorand Raphael Gerke kam ihm sofort wieder in den Sinn. Und mit ihm auch die unschönen Erinnerungen. Urban verdrängte sie bewusst und wandte sich wieder Herrn Peip zu. Wenn er ehrlich war, verstand er noch immer nicht genau, was diesen Raum hier zu so etwas Besonderem machte. „Steuert dann der Computer diese Lebensprämissen? Ich meine: Werden die Lehrpläne von einer Software erstellt?"

„Oh nein, selbstverständlich nicht!", lachte Peip und winkte Urban, ihm zu folgen. Sie gingen direkt auf den Bereich mit den Doppelsesseln zu. Dort hatte inzwischen gegenüber dem jungen Mann, den Urban vorhin am Terminal beobachtet hatte, eine Fachkraft des Bereichs Platz genommen. Die dunkelhaarige, etwas ältere Dame war, passend zum Raum, weiß gekleidet. Diese Konstellation erinnerte Urban ein bisschen an die Therapiesitzung eines Psychotherapeuten. Die Fachkraft begann nach einem sehr kurzen Einführungsgespräch persönliche Fragen zu stellen, die der junge Mann gewissenhaft und ausführlich beantwortete.

„In diesen Einzelgesprächen versuchen wir herauszufinden, welche individuellen Stärken und Schwächen der Einzelne hat", erklärte Herr Peip mit leiser Stimme, sodass er das Gespräch nicht störte. Je länger Urban zusah, desto mehr verstand er, worum es hier eigentlich ging. Richtig klar wurde Urban die Bedeutung der Principle-Area, als Peip ihm im Anschluss anhand des Gesprächs die Ziele dieser Einzelunterhaltungen noch einmal darlegte: Jeder Studierende habe natürlich seine individuellen Handlungsmotive, seine persönlichen Gründe und Ziele, warum er studiere, aber auch und vor allem seine persönlichen Limitierungen. Und diese, so Peip, seien ein Grund für hohe Abbruchquoten an den Universitäten. „Wir versuchen zum Beispiel herauszufinden, mit welchen inneren Widerständen jeder Einzelne zu kämpfen hat. Wenn wir diese erkennen, versuchen wir bzw. die zuständige Lehrkraft, auf diese einzugehen."

„Ja, das macht Sinn!", meinte Urban und dachte erneut zurück an seine Zeit als Professor. Viele Studierende und Doktoranden fielen ihm spontan ein, die er unter seinen Fittichen gehabt hatte. Eine Menge hoch talentierter junger Wissenschaftler, die auf ihrem Weg gescheitert waren. Und dann stellte er sich plötzlich zum ersten Mal die Frage: Ist das Scheitern eines Studierenden denn nicht auch und gerade ein Scheitern der Lehrkraft? Urban dachte unwillkürlich an Raphael Gerke, der ja damals auch gescheitert war. Und der bei ihm, seinem Professor, Hilfe gesucht hatte.

„Kommen Sie, Herr Professor Urban, sehen wir uns auch die anderen Teile dieser Area an!", riss ihn Herr Peip aus seinen Gedanken.

Peip führte Urban und Dutschke in einen Bereich, in dem neun junge Frauen und Männer auf weißen Stühlen in einem Halbkreis saßen. Auch das erinnerte an eine Therapiesitzung bei einem Psychologen.

„Das sieht ja aus wie eine Selbsthilfegruppe", frotzelte Max Urban dann auch gleich.

„Nicht ganz so weit gefehlt", grinste Peip. „Hören Sie mal rein". Eine junge Frau sprach gerade zu dem Rest der Gruppe. Als sie die drei Männer bemerkte, hielt sie kurz inne und schaute Peip fragend an.

„Bitte lassen Sie sich nicht stören!", bat Peip. Die junge Frau lächelte und fuhr fort, von einer Facharbeit zu erzählen, an der sie gerade schrieb. Sie hatte ernsthafte Probleme damit, fachliche Informationen aus anderen Quellen in ihrer Arbeit zu verwenden, obwohl ihr Professor ihr bestätigt hatte, dass sie damit keinesfalls plagiieren würde. Jemand aus der Gruppe wollte wissen, warum sie denn damit ein Problem habe. Nach kurzem Überlegen gab die Studentin zu, dass sie sich nicht authentisch fühle, wenn sie ihre Ergebnisse nicht selbst ermittle.

„So was läuft bei uns zum Beispiel auch im weiteren Sinne unter ‚Lebensprämisse'!", sagte Peip leise zu Urban. „Wenn diese Studentin authentisch bleiben kann, dann ist sie nachweislich motivierter und selbstsicherer."

„Ja, da haben Sie bestimmt recht!", meinte Urban und seufzte. Wie oft waren seine Doktoranden mit einem ähnlichen Problem an ihn herangetreten. Wenn er ehrlich war, war er meist nicht wirklich darauf eingegangen.

„In den Hörsälen geht es um das *Was*, also um den reinen Inhalt", ergänzte Peip. „Und in den Areas geht es um das *Wofür* und um das *Wie*." Als er Urbans verständnislosen Blick sah, ergänzte er: „Mit dem *Wofür* meine ich, dass sich jeder erst einmal darüber klar werden muss, wofür er etwas tut. Dieses *Wofür* ist dann seine größte Motivation. Sein stärkster Antrieb. Danach wird dann das *Wie* geklärt, also die Rahmenbedingungen für dieses Vorhaben."

Am Schluss des Rundgangs blieben die drei Männer noch vor dem Bereich mit der großen gläsernen Wand stehen, auf der Studierende an einer Art Collage mit verschiedenen Fotos arbeiteten. Auch eine in Weiß gekleidete Fachkraft stand dabei und hörte sich die Vorschläge und Diskussionen der Studierenden an. Auf dem Weg zum Ausgang erklärte Herr Peip Urban auch diesen speziellen Teil der Principle-Area. „Die Teilnehmer erstellen kreative und individuelle Collagen aus Zeitschriften und erklären dann, wieso sie was gemacht und kombiniert haben. So lernen sich die Personen gegenseitig kennen. Damit werden die Werte der Personen transparent."

„Ich hoffe, unsere Principle-Area gefällt Ihnen, Herr Professor Urban", sagte Peip abschließend. „Aufgabe unserer Area ist es, die Basis zu schaffen, dass für jeden unserer Studierenden ein individuelles, auf ihn und seine Präferenzen zugeschnittenes Curriculum erarbeitet werden kann. Das sieht auf den ersten Blick vielleicht ein wenig aufwendig aus, doch es lohnt sich."

„Diese Fakten sind aber doch alle im Computer gespeichert und könnten einfach daraus abgelesen und zusammengestellt werden!", warf Urban ein.

„Eben nicht!", widersprach Peip.

„Und warum nicht?"

„Weil wir das bewusst nicht mehr so machen, sondern einen ganz anderen Weg gehen wollen", erklärte Peip. „An unserer Universität soll das Interesse am einzelnen Menschen im Mittelpunkt stehen. Das geht durch Automatismen verloren! Wir machen eigentlich gar nichts revolutionär Neues, sondern etwas, das selbstverständlich sein sollte: Wir berücksichtigen die Emotionen eines jeden Einzelnen. Und Emotionen haben in Computern keinen Platz. Bei uns geht es darum, Fragen zu stellen und vor allem zuzuhören. Und eine positive Haltung gegenüber dem einzelnen Menschen zu entwickeln und auch zu kommunizieren."

„Das klingt absolut einleuchtend, Herr Peip", sagte Max Urban anerkennend. „Das ist wirklich nachvollziehbar und ganz ehrlich gesagt für mich und meine Generation auch Neuland."

„Nun ja, Herr Professor Urban", antwortete Peip und lächelte. „Das ist nicht unbedingt Neuland, sondern eher eine Erkenntnis, die fast so alt ist wie die Menschheit, die aber in Vergessenheit geraten ist. Wir machen nichts anderes, als den Menschen wieder in den Mittelpunkt zu stellen."

Max Urban bedankte sich überschwänglich bei Herrn Peip für dessen aufschlussreiche Führung und schüttelte kräftig seine Hand. Danach folgte er Dutschke nachdenklich in den Eingangsbereich. So einfach, so genial war das Arbeiten mit diesen Lebensprämissen. Und so logisch!

# 2. Kapitel

„Und, was sagen Sie, Herr Professor?", wollte Frank Dutschke wissen. „Wie finden Sie die Principle-Area?"

„Ja, schön, doch, interessant", nuschelte Urban. Das klang nicht wirklich überzeugend, was den fragenden Blick Dutschkes durchaus rechtfertigte. Urban hatte dessen Frage zwar akustisch vernommen, war jedoch so tief in Gedanken, dass er nicht ernsthaft über sie nachgedacht hatte. Nicht aus böser Absicht, nein, ihm gingen nur eine Menge Dinge durch den Kopf. „Seine" Studierenden und Doktoranden, die damals sehr viel Talent und Interesse an der Wissenschaft gezeigt und trotzdem nach den ersten Semestern das Handtuch geworfen hatten. Probleme, die an ihn herangetragen worden waren, derer er sich aber bestenfalls nur halbherzig angenommen hatte. Je mehr Urban über diese Sache mit den Lebensprämissen nachdachte, desto mehr imponierte ihm dieser Lehr-Ansatz.

„Kann es sein, dass Sie mir wieder nicht zugehört haben?", fragte Dutschke und zog eine Augenbraue hoch. Urban sah ihn verblüfft an. Tatsächlich, er hatte wirklich nicht richtig zugehört. Dutschke setzte an und wollte gerade noch etwas sagen, als sein Handy bimmelte. „Ja bitte?"

„Herr Dutschke?", fragte eine Stimme am anderen Ende der Leitung.

„Ja, am Apparat!"

„Hier Gerke!", meldete sich Raphael Gerke.

„Ich grüße Sie, Herr Doktor ..."

„Nicht weiter, Dutschke!", fauchte Gerke ins Telefon. „Sprechen Sie meinen Namen um Gottes willen nicht aus. Ist es wahr, dass Urban bei Ihnen ist?"

Dutschke schaute Max Urban an und lächelte kurz. Dann ging er ein paar Meter weiter nach vorne zur Glaswand, von wo aus man einen herrlichen Blick in das große Foyer hatte. Urban konnte so nicht mehr hören, was und mit wem Dutschke sprach.

„Ja, das stimmt!“

„Hören Sie, Dutschke“, fuhr Gerke fort. „Professor Mayr liegt mit vierzig Grad Fieber im Bett. Grippe! Ich muss ihn vertreten und habe später einen Termin mit Urban.“

„Oh! Na, da wird er sich bestimmt freuen!“

„Veräppeln kann ich mich selber, Dutschke!“, brummte Gerke ins Telefon. „Wenn der sich später auf den Weg zu mir macht, informieren Sie mich bitte, ja?“

„Selbstverständlich Herr Doktor ..., selbstverständlich!“

„Wo sind Sie mit dem gerade?“

„Ich zeige Herrn Professor Urban die PDAs“, antwortete Dutschke. „Gerade waren wir in der Principle-Area.“

„Dort hätte Sie ihn besser gleich abgegeben!“, sagte Gerke trocken. Der Sarkasmus in seiner Stimme war unüberhörbar. Dann lachte Gerke und fuhr im gleichen Stil fort: „Dann schleifen Sie ihn am besten in die Feedback- und dann in Development-Area. Und dort ketten Sie ihn an, ja?“

„Gut, das werde ich so machen. Und den Schlüssel zu den Handschellen bringe ich Ihnen ins Büro“, ging Dutschke auf den Tonfall ein und musste lachen. Er hatte die Seitenhiebe wohl verstanden. „Ich melde mich dann später, Herr Doktor!“

Dutschke schaute sich suchend um. Schließlich fand er Urban in einem Zwischengang, wo er einen Wegweiser studierte. Dutschke ging zu ihm hinüber, und als Urban ihn bemerkte, rief er ihm spitzbübisch lächelnd entgegen:

„Also wirklich Dutschke, Sie haben mich richtig neugierig gemacht! Jetzt will ich mir auch noch ein paar andere dieser Areas ansehen, wenn es Ihnen nichts ausmacht und Sie Zeit haben.“

„Dachte ich es mir doch, Herr Professor“, antwortete Dutschke mit einem amüsierten Lächeln.

„Was dachten Sie sich?“

„Dass das nicht ‚schnell‘ gehen wird mit der Führung!“, meinte Dutschke. „Natürlich zeige ich Ihnen alles, worauf unsere Universität stolz ist. Und für Sie nehme ich mir gerne Zeit. Ich schlage vor ...“ Dutschke unterbrach, als er einen mittelgroßen, leicht untersetzten älteren und sehr eleganten Herrn aus dem Aufzug kommen sah. „Ach, hallo, Herr Professor von Stetten!" Der elegante Herr in dem dunkelblauen Anzug blieb überrascht stehen und drehte sich zu Urban und Dutschke um.

„Hallo Herr Dutschke!", antwortete er dann sichtlich erfreut. „Was kann ich für Sie tun?"

„Entschuldigung, Herr Professor", sagte Dutschke schnell zu Urban und ging einen Schritt in Richtung des Herrn von Stetten. „Haben Sie ein paar Minuten für mich? Ich wollte Ihnen noch ein paar Dinge zu unserem Gespräch von letzter Woche sagen."

Professor von Stetten sah für einen kurzen Augenblick nachdenklich aus, dann schien er sich zu erinnern. „Ja, natürlich! Gerne, Herr Dutschke. Ich muss nur eben in die Feedback-Area und mich einloggen. Bin etwas spät dran. Dann komm ich nochmals zu Ihnen raus und wir können reden."

„Wissen Sie was, Herr Professor", antwortete Dutschke und sah kurz zu Urban hinüber. „Ich komme zu Ihnen rein! In ein paar Minuten?"

„Perfekt!", freute sich Professor von Stetten und verschwand in der Tür. Dutschke wandte sich wieder Urban zu.

„Nochmals Entschuldigung, Herr Professor!"

„Nein, nein, ist schon in Ordnung, Dutschke", meinte Urban und staunte nicht schlecht. Natürlich kannte er Professor von Stetten, den bekannten Wirtschaftswissenschaftler. Viele Male hatte er ihn bei diversen Anlässen in der Universität getroffen. Von Stetten gehörte auch seit vielen Jahre zum Beraterstab des Bayerischen Ministerpräsidenten. Urban wunderte sich nur, ihn hier an der FKU zu treffen, und fragte Dutschke. Der klärte ihn auf: Professor von Stetten war vor etwa sechs Jahren an die FKU gekommen, als das Institut für Volkswirtschaftslehre und Ökonometrie geschaffen wurde.

„Das war unmittelbar, nachdem Sie uns verlassen hatten, Herr Professor!", fügte Dutschke erklärend hinzu und schilderte den Werdegang des Herrn von Stetten hier in Nürnberg. Dieser hatte schon damals nicht mehr zu den Jüngsten gehört und deshalb in der Zeit der Leitung des Lehrstuhls einen Habilitanden aufgebaut, der dann auch vor gut anderthalb Jahren als Nachfolger an den Lehrstuhl berufen worden war. „Von Stetten ist als emeritierter Professor an der Fakultät tätig."

* * *

„Also, was wird jetzt da drin gemacht?", fragte Urban abenteuerlustig und zeigte auf den Eingang zu dem Bereich, in dem Professor von Stetten vor einigen Minuten verschwunden war.

„Das ist unsere Feedback-Area!", erklärte Dutschke und zeigte auf das große, aus Plexiglas gefasste Schild mit den dunkelgrauen Buchstaben vor dem Eingang. „Kommen Sie, Herr Professor! Gehen wir hinein und schauen es uns an!"

Die beiden Männer gingen durch die Glasschiebetür. Wie schon am Eingang zum ersten Bereich war diese mit einem Bewegungsmelder ausgestattet und öffnete sich sowohl von außen als auch von innen, wenn jemand darauf zuging. Als Urban diesen Bereich betrat, war er wieder sehr angenehm überrascht von der Atmosphäre, die ihn hier empfing. Anders als in der Principle-Area war hier alles in einem frischen Gelb gehalten. Das Mobiliar ähnelte dem aus dem anderen Bereich. Nur waren Stühle, Tische, Raumteiler und so weiter eben gelb. Hier drinnen schien alles fröhlich und energiegeladen zu sein, hier wurde Aktivität vermittelt. Und wenn Urban seiner Nase trauen durfte, dann trugen auch spezielle Duftstoffe zu dieser Atmosphäre bei. Die Raumaufteilung unterschied sich allerdings deutlich von der vorigen. Pflanzen und andere natürliche Raumteiler schufen viele kleinere Bereiche, in denen mal eine gemütliche Sitzgruppe mit bequemen Sesseln stand, mal eher schlichte, moderne Stühle um einen runden Glastisch, und in wieder einem anderen kleinen Abschnitt entdeckte Urban hohe runde Tische, wie er sie von Partys kannte und an denen es sich bequem im Stehen smalltalken ließ. In jedem dieser Separees hatte man die Möglichkeit, sich ungestört intensiv zu unterhalten. Die einen vielleicht lieber im Stehen, die anderen im Sitzen. Und genau dafür wurden sie auch genutzt, wie Urban feststellte. Überall standen und saßen kleinere oder größere Gruppen zusammen. Menschen unterschiedlichsten Alters unterhielten sich dort. Urban musterte die Leute, konnte sich allerdings noch keinerlei Reim darauf machen, was die hier taten. Es sah aus wie in der Lobby eines Seminars, wenn sich die Teilnehmer in einer Kaffeepause zwischen den Vorträgen intensiv austauschten und diskutierten. Hier sprachen allerdings nicht nur „Gleichgesinnte" und „Gleichrangige", sondern Menschen mit den unterschiedlichsten Positionen miteinander. Max Urban erkannte einige von ihnen. Da unterhielt sich zum Beispiel ein Lehrstuhlinhaber, dessen Namen Urban vergessen hatte, mit zwei jungen Leuten, sicher Studierende. Elegant gekleidete Damen und Herren, unter ihnen, wie Urban erstaunt bemerkte, der Geschäftsführer eines großen Nürnberger Betriebs, diskutierten amüsiert und angeregt mit einer jungen Studentin und einem Herrn, den Urban in die Kategorie „Kollege", also Professor, einordnete.

„Sagen Sie mal, Dutschke, was machen denn diese Leute hier?", fragte Urban.

„Was die hier machen?", wiederholte Dutschke. „Die geben sich gegenseitig Feedback!"

„Aha!", meinte Urban wenig überzeugt und zeigte auf die junge Frau und die beiden seriös wirkenden Herren. „Dann gibt diese Studentin dem Geschäftsführer und dem Professor Feedback?"

„Ja selbstverständlich!", antwortete Dutschke. „Hier in der ..."

„Sie müssen Professor Max Urban sein!", unterbrach ihn eine sehr männliche, markante Stimme. Urban und Dutschke drehten sich um. Ein ziemlich klein gewachsener Mann mittleren Alters, der fast schon eine Glatze hatte und gar nicht so männlich-markant wirkte, kam auf sie zu. Er trug eine legere weiße Hose und ein gelbes Polo-Shirt. Also farblich passend zu der Hauptfarbe dieses Bereichs. „Mein Kollege Peip hat mich bereits informiert, dass Sie wahrscheinlich auch bei uns vorbeikommen. Ich freue mich außerordentlich, Sie persönlich kennenzulernen. Mein Name ist Frosch, Leon Frosch. Ich bin der Leiter der Feedback-Area."

Herr Frosch reichte Urban die Hand. Der erwiderte den Handschlag herzlich. Wie schon der Leiter des vorherigen Bereichs setzte Herr Frosch zu einer leichten, ehrfürchtigen Verbeugung an.

„Sehr angenehm, Herr Frosch!"

„Hallo Herr Dutschke!", meinte Frosch dann und schüttelte auch Dutschke die Hand. „Kann ich Ihnen irgendwie weiterhelfen, meine Herren?"

„Oh ja, das können Sie, Herr Frosch!", sagte Dutschke, der gerade gesehen hatte, dass ihn Professor von Stetten zu sich winkte. „Ich wollte dem Herrn Professor Urban die Feedback-Area erklären und ihn ein wenig herumführen. Allerdings bin ich mit Professor von Stetten verabredet. Sie können das ohnehin viel besser erklären als ich!"

Herr Frosch erklärte sich selbstverständlich gerne bereit, das zu übernehmen, und während Dutschke sich zu dem Wirtschaftswissenschaftler von Stetten gesellte, begann er mit Max Urban einen kleinen Rundgang durch die gesamte Area.

„Diese Ecke gefällt mir am besten!", meinte Urban, als er mit Leon Frosch zum Schluss an einem sehr gemütlichen Bereich vorbeikam. Dort waren ein paar gelbe Sessel um einen runden Glastisch herum angeordnet. Es war wohl diese besondere Atmosphäre der Gemütlichkeit, die nun mal bequeme Sessel mit sich bringen, die Urban besonders ansprach. Oder vielleicht der Teller mit den Schokoriegeln und Kuchen in der Mitte des Tisches. Eine junge Frau und ein älterer, sehr gediegener Herr saßen dort, aßen Kuchen und tranken Kaffee, während sie eifrig miteinander redeten. Urban fiel auf, dass die junge Frau ziemlich streng mit dem älteren Herrn ins Gericht ging. Seiner Einschätzung nach musste es sich wohl um eine Studentin handeln. Das Alter und die Kleidung der jungen Frau ließen darauf schließen. Und der ältere Herr war sicher eine Lehrkraft. Umso mehr wunderte sich Urban, dass die junge Frau einen Ton anschlug, den man gut und gerne in die Kategorie „Oberlehrer-Gehabe" einordnen musste. Und dass sich sein Kollege in diesem Ton überhaupt ansprechen ließ, verstand Urban überhaupt nicht.

„Soll ich Ihnen was verraten, Herr Professor? Mir gefällt es hier auch am besten!", verriet Herr Frosch lachend. „Wenn ich Gespräche führe und eines der Sessel-Separees frei ist, setze ich mich am liebsten hierher."

„Und gut versorgt wird man hier ebenfalls, wie ich sehe!", sagte Urban. Er musste zugeben, dass ihn die leckeren Schokoriegel schon etwas reizten. Natürlich auch der Kuchen, und nur zu gerne hätte er sich jetzt ein Stück davon gegönnt. Aber schließlich kam er gerade erst aus dem Bistro.

„Ja, bei uns sind Speis und Trank selbstverständlich frei!", erklärte Herr Frosch, während er Urban mit einem Handzeichen weiter bat. „Hier in der Feedback-Area sollen sich die Leute wohlfühlen, damit sie frei von der Leber weg reden und sagen, was sie denken. Denn das ist äußerst wichtig. Nur wenn Feedback ehrlich und respektvoll geäußert wird, wird es wirksam. Mit ‚respektvoll' meinen wir übrigens nicht nett und kuschlig. Respektvolles, wertschätzendes Feedback kann auch schmerzhaft sein."

„Was sollen die Leute denn so frei von der Leber weg reden?", wollte Urban wissen. Es interessierte ihn brennend, denn auch in den anderen Feedbackgesprächen hatten die Konversationen alle ein- und denselben Charakter gehabt. Ihm kam es so vor, als wenn immer der eine austeilte und der andere einzustecken hatte. Nur die Rollenverteilung verstand er nicht.

Urban setzte gerade zu einer weiteren Frage an, als die beiden in der Nähe des Eingangs wieder auf Frank Dutschke und Professor von Stetten trafen. Die beiden waren so sehr ins Gespräch vertieft, dass sie Frosch und Urban gar nicht bemerkten. Für Urban hatte das Gespräch denselben Tenor wie all die anderen hier im Bereich. Auf der einen Seite der Hausmeister und auf der anderen ein honoriger Professor mit internationalem Ansehen, und Dutschke redete mit Professor von Stetten in einem noch direkteren Ton als die junge Studentin von gerade eben. Max Urban verstand die Worte nicht, aber die Gestik Dutschkes sprach Bände. Urban war entsetzt. Was maßte sich der Hausmeister da nur an, so mit einer Persönlichkeit wie von Stetten umzugehen? Als sich Urban auf die beiden Diskussionspartner konzentrierte, konnte er auch einige Gesprächsfetzen aufschnappen.

„... und das war meines Erachtens für niemanden wirklich hilfreich. Meinen Sie nicht, Sie sollten diese Sache in Zukunft etwas praxisorientierter angehen?", sagte Dutschke gerade zu Professor von Stetten.

„Was hätten Sie in dieser Situation getan?", fragte dieser ganz ruhig, und als Urban das hörte, war er noch perplexer. Was war denn hier los? Herr Frosch schien den entsetzten Gesichtsausdruck richtig zu deuten, er stellte sich neben ihn und meinte lächelnd:

„Sehen Sie? Herr Dutschke gibt von Stetten gerade Feedback!" Urban war nun regelrecht erschüttert. Er traute weder seinen Ohren noch seinen Augen. Herr Frosch lächelte wieder und es schien, als amüsiere er sich über Urbans Reaktion und wüsste genau, was dieser jetzt dachte. „Und Sie sind nun ein wenig ..., na sagen wir: verwundert. Stimmt's?"

„Ja! Das bin ich in der Tat. Dutschke ist ..."

„Ein einfacher Handwerker?", unterbrach Frosch. „Und Herr von Stetten ein Professor von internationalem Ruhm und Ansehen? Wie kann dieser eine jenem anderen konstruktives Feedback geben? Sind das Fragen, die Sie beschäftigen, Herr Professor Urban?"

„Ja!", antwortete Urban ehrlich. So nachdenklich und mit so leiser Stimme, dass er fast schon schüchtern klang.

„Das ist eines der großen Missverständnisse", begann Frosch zu erklären. Und da er bei Max Urban wohl nicht nur auf offene Ohren, sondern auch auf großes, ehrliches Interesse stieß, kam Herr Frosch in Fahrt: „Wir haben gelernt, dass es ganz besonders im Bereich der persönlichen Entwicklung von Menschen einer sehr wichtigen Zutat bedarf: konstruktiven und sinnvollen Feedbacks! Wir haben es nach vielen Anstrengungen geschafft, dass wir uns untereinander Feedback geben können."

„So neu ist das Thema ‚Feedback' an sich aber nicht!", warf Urban ein. Er erinnerte sich: Damals hatte es auch einmal eine Zeit gegeben, in der das Thema Feedback ziemlich populär gewesen war.

„Ja, ich weiß, was Sie meinen", antwortete Frosch. „Das nannte man 360-Grad-Feedback, soweit ich mich erinnere. Richtig?"

„Ja, genau!", bestätigte Urban, obwohl er tatsächlich nur eine ganz vage Vorstellung davon hatte, was damit wohl gemeint war. Ehrlich gesagt war er vor Jahren einmal mit diesem Begriff konfrontiert worden, doch bewusst praktisch angewendet hatte er diese Feedback-Art nicht. Das war aber wohl auch den meisten seiner Kollegen damals so ergangen.

„Aber diese Methode hat nicht funktioniert!", antwortete Frosch überzeugt „Früher wurde das auch alles anonym gemacht, und alle

Beteiligten wurden in das Feedback einbezogen. Heute wissen wir, dass das kaum etwas bringt. Daher machen wir das von Angesicht zu Angesicht."

„Was mir noch nicht einleuchtet", gab Max Urban zu, „ist, wie Feedback in einer hierarchischen Struktur funktionieren soll. Was die Bewertung von Leistung und den Zugang zu Karrierewegen angeht, ist es doch ähnlich wie in der Schule. Also von oben nach unten. Professoren befinden sich in der Erwartung, Lehre und Forschung zukunftsfähig zu gestalten, und haben aufgrund ihres höheren Alters und der daraus folgenden Lebenserfahrung eine andere Perspektive. Ich denke, Professoren würden ihren Job verfehlen, wenn sie den Wünschen von Studierenden und Doktoranden nachkämen."

Herr Frosch hatte dem Professor aufmerksam zugehört und antwortete: „Zunächst einmal muss man, wenn man Feedback bekommt, dieses ja nicht zwingend annehmen. Jeder entscheidet für sich in eigener Verantwortung, wie er mit Feedback umgeht. Unser Plädoyer hier in der Area lautet nicht, dass es jeder jedem recht machen sollte! Es geht uns vielmehr um einen intensiven Austausch innerhalb eines hierarchischen Systems. Wir sind uns sicher, dass auch der hierarchisch Höherstehende von dem unter ihm Stehenden Dinge lernen kann, die ihm helfen. Die Hierarchie steht uns dabei leider oftmals im Weg." Herr Frosch verdeutlichte das an einem Beispiel: Vor einiger Zeit hatte ein Dozent seinen Studierenden Feedback gegeben, dass er sich darüber ärgere, dass sie in der Vorlesung geistig abwesend und oft mit ihren Smartphones beschäftigt seien. Innerhalb des Feedbackgesprächs bekam er von seinen Hörern Ideen, wie sie sich eine Vorlesung wünschten. In diesen Feedbackschleifen gab der Dozent den Studierenden Feedback, wie sie effizienter lernen konnten. „Der Dozent wurde übrigens mit einem Lehrpreis unserer Universität ausgezeichnet!", sagte Herr Frosch. „Stellen Sie sich vor, Herr Professor Urban, der Dozent hätte aus der Angst heraus, schlecht dazustehen, Feedback gar nicht erst zugelassen! Dabei hätten alle verloren!"

Urban dachte einige Augenblicke nach und meinte dann: „Also sollten sich die Höherstehenden in den richtigen Momenten auch mal etwas sagen lassen können?"

„Exakt!“, strahlte Herr Frosch. „Wirksame Beziehung zwischen Menschen entsteht immer auf Augenhöhe. Selbstverständlich gibt es Dinge, die nicht auf gleicher Ebene funktionieren. Einen Doktoranden mit einer herausragenden Dissertation für einen Wissenschaftspreis vorschlagen kann natürlich nur eine hierarchisch höherstehende Person. Auf den Punkt gebracht könnten Sie auch sagen: Augenhöhe entsteht durch ein angemessenes Geben und Nehmen. In unserem Fall Feedbackgeben und -nehmen.“

„Wie definieren Sie ‚angemessen'?“, hakte Urban nach. Diese Diskussion begann ihm zu gefallen.

„Angemessen ist: Wenn es für beide okay ist. Es hängt ganz von den Personen ab. Wir lernen, zuzuhören. Wir nehmen Feedback an oder nehmen es nicht an. Aber wir hören zu. Und nur so entwickeln wir uns wirklich weiter.“

Max Urban hatte noch ein paar Fragen zu diesem Thema und der Leiter der Feedback-Area stand ihm geduldig Rede und Antwort. Diese neuen Erkenntnisse waren für Urban genauso aufschlussreich wie diejenigen aus der ersten Area. Solch eine Einstellung zum Feedbackgeben hätte ihm und seinen Studierenden und Doktoranden, aber auch seinen sonstigen Mitarbeiterinnen und Mitarbeitern damals entscheidend weitergeholfen. Und schließlich erlaubte sich Max Urban, wieder an Raphael Gerke zu denken. Er bekam ein wenig Gänsehaut und sein Puls ging schneller, als ihm Dinge und Situationen einfielen, in denen er bei Gerke vermutlich falsch reagiert hatte. Dann stieg wieder dieses mulmige Gefühl in ihm auf. Dieses Gefühl des Versagens, der Machtlosigkeit und ..., ja auch das Gefühl des eigenen Scheiterns. Zum Glück gesellte sich Frank Dutschke wieder zu den beiden Männern und unterbrach seine Grübeleien. Dutschke hatte die letzten Worte von Herrn Frosch mitbekommen und hakte gleich fröhlich ein:

„Da es um die persönliche Entwicklung geht, würde ich vorschlagen, wir gehen gleich eine Hausnummer weiter zur Development-Area!“ Max Urban war nicht nur einverstanden, sondern regelrecht voller Entdeckerlust.

„Herr Frosch, ich bedanke mich sehr für den Rundgang und Ihre aufschlussreichen Ausführungen“, sagte Urban herzlich und brachte seine Dankbarkeit nun seinerseits mit einer angedeuteten Verbeugung zum Ausdruck.

„Ich bitte Sie, Herr Professor Urban, es war mir eine große Ehre", meinte Leon Frosch zum Abschied. „Ich freue mich darauf, wenn unsere Einrichtung offiziell eingeweiht wird und wir Sie wieder in unserer Mitte begrüßen dürfen."

* * *

„Es ist gar nicht weit, Herr Professor", beruhigte Dutschke den etwas laufmüden Urban, als sie die Feedback-Area verließen. „Sehen Sie, gleich da unten ist schon der Eingang."

„Sehr gut!", freute sich Urban und ging nun so schnell, dass er Dutschke fast überholte.

„Äh, Entschuldigung!", sprach ihn eine junge Frau an und er bremste seinen Schritt. Die Studentin stand mit einem Studienkollegen gerade vor dem Aufzug und sah Max Urban ehrfürchtig an. Wie ein Teenager, der zum ersten Mal sein Popstar-Idol leibhaftig sieht. „Sind Sie nicht Professor Urban? Herr Urban? Max Urban?"

„Ja!", antwortete Urban knapp und betrachtete die junge Frau. Eine zierliche Person mit rotblonden Haaren und Sommersprossen. Als er sie so prüfend ansah, wurde sie erst recht rot im Gesicht und es hatte den Anschein, als würde sie gerade vor Ehrfurcht erstarren.

„Bitte entschuldigen Sie, dass ich Sie so einfach anspreche, Herr Professor Urban, aber …, also, ich …" Die junge Frau kam ins Stottern.

„Was haben Sie denn, meine Liebe? Sehe ich aus, als ob ich vom Mond käme?", fragte Urban scherzhaft. Sein Instinkt, seine Intuition und sein innerer Drang, jederzeit für Studierende da sein zu wollen, ließen ihn die Situation sofort richtig einschätzen. Und so nahm er der jungen Frau umgehend den gehörigen Respekt vor seinem großen Namen. Die Studentin stellte sich vor und erzählte Urban, dass sie am Institut von Frau Professor Steiner studierte und sich gerade mit „Optik und Quantenphänomenen" beschäftigte. Dazu las sie Max Urbans Buch zu diesem Thema, das er vor etwa 15 Jahren veröffentlicht hatte und das als absolutes Standardwerk galt.

„Herr Dr. Gerke hat es mir empfohlen“, fügte die junge Frau noch hinzu. „Er sagte mir, ich solle in Ihrem Buch nachschlagen, da Sie bis heute das Maß aller Dinge auf diesem Gebiet seien. Dr. Gerke ist Habilitand bei Frau Professor Steiner und betreut mich. Er ist …, Entschuldigung, Herr Professor Urban, das muss ich Ihnen ja nicht sagen.“

„Ist schon in Ordnung!“, meinte Urban nur. Schon wieder Gerke! Er versuchte sich zu konzentrieren und die Fragen der jungen Studentin so ausführlich wie möglich zu beantworten. Dutschke stand daneben, in diesem Moment zum Statisten degradiert. Aber er schmunzelte, als er Urban beobachtete, wie er sich um die junge Studentin bemühte.

„Vielen herzlichen Dank, Herr Professor!“, schwärmte die junge Frau und schüttelte Urban fest und heftig die Hand.

„Ich muss schon sagen“, meinte Dutschke amüsiert lächelnd, als er mit Urban weiter den Gang entlangging. „Ganz der alte Professor Urban. Wie ich sehe, haben Sie sich auch in dieser Hinsicht nicht verändert!“

„Sprechen Sie nicht in Rätseln, Dutschke!“

„Ich erinnerte mich gerade daran, wie oft Sie mich früher einfach haben stehen lassen, wenn Ihnen jemand über den Weg lief und etwas von Ihnen wollte“, grinste Dutschke. Er sagte das in so versöhnlich-humorvollem Ton, angereichert mit einem Schuss Bewunderung, dass Urban ihm die Aussage nicht übelnehmen konnte und wollte.

„Entschuldigen Sie, Dutschke. Das war damals und heute nicht beabsichtigt.“

„Sie brauchen sich dafür nicht zu entschuldigen, Herr Professor“, antwortete Dutschke, diesmal mit ernster Stimme. „Das haben alle an Ihnen so bewundert. Dass Sie sich für Lehre und Wissenschaft aufgeopfert haben.“

Urban antwortete nicht, sondern schaute Dutschke nur an. Es tat gut, so etwas zu hören. Nach all dem, was vorgefallen war …

„Aufgeopfert im wahrsten Sinne des Wortes!“, fuhr Dutschke fort, blieb stehen und schaute Urban dabei an. So verlieh er seinen Worten ein wenig mehr Eindringlichkeit.

# 3. Kapitel

„Dass ich den Urban mal live hier treffe und er sich auch noch die Zeit nimmt, mir meine Fragen zu beantworten, hätte ich nie gedacht", seufzte die rothaarige Studentin. Sie und Tim, ihr Studienkollege, standen noch immer vor dem Aufzug und warteten auf die Kabine.

„Ist das wirklich so ein toller Hecht, der Urban?", fragte der Kollege und rückte seine runde Brille zurecht.

„Hier, schau mal!" Die Studentin zog ein Fachbuch aus der Tasche und hielt es ihrem Kollegen so vor die Nase, dass er den Titel lesen konnte. Es handelte sich um das Buch von Max Urban zu dem Thema, über das die junge Frau gerade eine Facharbeit zu verfassen hatte. „Das ist DAS Standardwerk überhaupt. Urban hat es vor vielen Jahren geschrieben, und jetzt ist es so was wie die Bibel in der Quantenphysik."

„Echt wahr jetzt?", staunte Tim und musterte das Buch. Er studierte auch an der Fakultät für Physik, war allerdings erst im zweiten Semester. „Ja, gehört habe ich den Namen Urban auch schon einige Male. Die Dietsche hat ihn mal in einer Vorlesung fallen lassen. Der scheint ja wirklich eine ziemliche Nummer gewesen zu sein."

„Gerke schwört auf ihn! Er hat uns auch angehalten, Urbans Bücher für unsere Arbeiten zu verwenden", erzählte die junge Frau und steckte das Buch wieder in die Tasche. „Apropos Facharbeit, ich muss später noch rauf in die Ghostwriting-Abteilung."

„Und warum ist der Urban dann nicht mehr hier an der Uni?", wollte ihr Kollege wissen. „Wenn der doch so ein Ass war! Ich meine, so alt sieht der doch auch nicht aus, als dass er nicht mehr lehren könnte."

„Du hast recht, Tim!", antwortete die Rothaarige und drückte noch einmal ungeduldig den Aufzugknopf. „Ich würde es mir auch wünschen, wenn wir so einen wie Urban als Professor hätten. Der war jahrelang das Aushängeschild dieser Fakultät. Für Doktor Gerke ist Urban die deutsche Antwort auf Stephen Hawking!"

„Und dann rennt der heute nur als Privatmann rum?“, wunderte sich Tim und schaute ungläubig. „Ist denn der Urban schon pensioniert oder so was?“

„Das weiß ich nicht so genau“, antwortete die Studentin und seufzte erneut. Dann erzählte sie, dass Max Urban damals nach offiziellen Angaben einen Burn-out erlitten habe. Er sei anschließend beurlaubt und entsprechend medizinisch behandelt worden. Dann in eine Therapie geschickt und so weiter. Als offiziellen Grund hatte man „Überarbeitung“ angegeben. Schließlich erzählte die junge Frau aber auch, was die Gerüchteküche an Informationen beigesteuert hatte: Raphael Gerke und sein damaliger Doktorvater Max Urban seien irgendwann nicht mehr miteinander klargekommen und deren Zusammenarbeit sei eskaliert. „Ja, und dann ist was ganz Schlimmes passiert. Das hat dem Urban angeblich das Gestell weggezogen.“

„Was denn?“, wollte Tim wissen.

„Das sollte ich dir eigentlich nicht sagen“, meinte die Rothaarige. „Das ist top secret. Gerke und der Rest der Führungsmannschaft legen keinen gesteigerten Wert drauf, dass das unter uns Studierenden die Runde macht.“

„Ich halte schon dicht, keine Sorge!“, versprach der junge Mann. Auch ein Blinder mit Holzauge hätte mitbekommen, dass er fast platzte vor Spannung.

„Also gut!“, ließ sich seine Kommilitonin breitschlagen. In diesem Moment ertönte das „Bing“ des Aufzugs und die Schiebetür ging auf. Die beiden Studierenden stiegen in die gläserne Gondel.

* * *

Urban war noch völlig in Gedanken und bemerkte zunächst gar nicht, dass Dutschke vor dem Eingang zu einer weiteren Area stehengeblieben war. Er dachte noch immer über die junge Studentin nach, der er gerne etwas mehr geholfen hätte. Und er genoss dieses aufkeimende Gefühl, das ihn früher so sehr angetrieben hatte. Diese Mischung aus Ehrgeiz, Euphorie, Lust an der Leistung im Sinne von

Hingabe an die Wissenschaft. Und aus purer Freude, den jungen Leuten seine Erfahrung weitergeben zu können. Es war wieder da, das Feuer, das ihn die ganzen Jahre angetrieben hatte. Ja, da hatte Dutschke nicht ganz unrecht gehabt. Er war immer für jeden da. Vor allem für den wissenschaftlichen Nachwuchs. Aber was hatte er wohl damit gemeint, er habe sich ‚aufgeopfert'?

„Herr Professor, wir sind da!"

Urban blieb nun auch stehen. Er stand unmittelbar vor dem Eingang, und auch hier befand sich ein großes gläsernes Schild, eingerahmt von einer glänzenden Chrom-Fassung. Urban schaute Dutschke an, lachte und zeigte mit dem Finger auf ihn.

„Sie wollen mir jetzt sicher Feedback geben, richtig?"

Dutschke lächelte. „So ist es!"

„Und mit diesem Feedback wollen Sie mir zu verstehen geben, dass Sie es nicht so gut finden, wenn ich mich der Studentin widme?"

„Nein!", antwortete Dutschke. „Im Gegenteil! Es ist vorbildlich, wie Sie sich den jungen Leuten so engagiert widmen. Nicht so gut finde ich, dass Sie mich wieder einfach haben stehen lassen! Aber kommen Sie, Herr Professor! Lassen Sie uns reingehen!"

Wieder sorgte der Bewegungsmelder dafür, dass die Glas-Schiebetür aufging. Dutschke ließ Urban den Vortritt. Der erhaschte noch einen kurzen Blick auf das Schild am Eingang, auf dem „Development-Area" stand. „Entwicklung", dachte sich Urban und war gespannt, was ihn hier erwartete. Was hier wohl „entwickelt" wurde? Dieser Bereich war in einem sanften, frischen hellen Grün gehalten und vermittelte eine Atmosphäre von Inspiration und Aufbruch. Gleich am Eingang befand sich wieder ein Terminal, und vor diesem standen eine junge Frau und ein junger Mann. Beides Studierende, die ihre Chipkarten in den vorgesehenen Schlitz schoben. Die Stimme des Computers sprach sie mit ihrem Namen an und wies ihnen einen Platz zu. Bis hierher kannte Urban den Ablauf schon. Was genau aber in dieser Area passierte, konnte er sich beim besten Willen nicht denken. Im Gegensatz zu den anderen beiden Bereichen gab es hier sehr viele Separees, in denen jeweils Studierende saßen. Entweder mit Lehrkräften der Universität, mit anderen

Studierenden oder mit Mitarbeitern dieses Bereichs. Diese erkannte Urban an den farblich passenden grünen Poloshirts.

„Sie sind bestimmt Herr Professor Urban!“, hörte er eine sehr angenehme weibliche Stimme hinter sich. Urban sah sich überrascht um und erblickte eine schlanke, sehr adrette Dame, die mit ausgestreckter Hand auf ihn zukam. Sie stellte sich als Katharina Wolfrum vor. Frau Wolfrum trug eine weiße Bundfaltenhose und – wie jeder Bereichsmitarbeiter hier – ein grünes Poloshirt. Am Revers ihres Shirts befand sich ein kleines Schildchen mit ihrem Namen. Wie bei den anderen Bereichsleitern auch. „Ich freue mich, dass Sie auch unsere Area besuchen, Herr Professor!“

„Ja ..., ich freue mich auch!“, meinte Urban etwas verlegen. Mittlerweile hatte es für ihn den Anschein, dass ihn alle erwarteten. Das war ihm ein bisschen unangenehm.

„Hallo Herr Dutschke!“, begrüßte Frau Dr. Wolfrum nun auch seinen Begleiter.

„Frau Dr. Wolfrum ist die Leiterin der Development-Area, Herr Professor! Frau Wolfrum, wir kommen gerade aus der Feedback-Area und ich habe Professor Urban vorgeschlagen, so quasi darauf aufbauend, gleich zu Ihnen zu gehen.“

„Eine sehr gute Entscheidung!“, lobte Frau Dr. Wolfrum. „Dann wissen Sie bereits, dass bei uns konstruktives Feedback eine wichtiges Instrument darstellt, um unsere Studierenden, Professoren, Mitarbeiter, aber auch und vor allem den Lehrkräfte-Nachwuchs zu entwickeln.“

„Und was wird hier genau entwickelt?“, wollte Urban gleich wissen.

„Hier entwickelt jeder Studierende sein eigenes Curriculum!“, antwortete Frau Dr. Wolfrum.

„Ach so?“, fragte Urban ungläubig und blieb einen Moment stehen. „Die Studierenden entwickeln das hier wirklich selber?“

„Ja selbstverständlich! Wer denn sonst?“, entgegnete Frau Dr. Wolfrum etwas überrascht.

Verwundert schaute sich Urban nun bewusst die Studierenden an, die in den einzelnen Separees saßen und sich in intensiven Gesprächen befanden. Als Urban in das ein oder andere Gespräch hineinhörte, erkannte er schnell, dass alle sehr konstruktiven Charakter hatten. Ihm am nächsten sprach eine junge Studentin mit einem älteren Herrn. Es war einer der Professoren. Die Studierende hatte ein Tablet in der Hand, auf dem einiges untereinandergeschrieben war. Das zeigte sie dem Professor und schlug ihm vor, die Reihenfolge umzustellen. Sie wirbelte mit dem Zeigefinger auf ihrem Tablet herum und reichte es dann der Lehrkraft. Dann diskutierten die beiden und anschließend sagte der Professor zu seiner Studentin: „... na, wenn Ihnen das lieber ist, dann versuchen wir es doch einfach so!" Urban staunte nicht schlecht. Das Mädel gab der Lehrkraft tatsächlich vor, was sie wann zu lernen gedachte. Frau Dr. Wolfrum hatte Urbans Unverständnis natürlich bemerkt und fragte ihn: „Kennen Sie das anders, Herr Professor? Darf ich fragen, wie Sie das mit Ihren Studierenden gemacht haben?"

„So jedenfalls nicht!", antwortete Urban offen. „Bei uns gab es einen verbindlichen Studienplan. Allerdings mit einigen Wahlfächern. Ein Studienplan kann doch nicht an den Wünschen eines Studenten ausgerichtet werden. Schließlich gibt es doch auch Anforderungen, die aus den Notwendigkeiten späterer Karrieren in Industrie oder Wissenschaft folgen und die ein Student aufgrund seiner anderen Perspektive und geringeren Erfahrung gar nicht abschätzen kann. Man lässt doch schließlich Kinder auch nicht frei darüber entscheiden, ob sie ihre Zähne putzen oder nicht."

„Wir lassen den Studierenden ja nicht völlig freie Hand", erklärte die Bereichsleiterin. „Vielmehr erörtern wir mit ihnen zusammen ihren Studienplan. Unserer Erfahrung nach sind deren Wünsche oft sehr fundiert begründet und keineswegs nach der Maxime der Lustmaximierung. Auf der anderen Seite gibt es, genau wie Sie sagen, Aspekte, die Studierende aufgrund ihrer geringeren Erfahrung noch nicht einschätzen können. Diese Perspektive zur Geltung zu bringen ist die Aufgabe unserer Studienrichtung-Betreuer hier bei uns in der Area."

„Gibt es denn eine Grundidee, wie man solche Erörterungsgespräche erfolgreich führt?", wollte Urban wissen.

„Selbstverständlich!", bestätigte sie. „Der erste Schritt ist, sich gegenseitig zuzuhören und dabei nicht zu werten – oder sich zumindest seiner Wertungen bewusst zu sein. Verhandlungstricks, wie hoch einsteigen, um sich runterhandeln lassen, die Nutzung von Fehlinformationen oder die Ausnutzung von Schwachpunkten des Gegenübers führen nie zu einem guten Gesprächsergebnis. Höchstens zu einem kurzfristigen Sieg, der einen Verlierer zurücklässt. Unsere Universität hatte sich zum Ziel gesetzt, keine Verlierer zu produzieren."

Frau Dr. Wolfrum führte Urban und Dutschke weiter durch den erfrischend grünen Bereich. Die drei kamen an einer der Kaffeeecken vorbei. An der rechten Seite stand ein großer Kaffeeautomat, und in der Mitte hatte sich um die runden, grünen Stehtische eine Gruppe Studierender versammelt. Es roch herrlich nach frisch aufgebrühtem Kaffee. Die jungen Leute diskutierten eifrig mit einem ihrer Kollegen. Urban hörte heraus, dass ein Studierender höheren Semesters die jüngeren davor warnte, zu früh an einem bestimmten Projekt teilzunehmen. Im folgenden Separee sprachen zwei schon ziemlich betagte Herren eifrig miteinander. Und da sich beiden mit „Herr Kollege" ansprachen, lag es auf der Hand, dass es sich um zwei Professoren handelte. Als einer von ihnen Urban sah, nickte er ihm freundlich grüßend zu. Urban erwiderte den Gruß und versuchte sich angestrengt an dessen Namen zu erinnern. Ja, das Gesicht kannte er. Aber er wusste beim besten Willen nicht, wo er diesen Kollegen hinpacken sollte. Die beiden Lehrkräfte ließen sich auch nicht weiter ablenken und gaben sich gegenseitig Ratschläge. So viel konnte Urban verstehen. Rein akustisch. Welchen Sinn das alles hatte, verstand er nicht. Noch nicht!

Frau Dr. Wolfrum bat Max Urban und Frank Dutschke, ihr zu einem weiteren Separee zu folgen. In diesem befanden sich drei Personen. Eine junge Studentin, ein älterer Herr und einer der Schulungsmitarbeiter des Bereichs. Den erkannte Urban an seinem grünen Poloshirt. Die Leiterin geleitete Max Urban in dieses Separee, sodass er das gesamte Gespräch dort mitverfolgen konnte.

„Und welches Problem haben Sie nun dabei?", fragte der Mitarbeiter die Studentin gerade. Dabei schaute er sie nur kurz an. Kaum hatte er seinen Satz beendet, wandte er seinen Blick demonstrativ und für jeden sichtbar ab und schrieb etwas auf einen Block.

„Soll ich jetzt ...?", fragte die Studierende schüchtern.

„Ja! Machen Sie alles genau so wie in dem echten Gespräch", sagte der Mitarbeiter und sah dabei kurz den älteren, gepflegten Herrn an. Die junge Frau musterte den Bereichsmitarbeiter, der eifrig an seinen Notizen schrieb.

„Ich warte!", sagte er dann und blickte auf.

„Ich werde mein Studium abbrechen, Herr Professor", meinte die Studentin nach einer Weile des Schweigens.

„Blödsinn!", antwortete der Mitarbeiter. „Was soll diese Schnapsidee!"

„Das ist keine Schnapsidee. Mir ist es wirklich erst damit!", fuhr sie etwas mutiger fort. „Ich schaff das Studium nicht und werde lieber eine berufliche Ausbildung machen."

„Das ist doch alles Quatsch!", konterte der Mann im grünen Shirt. „Sie sind doch schon ziemlich weit gekommen. Jetzt hinwerfen wäre die falsche Entscheidung. Eine berufliche Ausbildung ist doch keine Herausforderung für Sie. Gut, Sie verdienen gleich was. Wenn es Ihnen darum geht ..."

„Es geht mir nicht ums Geld, Herr Braun – oh, Entschuldigung, ich meine Herr Professor."

So ging das Gespräch zwischen der Studentin und dem Mitarbeiter weiter. Spätestens zu diesem Zeitpunkt erkannte Max Urban, was hier eigentlich vor sich ging. Es handelte sich um ein Rollenspiel, bei dem der Bereichsmitarbeiter einen Professor mimte. In Max Urbans Innenleben braute sich etwas zusammen. Ihm wurde heiß und kalt und sein Puls ging schneller. Dieses Rollenspiel erinnerte ihn an das letzte Gespräch, das er damals mit Raphael Gerke geführt hatte. So real sah er alles wieder vor sich, als ob es gestern gewesen wäre. Urban zitterte leicht und hatte alle Mühe, das zu verbergen. Er konzentrierte sich auf die beiden Gesprächspartner und begann langsam zu begreifen, auf was dieses Rollenspiel hinauslief. Der Mitarbeiter schlug der Studentin verschiedene Dinge vor, von denen er der Meinung war, sie seien gut für sie. Zum Schluss verschärfte er den Ton.

„Sie sind sich doch hoffentlich im Klaren darüber, dass es sich in Ihrem Lebenslauf nicht besonders gut macht, wenn Sie einfach Ihr Studium abbrechen."

„Was wollen Sie damit sagen?", fragte die Studierende.

„Dass es sich für die Karriere junger Frauen in der Wirtschaft niemals gut macht, wenn sie ihr Studium abbrechen. Außerdem habe ich große Stücke auf Sie gehalten und mich um Sie bemüht. Wenn Sie jetzt aufhören, dann haben Sie meine Energie und meine Zeit vergeudet. Ich wäre enttäuscht von Ihnen!"

Das Gespräch dauerte nur noch ein paar Minuten und anschließend erläuterte der Mitarbeiter im grünen Shirt dem ebenfalls älteren Herren und der Studentin, was in diesem Mustergespräch falschgelaufen war. Der Professor, den er simuliert hatte, stellte nur seine Person und seine Ansichtsweise in den Mittelpunkt. Die Beweggründe der Studentin berücksichtigte er nicht. Frau Dr. Wolfrum ging mit Urban und Dutschke ein paar Schritte weiter und knüpfte noch einmal an Urbans Ausführungen zu den Personalgesprächen an.

„Was Sie mir gerade von Ihren Gesprächen erzählt haben, klingt ähnlich wie das Szenario, das wir eben verfolgt habe, Herr Professor Urban", verglich sie. „Bei Ihnen standen nicht der Studierende und seine Situation im Mittelpunkt, sondern Sie. Sie haben alles vorgegeben, Sie haben gesagt, was er zu tun und zu lassen hatte."

„Natürlich habe ich das so gemacht!", sah sich Urban zu seiner Verteidigung genötigt. „Schließlich tragen wir Professoren ja auch die Verantwortung. Und wir haben ja auch die Erfahrung."

„Und genau das ist der springende Punkt!", betonte Frau Dr. Wolfrum. „Bei uns läuft das eben nicht so! Bei uns geht es nicht darum, was zum Beispiel Sie von dem Studierenden erwarten, sondern darum, was der Einzelne braucht. Wir stellen die individuellen Bedürfnisse, die persönliche Situation des jeweiligen Studierenden in den Fokus."

Urban runzelte die Stirn und dachte nach. Nach einem kurzen Moment antwortete er: „Dann kann ich als Lehrkraft meiner Verantwortung ja gar nicht gerecht werden!"

„Aber das müssen Sie auch gar nicht, Herr Professor Urban!", entgegnete die Bereichsleiterin nur und lächelte.

„Also da kann ich Ihnen leider nicht ganz folgen, Frau Dr. Wolfrum!"

„Wie ich schon sagte: Wir stellen die individuellen Bedürfnisse der Menschen in den Mittelpunkt. Wenn die Lehrkraft genau herausfindet, was der Einzelne in diesem Moment braucht, verschafft ihm das die Möglichkeit, diesen Menschen individuell, Schritt für Schritt, weiterzuentwickeln. Und genau darum sollte es doch gehen, nicht wahr?" Sie schwieg abwartend und gab Urban damit die Möglichkeit, das Gehörte erneut zu überdenken. Und das tat er auch. Je mehr er darüber nachdachte, desto mehr erkannte er auch eine gewisse Logik und einen Sinn in diesem Ansatz.

„Wir Professoren sind nicht auf der Wassersuppe dahergeschwommen", parierte Urban dennoch. „Wir kennen den gesamten wissenschaftlichen Werdegang. Von ganz unten bis nach ganz oben. Wir waren alle auch einmal Studenten, haben Fehler gemacht und viele, viele Erfahrungen gesammelt. Wir wissen schon, was Studierende, wissenschaftliche Mitarbeiter und Doktoranden brauchen und was nicht!" Urban machte ebenfalls eine Pause, damit sein letzter Satz mehr Gewicht bekam: „Ganz überflüssig sind wir nun auch nicht, verehrte Frau Dr. Wolfrum!"

Diese lachte und nahm das sehr gelassen. Sie rechtfertigte ihr System in einer charmanten und sehr galanten Weise: indem sie Max Urban grundsätzlich recht gab. Natürlich ging es hier nicht darum, das Rad neu zu erfinden. Und schon gar nicht den Beruf des Hochschullehrers. Frau Dr. Wolfrum bestätigte Urban, dass es auch früher schon viele Lehrer gegeben habe, die über das gewisse Gespür verfügten und es rein intuitiv genauso machten, wie es hier in diesem Bereich systematisch geschult wurde.

„Bei uns in der Development-Area geht es darum, dass die Leute ständig im gegenseitigen Austausch bleiben", erklärte sie weiter. „So wissen wir immer, wo der jeweilige Mensch gerade steht. Auf welcher Stufe, wenn Sie so wollen. Und wir finden dann heraus, was er eben in diesem Moment braucht, um sich weiterzuentwickeln."

Das leuchtete Max Urban ein und er nickte zustimmend. Frau Dr. Wolfrum erläuterte die Unterscheidung im Bezug darauf, was

Menschen brauchen, in *Was, Wie* und *Wofür*. Professor Urban erinnerte sich vage an diese drei Begriffe aus dem Besuch der Principle-Area. Dr. Wolfrum führte weiter aus: „Über diese drei Teilaspekte des Lernens bleiben alle Beteiligten im Gespräch. *Was* steht dabei für den Inhalt. Zum Beispiel das Curriculum eines Studiengangs. Oder in Bezug auf eine Promotion das Promotionsthema. Entscheidend für den Erfolg bei Studium oder Promotion ist dann allerdings das *Wofür*. Damit ist das Bedürfnis gemeint, das hinter der Entscheidung steht, zu studieren oder auch zu promovieren", erklärte Frau Dr. Wolfrum. „Ein starkes *Wofür* ist eine enorme Motivationsquelle. Mit einem starken *Wofür tue ich das* kann man so manche Durststrecke überstehen. Die entscheidende Frage dabei lautet: Bleibt das *Wofür* über die Dauer eines Studiums oder einer Promotion ausreichend stabil? Oder – falls es einmal verloren geht – kann es durch ein anderes *Wofür* ersetzt werden?" Sie machte eine erwartungsvolle Pause, und Urban fühlte sich bemüßigt, erneut bestätigend zu nicken.

Zufrieden fuhr die Bereichsleiterin fort: „Kommen wir zum *Wie*. Das *Wie* steht für die Art und Weise, in der studiert oder promoviert wird. Ist das *Wofür* jedoch extrem stark, spielt das *Wie* oftmals gar keine besonders große Rolle. In kritischen Phasen kann es jedoch sehr hilfreich sein zu prüfen, ob die Art und Weise, in der jemand aktuell arbeitet, auch den Neigungen des Betroffenen entspricht. Ein Beispiel für das *Wie* einer Promotion wäre: Promoviert jemand als Externer oder als Angestellter an einem Institut." Frau Dr. Wolfrum schloss mit den Worten: „Daraus ergeben sich völlig unterschiedliche Anforderungen, die je nach Neigung eines Doktoranden über Erfolg oder Misserfolg entscheiden können."

„Und wer überwacht oder kontrolliert das alles?", fragte Urban.

„Dafür gibt es unsere Controlling-Area!", sie zeigte mit dem Finger nach oben zur Decke. „Die ist oben, im vierten Stock! Herr Dutschke zeigt Sie Ihnen bestimmt, nicht wahr, Herr Dutschke?"

„Selbstverständlich!", meinte Dutschke und lächelte amüsiert. „Immer vorausgesetzt, Herr Professor Urban möchte noch weitere Areas ansehen."

„Aber unbedingt! Was soll diese Frage, Dutschke?", konterte Urban.

# 4. Kapitel

„Für dieses Thema konnte Mayr wirklich keinen finden, der besser geeignet ist als Max Urban“, gab Raphael Gerke anerkennend zu. Er saß zusammen mit seinem Kollegen Dr. Michael Schröder im Büro und ging mit ihm die Punkte durch, die Gerke später in dem Termin mit Urban ansprechen sollte. Professor Mayr hatte Max Urban als Hauptsprecher für das Jahreskolloquium eingeladen. Nach Gerkes Überzeugung gab es in der großen weiten Welt der Physik niemanden, der Urban auf diesem Sachgebiet das Wasser reichen konnte. Früher, vor vielen Jahren, war Max Urban von unzähligen Universitäten im In- und Ausland zu Vorträgen eingeladen worden. Damals hatte es so viele Anfragen gegeben, dass Urban stets nur ein paar davon annehmen konnte. Quasi als seine rechte Hand hatte Gerke ihn oft begleitet. Wehmütig dachte er für einen Moment zurück an die Sternstunden seines damaligen Doktorvaters. „Der Urban ist wirklich ein Ass“, dachte Gerke und fühlte noch immer tiefen Respekt, als er an dessen wissenschaftliches Können dachte, das von der Fachwelt so sehr geschätzt und anerkannt wurde.

„Das hat Mayr zu uns auch gesagt!“, meinte Dr. Schröder und riss Gerke jäh aus seinem gedanklichen Ausflug in die Vergangenheit. Schröder gehörte zum Team von Professor Andreas Mayr, der das Institut für theoretische Physik leitete. Schröders Job ähnelte dem von Raphael Gerke bei Frau Professor Steiner. Nur war Schröder auf der Karriereleiter noch ein paar Etagen unter ihm. Seine Habilitation gehörte noch in die Schublade „Zukunftsmusik“. „Die Einzelheiten habe ich dir zusammengetippt. Hier, darauf findest du alles, was du an Details wissen musst!“ Schröder schob Gerke einen USB-Stick über den Tisch.

„Es geht also nur um das Kolloquium, oder?“, fragte Gerke. „Und das läuft von allen anderen Sachen unabhängig.“

„Welche anderen Sachen?“

„Das Präsidium will Urban zum Ehrensenator ernennen.“

„Davon weiß ich nichts!“, antwortete Dr. Schröder überrascht. „Mayer gehört doch nicht zum Präsidium. Nee, es geht heute nur um das Kolloquium.“

„Gut, dann weiß ich Bescheid!“, meinte Gerke. Das klang zwar ziemlich selbstverständlich, aber es war alles andere als das. Raphael Gerke scheute das Wiedersehen mit seinem früheren Doktorvater wie einen Besuch beim Zahnarzt, bei dem eine Wurzelbehandlung ansteht.

„Mayr meint, dass wir das im Hörsaal machen sollten. Ich halte das aber für keine so gute Idee. Das letzte Mal, als dieser Österreicher da war, hatte der ein Problem mit der Technik und war stinksauer. Nicht dass das auch dem Urban passiert und …“

„Was?“, unterbrach Gerke und brach in fast hysterisches Lachen aus, sodass er sich kaum auf seinem Stuhl halten konnte. Offenbar lagen seine Nerven ziemlich blank. „Technische Probleme?“, japste er dann. „So was bringt den Urban nicht aus der Fassung. Ich war mal dabei, als dem die gesamte Projektoranlage ausgefallen ist.“

„Nee, oder? Und was ist da genau passiert?“, wollte Schröder wissen, immer noch leicht irritiert von diesem Heiterkeitsausbrauch. Gerke erzählte ihm, immer noch kichernd, die Geschichte, wie schon vielen anderen auch. Und man konnte ihm deutlich anmerken, dass eine gehörige Portion Hochachtung dabei war. Damals hatte Professor Max Urban eine Vorlesung zu halten. Im gerade fertig gestellten Hörsaal. Der damalige Hausmeister hatte in den Tagen zuvor noch die Projektoranlage neu installiert.

„Das war übrigens der Dutschke!“, meinte Gerke. „Unser heutiger Facility Manager. Dutschke wollte Urban unmittelbar vor der Vorlesung über diese Neuinstallation informieren und ihm erklären, dass er nur noch einen Adapter zwischen Laptop und Beamer anschließen musste.“

„Und dann?“, fragte Dr. Schröder.

„Urban hat dem Dutschke wieder einmal nicht zugehört! Das war typisch für ihn. Selten hörte er jemandem richtig zu! Und als er während der Vorlesung den Beamer anwerfen wollte, funktionierte das natürlich nicht.“

„Urban hat den Adapter vergessen“, vermutete Schröder.

„Bingo! No Adapter, no Beamer!“

„Und was ist dann passiert? Hat er die Vorlesung abgebrochen?“

„Doch nicht Urban! Der hat sich vor diese gefühlten tausend Studierenden hingestellt und einen so was von souveränen Vortrag gehalten ... Die haben alle zum Schluss minutenlang applaudiert und ihm mit Standing Ovations gedankt. Das war eine wahre Pracht.“

„Ohne Beamer und ohne visuelle Unterstützung?“

„Ganz genau! Ich erinnere mich an jedes Detail. Als wenn es gestern gewesen wäre. Und wie es das Schicksal wollte, war es auch sein letzter Vortrag. Das war an jenem Donnerstag, seinem letzten Arbeitstag hier“, meinte Raphael Gerke, mit einem Mal wieder ganz ernst. „Also mach dir mal keine Gedanken über technischen Schnickschnack. Das braucht der Urban nicht!“

„Dann ist das ja alles gebongt!“, freute sich Schröder zum Schluss. „Dann sagst du ihm das alles so. Und die Daten findest du auf dem Stick!“

„Dann sag ich ihm das alles so ... Der hat gut reden. Wenn der wüsste ...“ – an so vieles erinnerte sich Gerke auf einmal wieder, an Dinge, die er wohl in den letzten Jahren erfolgreich verdrängt hatte. Dinge von früher. Dinge von Max Urban. Und letztlich auch an das Unerfreuliche, das einen wichtigen Teil seines Lebens geprägt hatte.

„Muss das eigentlich wirklich ich machen, Micha?“, fragte Gerke dann gedehnt und spielte verlegen mit dem USB-Stick herum. Es war ihm sehr unangenehm, an diesem Tag unter diesen Umständen seinen alten Professor zu treffen. „Ich hab da ganz ehrlich gesagt null Bock drauf!“

„Wer soll es denn sonst machen?“, fragte Schröder zurück. „Frau Professor Steiner ist ja auch nicht da. Und von uns ..., nee du, das ist blöd. Ich kenne den Urban ja gar nicht. Und du warst ja schließlich so was wie sein Adjutant.“

„Adjutant, so ein Quatsch!“

„Ja, na gut, dann nennen wir es eben seine rechte Hand!“, korrigierte sich Dr. Schröder. „Ich denke, es ist viel besser, wenn jemand, der den Urban ...“

„Michael, bitte, es reicht.“

„Oh, Entschuldigung!“, antwortete Schröder leicht pikiert. „Es geht mich ja eigentlich gar nichts an, aber auf der einen Seite schwärmst du von dem Urban und dann scheinst du ein Problem damit zu haben, ihn heute zu treffen. Da fragt man sich doch …“

„Lass es uns doch einfach dabei belassen, Micha!“, bat Gerke ruhig aber bestimmt. „Das geht dich nichts an!“

* * *

Frank Dutschke musste noch einmal zurück in die Development-Area. Er hatte sein Telefon dort liegen lassen. Max Urban wartete vor dem nächsten Bereich, auf den er schon sehr gespannt war. Er nutzte Dutschkes Abwesenheit, um die Sache mit der „Weiterentwicklung“ noch einmal zu durchdenken. Ja, in der Tat, hätte er sich diese Sichtweise früher schon zu eigen gemacht, hätte er in vielen Situationen sicherlich anders reagiert. Er wäre mit seinen früheren Doktoranden, seinen wissenschaftlichen Mitarbeitern und auch den externen Leuten, mit denen er bei den vielen Forschungsprojekten zu tun hatte, wohl anders umgegangen. Da fiel ihm spontan die letzte Vorlesung ein, die er hier gehalten hatte. Max Urban erinnerte sich auch an einen Studenten, der ihn am Ende der Vorlesung gebeten hatte, die Verteilung der Prüfungen zu modifizieren, da diese allesamt in die vorlesungsfreie Zeit fielen.

„Der Punkt ist, dass wir keinen Freiraum haben“, hatte der junge Mann damals argumentiert. „Weder im Semester noch in den Semesterferien.“ Wie war das noch mal gewesen? Ach ja, der hatte an irgendeinem Umwelt-Projekt in Afrika ehrenamtlich mitgearbeitet. Solarzellen in der Wüste oder so. Und deshalb sollten die Prüfungen verschoben werden. Wie viele andere seiner Kolleginnen und Kollegen hatte Urban dem Studenten insgeheim recht gegeben und hatte in gewisser Weise Verständnis für die Problematik gehabt. Aber so richtig erkennen und vor allem anerkennen wollte er die individuellen Bedürfnisse des Einzelnen damals nicht. Er hatte die Thematik lieber verdrängt. Es hatte ja auch so unwahrscheinlich viel gegeben, um das er sich als Hochschullehrer, Institutsleiter, Dekan und Mitglied der Universitätsleitung zu kümmern hatte. „Sie können doch in Ihrer Freizeit machen, was Sie wollen!", so etwas in der Richtung hatte er damals wohl zu dem jungen Mann gesagt. Dessen Antwort klang Urban allerdings heute noch im Ohr: „Genau das ist ja der Punkt: Ich habe nicht genügend Freizeit. Während des Semesters nicht, denn da müssen wir ja die Vorlesungen besuchen. Und in den Semesterferien sind die Prüfungen angesetzt." Das war ja wohl ein Paradebeispiel für eine Situation, in der heute die individuelle Entwicklung der Studierenden in den Vordergrund der Bemühungen gestellt würde. „Heute hätten die im Entwicklungsbereich der Uni versucht, das umzusetzen", dachte sich Max Urban. Er hatte keine Ahnung, was aus diesem Studenten geworden war. Vielleicht war er in der Masse derer untergegangen, die ihr Studium aufgaben. Wie so oft an diesem Tag drängte sich der Gedanke an Raphael Gerke wieder in sein Bewusstsein, und er spürte erneut dieses unangenehme Gefühl des Scheiterns. Auch Gerke hat sich einmal hilfesuchend – wie dieser eine Student – an Urban gewandt. Hätte er damals schon diese Erkenntnisse gehabt, dann ...

„So, da bin ich wieder, Herr Professor!", rief Frank Dutschke und hielt sein Handy in die Luft. „Tut mir leid, aber ohne diese Dinger ist man heute ja nur noch ein halber Mensch. Kommen Sie, Herr Professor, ich denke, als Nächstes sollte ich ich Ihnen unsere Trust-Area zeigen."

„Ich bin schon sehr gespannt!"

„Das sollten Sie auch!", meinte Dutschke. „Das ist übrigens mein Lieblingsbereich."

„Was?", fragte Urban erstaunt, blieb stehen und schaute Dutschke fragend an. „Sie wurden da auch geschult? Ich meine ..., na ja ..."

„Sie meinen, weil ich ja nur der Hausmeister bin!", unterbrach Dutschke und war kein bisschen beleidigt. „Klar doch! Meine Mitarbeiter vom Facility Management auch! Die PDAs sind doch nicht nur ein Ort für Wissenschaftler."

* * *

Als Max Urban die Trust-Area betrat, fühlte er sich sofort heimisch. So gesehen verstand er natürlich, dass Dutschke diesen Bereich mochte. Der Eingang unterschied sich nicht von den anderen. Die automatische Tür, das große Schild aus Plexiglas, das Terminal – alles war genau so wie in den anderen Areas auch. Vielleicht lag es ja an der farblichen Gestaltung und der Einrichtung. Dieser Bereich war in einem sehr sanften hellen Blau gehalten. Teppichboden, die Stühle, Tische und alles andere, was zum Mobiliar gehörte, vermittelte einem sofort eine gewisse Behaglichkeit. Oben an der Decke hing ein Display, auf dem in leuchtenden Lettern „Vertrauen schafft Geschwindigkeit" stand. Darauf konnte sich Urban noch keinerlei Reim machen. Die Aufteilung der Area unterschied sich allerdings deutlich von den anderen Bereichen. Hier gab es nur einen großen Flur. Links und rechts davon blickte man je in einen großen Raum, der vorn jeweils mit einer raumhohen Glaswand vom Flur getrennt war. Ein bisschen erinnerte das Urban an ein Squash-Center, wo auch Glaswände zu den Gängen verhindern, dass die Bälle überall herumfliegen. Urban und Dutschke waren allein in einer Art Foyer, Vorraum oder wie man den Flur auch immer nennen mochte. Höchst interessiert besah sich Urban die beiden Räume. Sie waren identisch ausgestattet, so wie zwei Kulissen in einem Fernsehstudio. Eingerichtet waren beide Räume wie große Büros. Alle Arbeitsplätze waren besetzt, und an allen saßen Studierende und – Urban war dieses Mal nicht überrascht – auch Dozenten. In der Mitte eines jeden Raumes stand ein Konferenztisch, und um diesen großen Tisch herum gab es Einzelarbeitsplätze, die mit Computern und Tablets ausgestattet waren. Ein Unterschied in den Räumen stach jedoch sofort ins Auge: Während im linken Raum nur zwei Bereichsmitarbeiter, erkennbar an den hellblauen Shirts, bequem am Rand saßen und dem Geschehen zusahen, stand oder saß im rechten Raum neben jeder dort arbeitenden Person ein Bereichsmitarbeiter. Die Mitarbeiter beobachteten ihre Schützlinge und machten sich hin und wieder Notizen, griffen aber nicht in die Arbeit ein. Auch nicht, als sich dort plötzlich eine hitzige Diskussion entwickelte und die

Papiere, die in großen Mengen auf dem Konferenztisch lagen, heftig hin und her geschoben wurden. Der Student, der bislang Ergebnisse auf einem Flipchart notiert hatte, riss das Blatt erbost ab und zerknüllte es. Ein Dozent sprang von seinem Einzelarbeitsplatz auf und gestikulierte wild.

„Was ist denn hier los?“, fragte Urban Dutschke völlig erstaunt und zeigte auf den rechten Raum.

„Warten Sie, gleich ist es Zeit für das Feedback“, vertröstete Dutschke den Professor und sah auf die Uhr. „Noch 5 Minuten. Zu jeder vollen Stunde wird die Arbeit unterbrochen und eine Bestandsaufnahme gemacht.“

Urban richtete seine Aufmerksamkeit nun auf den linken Raum. Dort schien alles wie am Schnürchen zu laufen. Die Kommunikation unter den anwesenden Personen funktionierte perfekt. Die Papiere auf dem Konferenztisch dort lagen geordnet nebeneinander; einer schrieb an ein Flipchart, was ihm die anderen zuriefen, und immer wieder stand jemand von seinem Einzelarbeitsplatz auf, um den Übrigen am Konferenztisch Ergebnisse zu präsentieren oder das Flipchart zu vervollständigen. Alles sah sehr harmonisch aus, und es hatte den Anschein, als arbeiteten hier alle effizient Hand in Hand.

„In diesem Raum herrscht Vertrauen!“, beantwortete Dutschke lächelnd Urbans unausgesprochene Frage.

„Vertrauen?“, wiederholte Urban verständnislos.

„Ja – ah, einen Moment!“ Dutschke hatte eine junge Frau entdeckt, die gerade den Gang entlanglief, und fragte sie: „Wo ist denn Herr Obrecht?“

„Der macht gerade Pause!“

„Herr Obrecht ist der Leiter der Trust-Area“, wandte sich Dutschke an Urban. „Aber wenn der nicht hier ist, dann werde ich Ihnen erklären, um was es hier geht.“

Urban schaute Dutschke an. „Der Hausmeister will mir erklären, was hier gemacht wird“, dachte er sich und konnte sich gerade noch ein Kopfschütteln verkneifen. Na ja, das war jetzt auch egal.

„Also dann, was passiert hier?“, fragte Urban. In diesem Moment ertönte ein Gong, der Urban in seine Schulzeit zurückversetzte, und in beiden Räumen wurde die Arbeit unterbrochen. Die Bereichsmitarbeiter im rechten Raum wandten sich ihren Schützlingen zu, die im linken riefen alle Probanden zusammen.

„Im linken Raum herrscht Vertrauen!", wiederholte Dutschke. „Wenn Menschen einander vertrauen, dann geht alles viel leichter und auch schneller! Stellen Sie sich ein Kind vor, das zusammen mit Mama oder Papa das Fahrradfahren lernt: Wenn es den Eltern vertraut, dass sie so lange nicht loslassen, bis es von alleine Gleichgewicht halten kann, klappt das Fahren viel schneller als bei einem Kind, das ständig Angst hat, dass es hinfallen könnte, auch wenn die Eltern dabei sind."

Urban konnte sich ein überraschtes Lachen nicht verkneifen und schüttelte nur den Kopf. Diese Erklärung war so banal wie genial! Urban schaute erneut in den Raum, in dem alles so reibungslos und vor allem ziemlich schnell vonstattengegangen war. Dann wechselte sein Blick in den rechten Raum. Hier konnte man den Leuten förmlich ansehen, dass sie sich nicht nur gegenseitig, sondern auch sich selbst nicht vertrauten. Es war viel diskutiert worden, jeder hatte offenbar versucht, seinen eigenen Willen durchzusetzen, und keiner war bereit gewesen, den anderen zu vertrauen und sich auf etwas anderes als die eigene Idee einzulassen.

„Ja, jetzt sehe ich es auch, natürlich!", rief Urban. „Deshalb hängt dort der Spruch ‚Vertrauen schafft Geschwindigkeit'. Wenn ich etwas tue und weiß, dass mir ein anderer absolut vertraut, mache ich meine Arbeit leichter und schneller, und die Zusammenarbeit funktioniert viel besser. Aber wie kann man das lernen, sich selbst und anderen zu vertrauen?"

„Dafür gibt es ja diese Area, Herr Professor. Die Leute im rechten Raum lernen aus der praktischen Erfahrung, dass Zusammenarbeit viel besser klappt, wenn man dem anderen einen Vertrauensvorschuss gibt, sich einlässt auf Vorschläge und Vorgehensweisen anderer. Und dass im Gegenzug einem selbst dann auch Vertrauen entgegengebracht wird. Im Ergebnis gewinnen alle. Sehen Sie, das ist es auch, was die Bereichsmitarbeiter gerade mit den Probanden besprechen."

In der Tat sahen viele der Studierenden und Lehrkräfte im rechten Raum aus, als sei ihnen gerade ein Licht aufgegangen; einige gingen zu ihren Kollegen und schienen sich zu entschuldigen, andere klopften sich gegenseitig auf die Schultern.

„Im linken Raum lassen sich jetzt die Mitarbeiter erklären, was gut geklappt hat und welche Erkenntnisse die Leute aus der guten Zusammenarbeit gezogen haben. Viele aus dieser Gruppe haben bereits gelernt, dass Vertrauen die Basis für effektives und harmonisches Arbeiten ist. Das war ihr Abschlusstest. Man kann die Trust-Area allerdings immer wieder besuchen; dort gibt es immer wieder neue Aufgaben zu erfüllen, und je nach Aufgabenstellung arbeiten wir entweder am Selbstvertrauen, daran, bislang Fremden zu vertrauen oder auch, Kollegen zu vertrauen, zu denen man bisher kein gutes Verhältnis hatte."

Max Urban war regelrecht fasziniert von diesen gegensätzlichen Eindrücken, die wahrlich Bände sprachen. Frank Dutschke erklärte noch ein paar Details zu der Arbeit in diesem Bereich. Und während Urban interessiert den Worten des „Hausmeisters" lauschte, dachte er immer wieder, wie viel diese ganz einfache und eigentlich nur allzu menschliche Erkenntnis doch bewirken konnte! Urban sah noch einmal in den linken Raum und stutzte plötzlich. Ein älterer Herr mit Halbglatze kam ihm bekannt vor. Wer war das doch gleich? Während Urban noch nachdachte, sprach dieser Herr mit einer Bereichsmitarbeiterin, die mit der Hand in Richtung des anderen Raums zeigte. Dutschke folgte Urbans Blick und sagte:

„Ja, und wenn es bei dem einen oder anderen noch hakt, dann müssen sie wieder hinüber in den anderen Raum." Urban schaute den Herrn an. Es war ein Kollege von der Fakultät für Medizin. So viel wusste Urban noch. Der Mann kam heraus, und als er Urban sah, blieb er überrascht stehen und rief: „Wir kennen uns!"

„Ja, wir kennen uns!", erwiderte Urban. „Aber Ihr verehrter Name fällt mir nicht ein, Herr Kollege."

„Mühling! Franz-Josef Mühling!"

„Herr Professor Mühling!", sagte Urban erfreut. Jetzt fiel bei ihm der Groschen. Mühling hatte damals den Lehrstuhl für Physiologie an der Fakultät für Medizin innegehabt. Außerdem war er Dekan seiner Fakultät und in dieser Eigenschaft mit exzellenten Verbindungen zum Bayerischen Forschungsministerium ausgestattet. „Ich freue mich sehr, Sie zu sehen!“

„Die Freude ist ganz meinerseits, Herr Kollege Urban!“, sagte Professor Mühling und schüttelte Urban kräftig die Hand. „Wie geht es Ihnen denn?“

„Wenn Sie mich so fragen, Herr Kollege, am liebsten gut!“, meinte Urban trocken, und die beiden honorigen Wissenschaftler lachten laut miteinander wie zwei Kegelbrüder, die sich schon lange nicht mehr gesehen hatten. Vor Jahren hatten sie gemeinsam eine transfakultäre Professur innegehabt und deshalb lange Zeit zusammengearbeitet. Es folgte ein wenig Smalltalk unter wissenschaftlichen Kollegen, den Dutschke amüsiert verfolgte. Mühling sprach Urban darauf an, dass diesem einige ehrenamtliche Tätigkeiten hier an der Universität angeboten werden sollten.

„Ich bin selbstverständlich dafür, dass man Sie zum Ehrensenator ernennt und Sie ins Kuratorium beruft, Herr Kollege Urban“, meinte Professor Mühling.

„Ich weiß nicht, ob ich dafür der Richtige bin!“, antwortete Urban und stapelte tief. Insgeheim traute er sich das durchaus zu.

„Ich bitte Sie, Herr Kollege Urban“, fuhr Mühling fort. „Wer sollte dafür geeigneter sein als Sie. Bei Ihren Verdiensten um die Wissenschaft und vor allem für unsere Universität. Ich werde mich in jedem Fall dem Vorschlag des Präsidiums und vor allem der Frau Professor Steiner anschließen.“

„Sie machen mich ja ganz verlegen, Herr Kollege!“, meinte Urban.

„Gehe ich recht in der Annahme, dass Sie sich unsere Personal Development Areas heute näher ansehen?“, wollte Professor Mühling wissen. „Das wird ja auch langsam Zeit. Wie ich gehört habe, werden diese heiligen Hallen ja sogar nach Ihnen benannt. Der Habilitand von Frau Professor Steiner hat das initiiert, soweit mir bekannt ist. Wie heißt der gleich?“

„Gerke! Dr. Raphael Gerke!“, half Dutschke aus.

„Dr. Gerke, genau!“, wiederholte Mühling. „Was sagen Sie zu dieser Einrichtung, Herr Kollege Urban?“

„Genial!“, antwortete Urban. „Sehr gut und vorbildlich. Wie ich bisher gesehen habe, sind Sie ja heute perfekt aufgestellt und haben alles im Griff. Die alltäglichen Probleme, mit denen wir früher zu kämpfen hatten, scheinen nun endgültig dem Reich der Geschichte anzugehören."

„Oh nein, Herr Kollege, leider nicht." Professor Mühling lachte lauthals. „Heute ist auch noch nicht alles so perfekt, wie es sein könnte. Wir haben auch noch unsere Schwierigkeiten. Hier und da scheitern wir auch heute noch. Wir haben allerdings eingesehen, dass wir aus dem Scheitern lernen können. Wir gehen aufeinander zu und wollen uns gegenseitig verstehen. Und das machen wir. Diese Areas sind uns dabei eine sehr große Hilfe. Aber perfekt sind wir deswegen noch lange nicht."

„Aber das mit den transfakultären Professuren läuft heute viel besser, oder?", wollte Urban wissen, und Professor Mühling lachte erneut. Dazu schüttelte er amüsiert den Kopf.

„Es läuft genauso wenig wie bei uns damals, Herr Kollege Urban! Wie sagten Sie früher so treffend: Der physische Beweis, dass Chaos existiert, ist die transfakultäre Professur!"

Urban lachte nun ebenfalls herzlich, denn er erinnerte sich an die teilweise in der Tat chaotische Zusammenarbeit mit seinem Kollegen. Er hatte allerdings nicht nur mit Mühling eine transfakultäre Professur gehabt, sondern auch mit einigen anderen Kollegen. Und da hatte es immer auch diverse Reibereien gegeben. Urban wollte gerade etwas sagen, als eine weibliche Stimme aus dem rechten Raum rief:

„Herr Professor Mühling, kommen Sie bitte? Wir warten bereits auf Sie!"

Mühling verabschiedete sich von Urban und die beiden vereinbarten, dass Urban Mühling in absehbarer Zeit einmal besuchen wollte.

„Dass ich den Kollegen Mühling hier treffen würde, hätte ich nicht gedacht", sagte Urban gut gelaunt, als er mit Dutschke die Trust-Area verließ. „Allerdings bin ich noch immer ein bisschen perplex, dass die Personal Development Areas keineswegs nur eine Veranstaltung für Studierende, Doktoranden oder generell den wissenschaftlichen Nachwuchs sind", gab er zu. „Dass auch und gerade Hochschullehrer vom Kaliber eines Franz-Josef Mühling hier genauso vertreten sind, ist schon ein Ding."

„Nun ja", meinte Dutschke, „nehmen Sie doch das Beispiel mit den transfakultären Professuren. Die Inhaber der Lehrstühle müssen bei dieser Art Forschungsprojekt sehr eng zusammenarbeiten. Und da Menschen und natürlich auch Hochschullehrer verschieden sind, bleiben diverse Reibereien und Unstimmigkeiten nicht aus. Die Zusammenarbeit klappt nur selten problemlos. Auch Persönlichkeiten wie Professor Mühling oder Sie können profitieren von dem, was wir in diesem Bereich lehren und üben. Denn: Vertrauen schafft Geschwindigkeit."

Einmal mehr war Max Urban von Dutschke beeindruckt. Das war alles richtig und nachvollziehbar, gestand er sich ein. Auch wenn es von einem ehemaligen Hausmeister kam.

# 5. Kapitel

„Sagen Sie mal, Herr Binder, ist es richtig, dass Sie Professor Urban ziemlich gut gekannt haben?“, fragte Professor Jürgen Raubel. Raubel gehörte zu den jüngeren Professoren an der Uni und hatte ebenfalls einen Lehrstuhl inne. Er war ein schlanker, sportlicher Mann, der mit seinen Jeans und dem weißen Baumwollhemd, lässig und trendy nicht in die Hose gesteckt, nicht unbedingt wie ein Professor wirkte. Trotz seines jungen Alters war Raubel schon stolzer Inhaber einer Beinahe-Glatze. Sein Fachgebiet war „Quanteninformatik“. Gerade hatte er eine Vorlesung beendet und war damit beschäftigt, seine Utensilien einzupacken.

„Ja, das stimmt, Herr Professor!“, antwortete Harald Binder. Der mittelgroße, stattliche Mann gehörte zu den Dinosauriern der FKU, hatte er doch nahezu sein ganzes Arbeitsleben hier an der Uni verbracht. Früher hatte er zur Hausmeisterei gehört, wie Frank Dutschke. Zu seinen Aufgaben hatte unter anderem auch die Betreuung der technischen Einrichtungen der Universität gezählt, ganz speziell der Gerätschaften der physikalischen Fakultät, die entweder bei Versuchen oder Forschungsprojekten verwendet wurden. Binder wurde allseits geschätzt; seinen Spitznamen „Teddy“ verdankte er jedoch nicht seinem Aussehen, sondern weil er richtig brummig und das Gegenteil von „nett“ werden konnte, wenn man etwas Falsches zu ihm sagte. Harald Binder gehörte heute zu der Abteilung „Technical Support“, einer Unterabteilung – früher sagte man dazu: einem Referat – des Facility Managements. Naturgemäß griffen die Zugehörigen der physikalischen Fakultät ständig auf die Dienste dieser Abteilung zurück. So hatte ihn auch Professor Raubel an diesem Vormittag um Hilfe gebeten. Momentan ging es Raubel aber eher um Hintergrundinformationen zu Urban.

„Ja, den Urban kenne ich nur allzu gut. Ich habe fast jede Vorlesung von ihm miterlebt, in der technische Geräte gebraucht wurden.

Und auch bei vielen Forschungsprojekten war ich sehr oft in seiner Nähe. Warum fragen Sie?“

„Heute ging es in der Vorlesung unter anderem um ein Thema, auf dem Max Urban Pionierarbeit geleistet hat“, erklärte Raubel. Während er mit Binder sprach, unterbrach er seine Aufräum-Arbeiten. „Ein paar meiner Studierenden haben mich auf Urban angesprochen.“

„Ja, Professor Urban gehört zu den Säulen dieser Uni!“, meinte Binder, und aus seiner Stimme klangen Hochachtung und Bewunderung. „Haben Sie ihn eigentlich noch persönlich erlebt?“

„Nein, leider nicht!“, bedauerte der junge Professor. „Als ich vor gut sechs Jahren hierherkam, hatte Urban die Uni gerade verlassen. Ich kenne ihn nur durch seine hervorragenden Veröffentlichungen.“

„Da haben Sie wirklich was verpasst, Herr Professor!“, betonte Harald Binder. „Urban war nicht nur ein hervorragender Wissenschaftler. Ich meine, das kann ich ja nicht wirklich beurteilen. Aber er war ein toller Mensch. Wirklich, so ein verdammt netter Kerl.“

„Erzählen Sie doch mal ein bisschen mehr von ihm“, bat Raubel. Er hörte nun ganz bewusst auf, seine Sachen wegzuräumen, setzte sich bequem auf den kleinen Tisch neben seinem Pult und signalisierte Binder damit, doch ein bisschen aus dem Nähkästchen zu plaudern und ihm mehr über den legendären Professor Urban zu erzählen. Und das tat Harald Binder dann auch bereitwillig.

„Der Urban, das ist so ein Mensch, den muss man einfach mögen“, begann er und schilderte den genialen Physiker als einen Menschen, der zu jedem nett und freundlich war. Wer sich mit einem Problem an ihn wandte, fand bei ihm stets ein offenes Ohr. Nicht nur, dass Urban stets unkompliziert war und keinerlei Allüren hatte – dass das seiner Meinung nach nicht die Regel bei Hochschullehrern war, brachte Binder in einem kleinen Seitenhieb deutlich zum Ausdruck –, er war auch immer sofort bereit, alles liegen und stehen zu lassen und eine Fachsimpelei über den „Glubb“, den 1. FC Nürnberg, zu beginnen. Wenn der Nürnberger Traditionsverein mal wieder verloren hatte, konnte man das auch immer deutlich an Urbans Stimmung ablesen. Laut Binder war Urban ein Mensch, der „vielseitig interessiert war“, neugierig war und sich um alles und jeden kümmerte. Dabei machte Urban keinen Unterschied, ob es sich nun um einen Studenten handelte oder um den Inhaber eines Lehrstuhls. Das hatte übrigens damals nicht jedem gepasst und es hatte einige gegeben, die ihren Unmut darüber mehr oder weniger versteckt geäußert hatten. Doch Urban verfügte auch über eine unglaublich scharfe und geschliffene Rhetorik. Wer sich mit ihm anlegte, und dabei war es wiederum völlig egal, ob es sich um einen Studenten oder den Präsidenten der Universität handelte, wurde nicht selten mit Worten förmlich zerlegt. „Dass er sich so vielseitig interessiert, ist wohl auch eine seiner Schwächen!", meinte Binder, rollte die Augen nach oben und schwieg abwartend.

„Wie meinen Sie das?", wollte Raubel dann auch prompt wissen.

„Nun ja, wenn Professor Urban etwas interessierte, dann nahm er sich wie gesagt dieser Sache an. Er kümmerte sich. Leider um zu viel auf einmal. Wenn Urban fünf Leute traf, die ihn alle ansprachen, dann widmete er sich jedem. Er hörte sich alles an. Hakte immer wieder nach und wollte alles bis ins kleinste Detail wissen. Und wenn er dann zum dritten der fünf Gesprächspartner kam, hatte er das, was der erste zu ihm gesagt hatte, auch schon wieder komplett vergessen. Da es natürlich oft auch um wichtigere Anliegen ging, hatte das nicht selten gravierende Folgen. Tja, aber er hat einfach nicht draus lernen wollen und sich immer wieder verzettelt!"

„Dass er sich verzettelt haben soll, hab ich auch schon mal gehört", warf Professor Raubel ein. „Aber das ist doch kein Problem, das den Kollegen Urban allein betrifft! Wir alle, die wir an einer Universität lehren, kennen das. Wir haben ja nicht nur unsere Studierenden. Je höher man in der Hierarchie steigt, desto mehr haben wir uns um alles Mögliche zu kümmern. Um die Forschung, um unsere Mitarbeiter, um die Belange der Fakultät. Und dann müssen viele von uns ja auch Forschungsgelder organisieren. Manch ein Professor hat fast dasselbe zu tun wie ein Spitzenmanager. Und das zusätzlich, neben seiner wissenschaftlichen Tätigkeit."

„Daran ist Professor Urban wohl gescheitert!", überlegte Herr Binder etwas wehmütig. Er öffnete gerade den Mund, um weiterzusprechen, als sein Handy klingelte. Er entschuldigte sich und nahm das Gespräch an.

„Nein so was!", sagte er nach einer kurzen Pause und sah Professor Raubel dabei an. „Wenn man von der Sonne spricht ... Ja, okay, ich mach das, Herr Dutschke!" Binder wandte sich wieder Professor Raubel zu. „Gerade haben wir über Urban gesprochen. Jetzt sagt mir mein Chef, Herr Dutschke, dass Urban heute im Haus ist."

„Wirklich?", fragte Raubel verblüfft.

„Ja! Er sieht sich gerade die PDAs an und hat später einen Termin bei Dr. Gerke!"

„Dann sieht er ja gleich, was wir alles lernen, um uns und unsere Arbeit besser zu organisieren!", lachte Professor Raubel.

„So ist es, Herr Professor!", seufzte Binder. „Diese Einrichtung gab es zu Professor Urbans Zeit leider noch nicht! Da haben Sie es wohl besser als er!"

* * *

Der nächste Bereich, den Dutschke Max Urban zeigen wollte, lag in einem oberen Stockwerk. Dutschke hatte erneut vorgeschlagen, die Treppe zu nehmen. Das hatte Urban bislang kategorisch abgelehnt, schließlich gehörte er zu den bequemen und eher gemütlichen Zeitgenossen. Doch als er sah, wie überfüllt die Aufzüge jetzt, am fortgeschrittenen Vormittag, waren und wie lange man davor warten musste, gab er klein bei und steuerte auf die Wendeltreppe Richtung Obergeschoss zu. Kurz darauf schon bereute Urban seine Entscheidung nicht mehr: Diese neue breite Treppe war ähnlich konstruiert wie die Aufzüge und hatte nach außen hin ebenfalls eine Glaswand, sodass man auch von hier einen herrlichen Blick in Nürnbergs Außenstadtbereich genießen konnte. Urban blieb stehen und sah hinaus. Ströme von Studierenden zogen an ihm vorbei, doch Urban stand gedankenverloren am Fenster und beachtete sie nicht. So vieles hatte sich geändert, und so vieles war gleichgeblieben. Auch Professor Mühling hatte zugegeben, dass die transfakultäre Professur heute noch genauso chaotisch war wie damals. Dutschke hatte sich ja auch zu diesem Thema geäußert. Ja, der Dutschke. Das musste Urban ihm lassen: Der hatte mit vielem recht, was er so von sich gab. Mehr Vertrauen wäre in vielen Bereichen innerhalb des wissenschaftlichen Zusammenarbeitens wirklich sehr hilfreich. Keine der transfakultären Professuren zu Urbans aktiver Zeit war reibungslos über die Bühne gegangen. Es hatte überall gehakt und gestockt, nicht nur bei den Studierenden, Doktoranden und allen anderen Mitarbeitern auf den unteren Ebenen. Nein, auch die Professoren selbst hatten nicht selten Mühe gehabt, miteinander auszukommen. Was ja an sich auch ganz menschlich und nachvollziehbar war. Jeder Forschungsleiter hatte für sich und seinen Bereich eine Menge Verantwortung und brachte eigene Erfahrungen in das jeweilige Projekt ein. Und wenn Urban ganz ehrlich zu sich war: Auch er hatte zu denjenigen gehört, die nach dem Motto „Keiner macht das so gut wie ich" an eine Aufgabe herangegangen waren. Den anderen bewusst entgegengebrachtes Vertrauen hätte vielleicht wie ein Tropfen Öl in einem vertrockneten und schwer laufenden Getriebe gewirkt. Gerade bei dem einen Projekt, das er zusammen mit Professor Mühling geleitet hatte, wäre so sicherlich vieles leichter, problemloser und vor allem sehr viel schneller und effizienter gegangen. Wenn, ja wenn sich alle gegenseitig nur ein bisschen mehr vertraut hätten. Aber wie hieß es doch: „Hätte, hätte, Fahrradkette!" Der Kollege Mühling hatte heute wenigstens die Möglichkeit, solche wichtigen und elementaren Dinge zu lernen. Diese Erkenntnis sorgte für ein wenig Wehmut bei Max Urban. Vier dieser neuen Bereiche hatte er jetzt schon angesehen. Und ein jeder von ihnen hatte auf seine jeweils eigene Art und Weise bei ihm für die Einsicht gesorgt, dass er früher so einiges nicht ganz richtig gemacht hatte. Zu spät.

„So, Herr Professor!", riss Frank Dutschke Urban jäh aus seinen Gedanken. Urban drehte sich zu ihm um. „Und nun zeige ich Ihnen gleich die Unicom-Area. Die ist hier am Anfang."

„Wie heißt die? Unicorn-Area?!", wiederholte Urban ungläubig.

Dutschke lachte: „Nein, Unicom, das kommt von ‚University Communications', Herr Professor!"

* * *

Frank Dutschke ging etwa zwei Schritte voraus, und als er in den Bereich des Bewegungsmelders kam, glitt die Schiebetür lautlos zur Seite. Max Urban blieb vor dem großen Plexiglasschild stehen und las die Bezeichnung dieses Bereichs. „Tatsächlich", dachte er und konnte sich ein Schmunzeln nicht verkneifen. Da stand tatsächlich „Unicom-Area", aber bei nur schnellem Hinsehen hätte man auch gut ein „Unicorn" daraus lesen können. Urban war gespannt, was ihn nun erwartete. Dass es hier um etwas Aktives oder Kommunikatives ging, merkte man schon am Eingang. Alles war in einem frischen Orange gehalten. Wie schon in den anderen Bereichen wurde vom Raumdesign und der Einrichtung eine anregende Atmosphäre verbreitet. Hier jedoch bekam man sofort Lust, etwas zu unternehmen, denn alles wirkte energiegeladen. Die Unicom-Area war ein ziemlich großer Raum, und die für die anderen Bereiche großen Raumteiler waren hier an einigen Stellen durch kleinere, dezentere ersetzt worden. Es sah eher aus wie in einem großen Kaminzimmer eines Hotels. Um das Ganze aufzulockern, übernahmen diverse Pflanzen die Aufgaben der Raumteiler. Verteilt im ganzen Bereich standen Sitzgruppen, moderne orangefarbene Ledersessel. Teilweise gegenüberliegend, teilweise in Dreiergruppen. Und fast alle dieser Sitzgruppen waren belegt. Hier ging es wirklich sehr aktiv zu. Überall wurden Gespräche geführt, mal eher ruhig und entspannt, mal energisch und recht laut. Bei manchen Gesprächsgruppen saß noch ein Mitarbeiter dieses Bereichs dabei, unschwer zu erkennen an dem farblich zum Design des Raums passenden orangefarbenen Poloshirt. „Also hier geht es unverkennbar ums Reden", folgerte Urban, der ja mittlerweile auf die Erfahrung aus den anderen Bereichen zurückgreifen konnte.

„Sie müssen Professor Urban sein!", sprach ihn ein jüngerer Mann an und streckte ihm die Hand entgegen. „Ich freue mich sehr, Sie in unserer Area begrüßen zu dürfen. Mein Name ist Karlsberger. Dr. Ben Karlsberger! Ich leite die Unicom-Area."

Karlsberger war deutlich jünger als die anderen Bereichsleiter. „Scheint ein tüchtiger und strebsamer junger Mann zu sein", dachte sich Urban und schüttelte Dr. Karlsberger die Hand. Einen ziemlich kräftigen Händedruck hatte der.

„Es freut mich auch, Herr Dr. Karlsberger“, antwortete Urban.

„Grüße Sie, Herr Dutschke!“, reichte Dr. Karlsberger nun auch Dutschke die Hand.

„Bei Ihnen geht es ums Reden und um Gespräche, wie ich unschwer erkennen kann“, meinte Urban und ließ dabei seinen Blick durch den Raum schweifen.

„Kommunikation, um genau zu sein!“, bestätigte der junge Bereichsleiter. „Hier lernen und üben wir eine moderne, effektive und zielführende Kommunikation.“

„Das ist ja sehr lobenswert“, meinte Urban. „Aber was genau machen die Leute hier?“

„Wenn Sie möchten, demonstriere ich es Ihnen – kommen Sie mit“, lud Karlsberger ihn ein und schaute Urban lächelnd an. Der erwiderte das Lächeln und nickte zustimmend; genau darauf hatte er gehofft. Karlsberger durchquerte den Raum und steuerte auf eine Zweiergruppe zu. Er bedeutete Urban, stehenzubleiben. Dort saß ein junger Mann mit einem der Bereichsmitarbeiter. Das Gespräch faszinierte Urban sofort. Der junge Mann stellte einen Sachverhalt jeweils extrem kompliziert und verschachtelt dar; der Bereichsmitarbeiter wiederholte das Gesagte sinngemäß, aber in relativ banalen und einfach zu verstehenden Sätzen. Urban ging noch einen Schritt näher, um besser verstehen zu können.

„Herr Professor, Ihr verehrter Kollege hat mir heute zu verstehen gegeben, dass er nicht ausschließen will, dass ich das Studienziel unter den derzeit gegebenen Umständen möglicherweise nicht erreichen könnte. Dabei hat er angedeutet, dass dieses besonders im fremdsprachlichen Bereich auch durch einen Mangel an speziellen Maßnahmen meinerseits verstärkt worden sei. Außerdem hat er durchblicken lassen, auch andere Kollegen hätten signalisiert, mein aktives Interesse an Vorlesungen sei noch außerordentlich ausbaufähig“, sagte der junge Mann.

„Sehr gut!“, antwortete der Bereichsmitarbeiter. „Sie wollen also damit nichts anderes ausdrücken, als dass Sie wahrscheinlich das Lernziel nicht erreichen, weil Sie in den Sprachen nichts getan und Vorlesungen geschwänzt haben!"

„Diese Formulierung, Herr Professor, ist wohl ein wenig überspitzt", fuhr der junge Mann gestelzt fort. „Ich würde eher meinen, dass die auf uns zukommenden Probleme auch durch eine sehr undifferenzierte Analyse meiner Zurückhaltung seitens der mich unterrichtenden Lehrkräfte zu erklären ist. Natürlich übersehen wir dabei nicht, dass uns unreflektiertes Lernen wissenschaftlicher Sachverhalte, die ohne Beziehung vermittelt werden, nicht unbedingt liegt."

„Perfekt!", meinte der Bereichsmitarbeiter und zeigte sich sehr zufrieden mit den Äußerungen des Studenten. „Sie haben also einfach nichts gelernt!"

„Dieser Auffassung können wir uns nicht vollständig und kritiklos anschließen, Herr Professor. Unserer Ansicht nach kann man diesem doch sehr komplizierten Problem mit dieser sehr pauschalierten Feststellung nicht gerecht werden. Wir sind auch der Meinung, dass die anstehende Problematik nicht durch unglaubwürdiges Moralisieren oder gar Drohen gelöst werden kann. Wir versprechen uns vielmehr eine motivationsfördernde Wirkung von zusätzlichen Anreizen, wie zum Beispiel mehr Möglichkeiten zur Freizeit. Wir überschätzen die bildungspolitischen Auswirkungen solcher Stimulanzen durchaus nicht, sehen zum gegenwärtigen Zeitpunkt aber keine praktikableren Möglichkeiten."

„Sie wollen also von uns nicht nur in Ruhe gelassen werden, sondern darüber hinaus auch noch weniger Vorlesungen besuchen", fasste der Bereichsmitarbeiter kurz und knapp zusammen und zeigte sich wiederum sehr zufrieden mit dem jungen Mann.

„Warum redet denn dieser junge Mann so geschraubt?", fragte Urban Dr. Karlsberger. „Das klingt ja wie bei einem Politiker!"

„Fast", lachte Dr. Karlsberger. „Es geht hier darum, stets die richtige Sprache zu finden. Verstehen Sie, Herr Professor Urban, jeder Mensch hat seine eigene individuelle Sprache. Wir lernen, uns jeweils darauf einzustellen."

Urban schaute fragend. „Tut mir leid, aber das verstehe ich nun wirklich nicht!"

„Macht nichts, Herr Professor!", meinte Dr. Karlsberger. „Kommen Sie, ich zeige Ihnen ein treffenderes Beispiel."

Ben Karlsberger führte Urban zu einer anderen Sitzgruppe. Dort saßen zwei etwas ältere Herren. Einen davon meinte Urban zu kennen. Es war ein Professor, den er früher häufiger hier an der Uni gesehen hatte. Den beiden Herren gegenüber saß wiederum ein Bereichsmitarbeiter mit orangefarbenem Shirt. Urban hörte aufmerksam zu, als sich der Bereichsmitarbeiter einem der Herren zuwandte. Es war der, den Urban zu kennen glaubte.

„Ich schlage Ihnen Folgendes vor", begann der Bereichsmitarbeiter. „Sie absolvieren ein Krafttraining mit mittlerer Intensität. 12 bis 15 Wiederholungen pro Satz. Das sorgt zum einen dafür, dass Ihre vorhandene Muskelmasse erhalten bleibt. Die vielen Wiederholungen sorgen dafür, dass Sie eine athletischere Figur bekommen. Zum anderen absolvieren Sie ein leichtes Radtraining im Grundlagenausdauerbereich. Das unterstützt Ihre Ambitionen, einen definierten Körper zu bekommen, in idealer Weise. Denn damit verbrennen Sie effektiv Fett, was wiederum für bessere Konturen der Muskulatur sorgt. Mit diesem Training werden Ihre Muskeln also härter und definierter und das gewünschte Sixpack kommt damit ganz automatisch."

„Aha", meinte Urban und verstand immer noch nicht, was die da machten.

„Warten Sie doch ab, Herr Professor! Hören Sie einfach weiter zu."

Das tat Urban auch und war nun noch gespannter auf das, was kommen sollte. Der Bereichmitarbeiter wandte sich nun dem anderen älteren Herrn zu.

„Ich schlage Ihnen Folgendes vor", begann er wieder. „Sie absolvieren ein Krafttraining mit mittlerer Intensität. 12 bis 15 Wiederholungen pro Satz. Das sorgt dafür, dass Ihre Muskulatur nicht erschlafft. Ihre Muskeln bekommen keine schwächere Form und vor allem beugt eine gut gekräftigte Muskulatur vielen Beschwerden vor. Die vielen Wiederholungen und die leichten Gewichte sorgen dafür, dass Sie sich nicht übernehmen. Zusätzlich empfehle ich Ihnen ein leichtes Radtraining. Das trainiert und kräftigt Ihr Herz-Kreislauf-System auf sanfte Weise. Überdies verbrennen Sie überflüssiges Körperfett. Mit diesem Training werden Sie nicht krank und das Unwohlsein bleibt aus."

„Haben Sie den Unterschied bemerkt, Herr Professor Urban?", fragte Karlsberger lächelnd.

„Jaaaa", antwortete Urban gedehnt. „Ich kann aber noch immer den Sinn nicht ganz verstehen. Wenn ich richtig zugehört habe, dann hat dieser Herr beiden ein und dasselbe Trainingsprogramm empfohlen."

„Ja, genau das ist der Punkt!", sagte Dr. Karlsberger zufrieden und fasste dieses Gesprächstraining erklärend zusammen. „Wenn man so will, hat der Bereichsmitarbeiter, der einen Fitnesstrainer mimt, beiden Männern ein- und dasselbe empfohlen. Der Unterschied liegt in den verschiedenen Standpunkten der beiden älteren Herren. Der eine geht in ein Fitnesscenter, weil er eine möglichst athletische, sportliche Figur mit dem berühmten Sixpack anstrebt. Das ist seine Motivation. Der andere geht auch ins Fitnesscenter. Er will jedoch nur etwas für seine Gesundheit und sein Wohlbefinden tun. Er will verhindern, dass sich sein gesundheitlicher Zustand verschlechtert. Sehen Sie, die Sprache der einen Person ist: Sie möchte etwas erreichen. Tolle Figur, Sixpack, Muskeln usw. Die Sprache der anderen Person ist: Sie möchte etwas vermeiden! Die schlechten Auswirkungen mangelnder Bewegung auf die Gesundheit."

„Ah, jetzt verstehe ich, was Sie damit meinen", in der Tat fiel in diesem Moment fiel bei Urban der Groschen. „Das ist ja einfach und logisch", dachte er sich.

„Jeder Mensch hat also eine individuelle Sprache", fuhr Ben Karlsberger fort. „Und genau das lernen die Leute hier in unserer Area. Das war übrigens nur ein Beispiel für unterschiedliche, eigene Sprachen. Ich zeige Ihnen gerne noch mehr!"

„Aber das ist doch fast unmöglich, so etwas zu erlernen!", überlegte Urban.

„Nein, das ist gar nicht unmöglich!", behauptete Dr. Karlsberger. „Das ist ein permanenter Prozess. Immer wenn wir mit anderen Menschen kommunizieren, lernen wir, uns auf deren jeweils individuelle Sprache einzustellen und diese dann zu sprechen. So erreichen wir, dass der andere von uns hört, was er will, und vor allem, was er braucht."

„Ist das nicht extrem kompliziert, so etwas zu erlernen und vor allem immer richtig zu praktizieren?"

„Natürlich ist das nicht ganz einfach. Es ist vergleichbar mit dem Autofahren!"

„Mit dem Autofahren?", fragte Urban erstaunt.

„Ja!", meinte Dr. Karlsberger. „Erinnern Sie sich, wie Sie das Autofahren gelernt haben, Herr Professor?"

„Vage!", sagte Urban. „Ist ja schon ein paar Tage her."

„Am Anfang war alles blanker Horror. Sie mussten sich aufs Bremsen konzentrieren, aufs Schalten, darauf, zur richtigen Zeit in die Spiegel zu schauen und, und, und. Da denkt man sich: Das lern ich nie! Aber heute? Heute ist Ihnen das alles in Fleisch und Blut übergegangen. Heute schalten und bremsen Sie unbewusst und trotzdem der Situation angemessen richtig. Wir lernen das in der Kommunikation genauso. Von Anfang an lernen und trainieren wir, wie wir mit den einzelnen Menschen sprechen bzw. dass wir uns auf die jeweilige Sprachen unseres Gegenübers einstellen müssen, um emotionale Aufnahmebereitschaft herzustellen."

„Das klingt überzeugend, Herr Dr. Karlsberger!", sagte Urban und nickte zustimmend. Er meinte es auch so.

„Wir haben gelernt, auf die Sprache des jeweiligen Menschen einzugehen. Weil wir natürlich auch wissen, dass früher in der Kommunikation gravierende Fehler gemacht wurden!"

Es war dieser letzte Satz, der sich in Max Urbans Bewusstsein festsetzen sollte. Aber nicht nur dieser Satz. Bevor er mit Dutschke die Unicom-Area verließ, kamen sie noch an einer Gesprächsrunde vorbei, die bei Max Urban im wahrsten Sinne des Wortes für Gänsehaut sorgte. Eine ältere, sehr vornehm wirkende Dame saß in einem der Sessel und ihr gegenüber wieder ein Bereichsmitarbeiter. Beide simulierten ebenfalls ein Gespräch. Der Mann im orangefarbenen Shirt mimte einen Studenten, Doktoranden oder einen anderen wissenschaftlichen Mitarbeiter, der einem Professor untergeordnet war. Urban blieb stehen und wollte sich das Gespräch noch anhören, nichts ahnend, woran es ihn erinnern würde. Als der Bereichsmitarbeiter die ersten Worte sprach, zuckte Urban zusammen. Er fühlte sich wie von einem Blitz getroffen. Das war sinngemäß derselbe Inhalt, dieselben Phrasen, die damals sein Doktorand Raphael Gerke in jenem unseligen Gespräch geäußert hatte. Urban lief es eiskalt den Rücken hinunter. Er zitterte sogar ein wenig, als er gespannt auf die Antworten der Dame wartete. Würde sie so reagieren wie er damals? An diesem Donnerstagnachmittag bei dem letzten Gespräch, das er mit Gerke geführte hatte? Nein! Die Dame antwortete genau so, wie man es hier in diesem Bereich lernte. Vorbildlich stellte sie sich auf die Sprache ihres Gegenübers ein. Wie oft hatte er sich im Laufe der letzten Jahre über den missglückten Verlauf jenes Gesprächs das Gehirn zermartert. Sich unzählige Fragen gestellt, was er denn falsch gemacht hatte und was damals diese schreckliche Reaktion seines Doktoranden ausgelöst hatte. Diese Dame, sicher eine Professorin, gab die Antwort auf einige dieser Fragen. Und sie manifestierte auch die Erkenntnisse, die Max Urban hier sammeln konnte.

# 6. Kapitel

Als Max Urban und Frank Dutschke die Unicom-Area verließen, klingelte Dutschkes Handy. Er nahm das Gespräch an.

„Ja ..., ja, in Ordnung, das kann ich gleich machen. Ich bin gerade in den PDAs. Gut, Frau Werges, ich regele das gleich!" Dutschke steckte sein Handy wieder ein und wandte sich Urban zu. „Herr Professor, ich muss kurz was erledigen. Es dauert nicht lange."

„Natürlich", antwortete Urban. „Lassen Sie sich nicht aufhalten. Ich warte so lange auf Sie."

„Vielen Dank!", meinte Dutschke und zeigte auf eine Sitzgelegenheit am Ende des Ganges. „Ich bin gleich wieder da!"

Urban ging zu der Sitzecke. Mit drei Pflanzentrögen etwas abgeschottet standen am Ende des Ganges fünf graue Sessel hinter zwei Glastischen. Urban setzte sich so, dass er von dort aus durch die Glasfassade nach unten in die große Aula sehen konnte.

Die Eindrücke, die die Unicom-Area bei Max Urban hinterlassen hatten, beschäftigen ihn. Diese Sache mit der individuellen Sprache eines jeden einzelnen Menschen hatte was. „Wir waren ja früher nicht alle Ignoranten", dachte er sich. „Um die ganze Arbeit und Verantwortung richtig unter einen Hut zu bekommen und die uns Anvertrauten führen zu können, haben wir auch damals schon zusätzlich noch ein paar andere Fähigkeiten gebraucht als nur fachliches Können im wissenschaftlichen Bereich." Damals, so erinnerte er sich, hatte das Schlagwort „Soft Skills" gerade die Runde gemacht. Eine eingedeutschte Bezeichnung für „soziale Kompetenzen", also für Eigenschaften wie Teamfähigkeit, interkulturelle Kompetenz oder Disziplin. In den Führungsetagen der Wirtschaft hatte sich ein regelrechter Trend etabliert und die Leute hatten nur noch davon gesprochen. In den wissenschaftlichen Führungsgremien hatten sich die Verantwortlichen, oder besser gesagt die Betroffenen, dann natürlich auch damit beschäftigt. Urban erinnerte sich noch gut. Damals hatte auch er beschlossen, sich auf dem Gebiet der sozialen Kompetenzen weiterzubilden. Aber wenn er ganz ehrlich zu sich war, dann musste er sich eingestehen, dass es bei dem gutem Willen und der Absicht geblieben war. Er hatte sich zwar hier und da mal mit einigen Kollegen ausgetauscht, wie die das machten. Aber alle hatten dasselbe Problem gehabt: die fehlende Zeit! So auch Max Urban. Als Hochschullehrer hatte man einen dicht gedrängten Terminkalender. Vorlesungen, die Arbeit am Institut und die Forschung. Dazu hatte er sich ja auch und gerade um die Studierenden kümmern müssen und um seine Doktoranden und Habilitanden. Und immer wieder hatten unerwartete Vorkommnisse einen Strich durch die Rechnung gemacht. Da war eben nicht viel Zeit gewesen, um externe Kurse zu belegen oder diverse Bücher zu lesen. Und so war die Schulung der sozialen Kompetenzen zu kurz gekommen.

„Entschuldigen Sie!", sagte eine männliche Stimme mit stark amerikanischem Akzent. Urban blickte in das freundliche Gesicht eines groß gewachsenen, schlanken blonden Mannes. Er war wohl um die vierzig und trug moderne, verwaschene Jeans, ein weißes, modisches Baumwollhemd und darüber eine graue Weste. Der Mann sah aus wie ein „Kreativer", so ein Typ aus einer Werbeagentur oder Ähnlichem.

„Ja, bitte?"

„I have a date ..., oh, sorry", sagte der Mann. „Ich meine: Ich habe eine Termin bei dem Kanzler von diese Universität und suche die Verwaltung. Bin ich hier richtig?"

„Nein, das sind Sie nicht!", antwortete Urban und erklärte ihm, dass die Verwaltung auf der anderen Seite des Gebäudes war. „Das hier sind die ..., wie heißen die doch gleich? Ach ja, die PDAs. Sie sind hier in den Personal Development Areas."

„Oh, very good! Das ist ja hervorragend!", meinte der Mann und stellte sich als amerikanischer Journalist vor, der für ein US-Wissenschaftsmagazin recherchierte und genau über diesen Bereich der Ferdinand-von-Kohlheim-Universität einen Artikel vorbereitete. „Sind Sie ein Mitarbeiter von diese University?"

„Nein, nein!", antwortete Urban und schüttelte den Kopf. „Ich bin nur zu Gast hier und schaue mir diese Personal Development Areas an. Ich warte auf jemanden, der mich hier durchführt."

„Great! Darf ich mich einen Moment zu Ihnen setzen?", fragte der Amerikaner.

„Selbstverständlich! Bitte!" Urban zeigte einladend mit der Hand auf den Sessel neben sich. Der Amerikaner ließ sich dankend in den Sessel fallen und erzählte, dass er anlässlich des 75-jährigen Jubiläums der FKU einen ausführlichen Bericht verfassen wolle. Vor allem die PDAs interessierten ihn. Ein für den Amerikaner sehr aufschlussreiches Gespräch entstand. Urban outete sich ganz bewusst nicht als ehemaliger Lehrstuhlinhaber. Eine innere Stimme sagte ihm, dass dies nicht empfehlenswert sei. Das war auch gut so! Urban wusste zu diesem Zeitpunkt nämlich noch nicht, dass dieses zufällige Gespräch einen höchst interessanten, aber – hätte er sich am Ende zu erkennen gegeben – peinlichen Verlauf genommen hätte. Der Amerikaner erzählte ihm nämlich, dass sein Stiefbruder vor etwas mehr als zehn Jahren hier an der FKU studiert hatte.

„Ach!", sagte Urban. „Darf ich fragen, was Ihr Stiefbruder studiert hat?"

„Physik!"

Urban schluckte. „Ähm, interessant!"

„Ja, er war am Institut von diese berühmte Physiker. Diese Professor, nach dem diese Einrichtung hier benannt werden soll. His name escapes me at the moment ..."

Urban schluckte erneut und rutschte aufgeregt auf seinem Sessel hin und her.

„Urban!", fiel es dem Amerikaner ein. „Yes, Professor Max Urban! Bei dem hat mein Bruder studiert."

„Das ist ja, äh, das ist ja noch interessanter", stotterte Urban. „Und hat Ihnen Ihr Stiefbruder von diesem Max Urban erzählt?"

„Oh yeah! A lot!", berichtete der Amerikaner. „Das muss ein ganz toller Physiker gewesen sein."

„Das habe ich auch schon gehört!"

„Aber als Lehrer war er ein ..., a fool! Wie sagt man bei Ihnen, ein Tölpel?"

„Wie bitte?"

„Ein Dummkopf!", bekräftigte der Amerikaner. „I mean ein super Wissenschaftler. Aber kein guter Lehrer!"

„Wieso das denn?" Urban war nun ziemlich mulmig zumute. Er schaute sich um. „Hoffentlich kommt jetzt nicht der Dutschke und spricht mich mit meinem Namen an", dachte er sich. Er wurde zunehmend nervöser, war aber auch gespannt, was dieser Amerikaner über ihn zu berichten hatte.

„Der Urban konnte irgendwie nicht mit die Leute umgehen. Mit dem man konnte nie richtig reden, you know. Er hat gar nicht zugehört. He was present, but he was never really here, as we say. Verstehen Sie, was ich sagen will?"

„Nein!", antwortete Urban und schluckte. Sein Herz klopfte ihm bis zum Hals.

„Ich gebe Ihnen mal eine oder zwei Stories, die mir Stefan, also mein Stiefbruder, erzählt hat", sagte der Amerikaner. Die erste Geschichte handelte von einer Vorlesung, die Urban gehalten hatte. Der Amerikaner erzählte, dass es darin unter anderem um sehr komplexe Gleichungen ging. Nachdem die Vorlesung beendet war, ging der Stiefbruder nach vorne. Er nahm all seinen Mut zusammen, denn er wollte konstruktives Feedback zur Vorlesung anbringen, wusste allerdings nicht, ob er das durfte. „Und vor allem, er wusste nicht, wie würde Urban darauf reagieren", meinte der Amerikaner. Aber an sich sollte Professoren doch daran gelegen sein, die Ausbildung der Studierenden so zu gestalten, dass diese bestmöglich vorankommen. Also fragte Stefan den Professor, ob es denn nicht möglich sei, den Stoff in etwas kleinere Stücke zu gliedern, sodass die Studierenden besser die Sinnzusammenhänge verstünden. Urban hörte ihm anscheinend interessiert zu und bedankte sich danach auch bei Stefan für die Rückmeldung. Er sicherte ihm zu, diese Anregungen in die Vorbereitungen für die nächsten Vorlesungen mit einzubringen.

Als Max Urban das hörte, arbeiteten die Erinnerungsmechanismen in seinem Kopf auf Hochtouren. Ja, an solche Situationen konnte er sich natürlich zuhauf erinnern. Er meinte sogar, sich an diesen Studenten erinnern zu können. In diesem Moment, als ein Dritter ihm das erzählte, konnte sich Urban plötzlich auch in diesen

Studenten hineinversetzen. Aber früher, wie war es da gewesen? „Was hast du damals gedacht, Max?“, fragte er sich selbst. Meist war er in solchen Situationen geistig schon längst woanders gewesen, gestand er sich ein. Bei einem anderen Termin, vielleicht bei der Forschung, einem anstehenden Gespräch mit einem Mitarbeiter oder gar bei der Schreibtischarbeit, die unerbittlich auf Erledigung drängte.

„Was glauben Sie?“, fragte ihn der Amerikaner. „Hat er bei die nächsten Vorlesungen das, was mein Stiefbruder gesagt hat, umgesetzt?“

Urban antwortete nicht, sondern schaute seinen Gesprächspartner nur fragend an.

„Of course not! Das war typical für den: Zum eine Ohr rein, zum andere raus. Ohne Registrierung. Immer auf Durchzug. Dabei war der so ein toller Typ, hat mein Bruder immer gesagt. Die Studierenden liebten seine Vorlesungen und wollten von ihm so viel wie möglich lernen. Aber nobody is perfect. Auch der Professor Urban nicht. But apparently, er hat das nicht verstanden“, fügte der Amerikaner hinzu, und das ging Urban natürlich sehr nahe. Denn es gab nichts hier an der Universität, für das er sich so engagiert hatte wie für den wissenschaftlichen Nachwuchs. Studierende und Doktoranden hatten bei Urban schon immer die höchste Priorität gehabt. Sogar eine noch höhere als die Forschung. Es war bitter, nach so vielen Jahren so etwas zu hören. Doch es kam noch mehr. Der Amerikaner brachte noch einige ähnliche Beispiele, die ihm sein Stiefbruder erzählt hatte. Urban versuchte seinen „Kollegen“ zu rechtfertigen und in Schutz zu nehmen, fühlte sich dabei aber schnell in die Enge getrieben und setzte seine stärkste Waffe ein: seine geschliffene Rhetorik. Doch damit biss er bei dem Amerikaner im wahrsten Sinne des Wortes auf Granit. Denn der hielt ihm einen Vortrag über soziale Kompetenzen. Und je mehr Max Urban zuhörte, desto mehr musste er sich eingestehen, dass der Amerikaner recht hatte.

„Hat Ihr Stiefbruder sein Studium hier an der Universität beendet?“, wollte Urban wissen.

„Yes, er hat es beendet. Aber nicht hier in Nuremberg.“

„Wo dann, wenn ich fragen darf?“

„In the States!“, antwortete der Amerikaner. „Mein Stiefbruder sagte, he nearly failed here, und so er kam in die Staaten. Dort hat er sein Studium an der University of Texas in Dallas abgeschlossen. Jetzt ist unsere ganz Familie in Texas. Stefan hat seine Doktor gemacht und arbeitet bei Professor Malcolm McGregor.“

McGregor! Dieser Name war Max Urban natürlich geläufig. Er kannte den amerikanischen Kollegen. Vor vielen Jahren hatte dieser ihn einmal zu einem Kongress nach Dallas eingeladen.

„Dann ist aus Ihrem Stiefbruder ja noch etwas geworden!“, stellte Urban erleichtert fest.

„Bei uns in Amerika sind die Soft Skills etwas mehr wichtig als bei euch!“, behauptete der Amerikaner.

„Das können Sie so nicht sagen, denn ...“, setzte Urban an, wurde aber unterbrochen, weil das Handy des Amerikaners klingelte. Der entschuldigte sich, und während des Telefonats notierte er sich ein paar Stichpunkte in seinem kleinen Notizbuch, das er aus der Tasche geholt hatte.

„I'm sorry! Entschuldigen Sie, aber ich muss dringend weg“, sagte der Amerikaner nach Beendigung des Telefonats zu Max Urban. „Das war das Sekretariat des Kanzlers. Ich treffe mich wegen diese Personal Development Areas hier mit eine Herr. His name is ...“ – er schaute kurz auf das Notizbuch – „... Dr. Raphael Gerke. Shit, jetzt habe ich vergessen zu fragen, wo ich den finde. Wissen Sie das?“

„Wer, ich?“ Urban war wieder zusammengezuckt, als er den Namen seines ehemaligen Doktoranden hörte. „Nein ..., ähm ..., aber vielleicht versuchen Sie es mal in der Fakultät für Physik. Die ist gleich dort drüben, wenn Sie unten im Foyer stehen auf der linken Seite. Versuchen Sie es dann im Vorzimmer von Frau Professor Steiner. Dort hilft man Ihnen sicher weiter.“

„Oh, thank you very much!“, meinte der Amerikaner und reichte Urban die Hand zum Abschied. „Danke für das nette Gespräch. Das hat mich sehr gefreut. Übrigens: Mein Name ist Bishop. Jim Bishop!“

„Sehr angenehm. Ich heiße ..., äh ..., ich heiße Müller!“

* * *

Das war starker Tobak gewesen. Sehr starker Tobak. Max Urban war innerlich so aufgewühlt wie schon lange nicht mehr. Die Gedanken an früher, Erinnerungen an unzählige Situationen mit seinen Studierenden, Doktoranden, Kolleginnen und Kollegen und seinen Mitarbeitern schossen wie Blitze durch seinen Kopf. War er wirklich so gewesen? Sollte das das Ergebnis von vielen Jahren harter Arbeit und Mühen im Dienste der Wissenschaft sein? Dass ehemalige Studierende ihm bescheinigten, er sei zwar ein guter Wissenschaftler, aber ein schlechter Lehrer? Urban hielt es nicht mehr auf seinem Platz. Das beschäftigte ihn so sehr, dass er dringend Bewegung brauchte. Die Szenen und Situationen, die ihm der Amerikaner gerade brühwarm erzählt hatte, waren nicht gut gelaufen. Heute konnte er das zugeben. Mit dem Abstand von etwas mehr als sechs Jahren. Vielleicht hätte er sich früher doch etwas mehr mit diesen sozialen Kompetenzen, oder wie es auf neudeutsch hieß, „Soft Skills" beschäftigen sollen. Dann kamen wieder diese Schlüssel-Erlebnisse hoch. Die Erinnerungen an das letzte Gespräch, das er mit Raphael Gerke geführt hatte. An diesem Donnerstag, seinem letzten Arbeitstag als Hochschullehrer. Urban ging auf dem Gang hin und her wie ein hungriger Tiger in seinem Käfig. Und dann stellte er sich zum ersten Mal in seinem Leben die Frage: „Was bringt es eigentlich, wenn aus jemandem ein hervorragender Wissenschaftler wird, er aber nicht fähig ist, diese Expertise und sein Können an den Nachwuchs weiterzugeben? Ist nicht gerade das die Quintessenz des Wirkens eines Professors?" Urban fühlte, wie sich sein Puls beschleunigte.

Er haderte mit sich selbst und hatte alles um sich herum vergessen. Gefühlte 100 Kilometer ging er auf und ab und kam dabei immer wieder an einem dieser Plexiglasschilder vorbei, die vor den verschiedenen Bereichen angebracht waren. Auf diesem stand „Soft-Skills-Area". Wie vom Blitz getroffen blieb er stehen, als ihm bewusst wurde, was er gerade gelesen hatte. Soft-Skills-Area? Urban eilte zurück, fasste mit der Hand an das Schild, als wäre es im Begriff davonzulaufen und er wollte es um jeden Preis der Welt festhalten.

„Bingo!", dachte er sich. „Da gehst du jetzt rein!" Urban sah auf die Uhr. Dutschke war nun schon fast 20 Minuten weg. Er hatte aber keinerlei Geduld mehr, auf ihn zu warten. So sehr brannte er darauf, zu erfahren, was die hier den Leuten heute über diese berühmt-berüchtigten „Soft Skills" beibrachten. Max Urban beschloss, einfach allein hineinzugehen. Nicht ahnend, dass ihn dort die nächste große Überraschung erwarten sollte.

* * *

„Warten Sie mal einen Moment, Herr Bishop. Das will ich jetzt schon genau wissen", sagte Raphael Gerke und griff zu seinem Telefon. Der amerikanische Journalist hatte Dr. Gerke gleich gefunden. Dank der Tipps des Herrn „Müller" aus den Personal Development Areas. Er hatte bereits auf einem der beiden Stühlen Gerke gegenüber Platz genommen und sah diesem zu, wie er wählte. Gerke tippte Dutschkes Handynummer ein und konnte es kaum erwarten, dass dieser abnahm. Nach allem, was der Amerikaner ihm soeben erzählt und wie er seinen Gesprächspartner beschrieben hatte!

Frank Dutschke war gerade unten im Foyer und wollte wieder zurück in die Personal Development Areas, als sein Handy klingelte. „Dutschke!", meldete er sich.

„Ja, Gerke hier! Sagen Sie mal, Herr Dutschke, Sie sind doch mit Professor Urban in den Areas unterwegs?"

„Korrekt, das bin ich!", antwortete Dutschke. „Im Moment grad nicht, denn ich musste was erledigen."

„Sagen Sie mal, kann es sein, dass der Urban im zweiten Stock herumsitzt?"

„Ja, das ist korrekt, Herr Dr. Gerke!", antwortete Dutschke überrascht. „Wir waren gerade in der Unicom-Area, als ich schnell wegmusste. Ich hab ihm gesagt, er solle dort auf mich warten. Ich zeige ihm nämlich noch die oberen Bereiche."

„Das gibt es doch nicht!", meinte Gerke. „Das haut mich jetzt glatt um!"

„Wieso, was ist denn los, Herr Dr. Gerke?"

„Das ist eine längere Geschichte, die erzähl ich Ihnen ein andermal, versprochen. Danke, Herr Dutschke!"

Gerke legte das Handy zur Seite und sah Bishop nachdenklich an. Dann kramte er ein Foto aus seiner Schublade und schob es dem Amerikaner über den Tisch. „War das der Mann?"

„Right! Exactly! Der sieht auf dem Foto jünger aus, aber das ist er!"

„Dann haben Sie vorhin mit keinem Geringeren als mit Professor Max Urban geplaudert!"

„Oh my goodness!"

„Ja, das ist wirklich ein Ding!", schnaufte Gerke und setzte sich kopfschüttelnd in seinen Sessel. „Tja, mein lieber Max, jetzt holt dich deine Vergangenheit ein!"

* * *

In höchstem Maße gespannt betrat Max Urban die Soft-Skills-Area. Von außen sah alles genauso aus wie in den anderen Bereichen. Schiebetür mit Bewegungsmelder und gleich dahinter ein kleines Foyer. Innen aber erwartete ihn kein Terminal, kein farblich aufeinander abgestimmter Raum mit modernen Möbeln, Raumteilern, Pflanzen und so weiter. Nein, es sah eher aus wie in einem Studi-Kaffee, oder überhaupt in einem Kaffee. Keineswegs professionell. „Huch, was ist denn hier los?", dachte Urban. „Sieht so ‚soziale Kompetenz' aus?" Nun war Urban aus den anderen Bereichen, die er bisher besucht und angesehen hatte, zwar schon einiges an Überraschungen gewohnt, Überraschungen allerdings im konstruktiven Sinne. Doch hier? Es gab zwar auch wieder viele Sitzgelegenheiten, abgetrennt mit Raumteilern. Doch die sahen deutlich anders aus als in den anderen Bereichen. Gleich vor ihm standen zwei Sofas im rechten Winkel, in der Mitte ein Fernseher. Auf diesen lümmelten ein paar junge Leute, tranken Kaffee, aßen Kekse und sahen dabei fern. Etwas weiter entfernt konnte er eine Art Tresen ausmachen, an dem ebenfalls Studierende saßen, allerdings deutlich ältere Semester. Auch sie tranken Kaffee oder Wasser und unterhielten sich angeregt.

„Auch eine Art soziale Kompetenz“, murmelte Urban, nicht überzeugt. Eine gemütlich aussehende Sitzgruppe mit Liegesesseln, so wie man sie in einem privaten Wohnzimmer kennt, war bis auf den letzten Platz belegt. Die Leute hier unterhielten sich jedoch nicht, sondern schliefen oder hatten es sich in Liegeposition mit einem Buch bequem gemacht. Jetzt verstand Max Urban überhaupt nichts mehr. Da kam ihm ein Studierender entgegen, der wohl gerade den Raum verlassen wollte.

„Entschuldigen Sie, darf ich Sie etwas fragen?“, sprach ihn Urban vorsichtig an.

„Klar!“, antwortete der junge Mann.

„Was machen Sie denn alle hier?“

„Wir chillen!“

„Sie chillen?“, wiederholte Urban.

„Ja, das sieht man doch, oder?“

„Äh ja, das sieht man, in der Tat“, meinte Urban und konnte sein Staunen wohl nicht verbergen, denn der junge Mann sah ihn besorgt an.

„Geht es Ihnen nicht gut?“, fragte er dann auch fürsorglich. „Wollen Sie sich vielleicht setzen? Soll ich Ihnen einen Kaffee bringen, oder ein Wasser?“

„Oh, nein, nein, danke“, beeilte sich Urban zu sagen. „Alles gut! Alles okay!“

Der junge Mann warf ihm einen zweifelnden Blick zu, wünschte ihm dann aber noch einen schönen Tag und verließ die Area durch die Schiebetür. Wer Max Urban in diesem Moment dort in diesem Bereich stehen sah, wurde unweigerlich an das Sprichwort „Der steht da wie ein begossener Pudel“ erinnert. Und genauso fühlte sich Urban auch. „Das kann ja wohl alles nicht wahr sein“, dachte er sich. All die durchdachten anderen Areas, die ihn so begeistert hatten, und nun das? Der Professor machte auf dem Absatz kehrt und verließ fast fluchtartig den Raum.

„Da sind Sie ja, Herr Professor!“, rief Dutschke, als er Urban erblickte. Der Facility Manager schaute den Professor prüfend an und fragte: „Was ist denn mit Ihnen los? Sie sehen ja aus, als hätten Sie ein Gespenst gesehen!“

„Ich war gerade in der Soft-Skills-Area", antwortete Urban noch völlig verstört. „Können Sie mir mal erklären, was die Leute da drinnen machen? Die einen schlafen, die anderen ‚chillen' und wieder andere ... Also nein, was hat das denn mit Soft Skills zu tun?"

„Nee, nee, Herr Professor", meinte Dutschke und kicherte. „Das hat mit Soft Skills rein gar nichts zu tun. Wir haben nur den Raum noch nicht umbenannt. Der wird wirklich nur zum Entspannen genutzt. Als das Gebäude geplant wurde, dachten wir, wir müssten das Thema Soft Skills gesondert angehen. Der Begriff ‚Soft Skills' ist im Übrigen ziemlich irreführend, denn es geht um die Herbeiführung von Ergebnissen und damit ‚harten' Fakten. Diese Skills gibt es heute aus unserer Sicht nicht mehr!"

„Was? Warum gibt es die denn nicht mehr?", fragte Urban. Auch wenn er zunächst Erleichterung darüber verspürt hatte, dass der Raum tatsächlich nur zum „Chillen" genutzt wurde und keine echte „Area" darstellte, fühlte er sich befremdet. Noch klangen ihm die Worte des Amerikaners und dessen Seitenhieb auf die mangelnde soziale Kompetenz bei Hochschullehrern, insbesondere bei seiner Person, in den Ohren – die musste man dann doch trainieren. Warum sollte es die Soft Skills nicht mehr geben? Wichtige Eigenschaften wie Teamfähigkeit, interkulturelle Kompetenz oder Disziplin?

„Wir sehen das hier jetzt anders", klärte ihn Dutschke auf. „Für uns gibt es die Soft Skills nicht mehr als eigene Rubrik, sie sind in unserem Kommunikations- uns Führungssystem bereits enthalten. Die alte ‚Soft-Skills-Area' nutzen hier an der Uni vor allem die Studierenden, um mal abzuschalten, um Kraft und neue Power zu tanken. Das Schild dort ist also nicht mehr aktuell. Vielleicht nennen wir diesen Bereich in Zukunft ‚Power-Nap-Area' oder so."

„Aha!", war das Einzige, das Urban dazu einfiel. So ganz überzeugt klang es aber nicht.

„Wir hatten hier auf der Etage auch mal eine Motivation-Area", setzte Dutschke deshalb seine Erklärung fort. „Im ersten Review der Areas, zwei Jahre nach Start dieses Zentrums, stellten wir dann fest, dass Motivation dadurch entsteht, dass Mitarbeiter und Studierende unser Angebot nutzen. Wir sagen daher gerne: Wir motivieren nicht, wir sorgen für unsere Motivation! Aus diesem Grund haben wir die Motivation-Area ebenfalls eingestellt – sie war einfach überflüssig."

So langsam schien es Urban, als habe er wie Dornröschen die letzten hundert Jahre im Schlaf verbracht – so viel Neues hatte sich hier während seiner Abwesenheit entwickelt. Was wohl die letzten Areas an Überraschungen für ihn bereithalten würden? Als hätte er seine Gedanken gelesen, sagte Dutschke:

„Kommen Sie, Herr Professor, jetzt zeigen ich Ihnen einen weiteren Lieblingsbereich von mir!"

# 7. Kapitel

Am späten Vormittag nahm der Andrang im Bistro turnusmäßig zu. Die ersten Vorlesungen waren um, die nächsten hatten meist noch nicht begonnen. Zeit also für Studierende, wissenschaftliche Mitarbeiter und sonstige Bedienstete, sich eine kleine Pause zu gönnen. Manchmal kamen auch die Professoren zu dieser Zeit ins Bistro, um die kulinarischen Köstlichkeiten zu genießen. Denn es hatte einen hervorragenden Ruf, auch über die Universität hinaus. So traf man hier auch nicht nur die Mitarbeiter der FKU, sondern auch Gäste aus benachbarten Firmen und Behörden. Der Universität war das nur recht; der Umsatz sprach für sich.

Dr. Dieter Jarnoschke gehörte zum Institut für Physik. Er hatte seinerzeit an der FKU promoviert und arbeitete jetzt als Dozent unter der Leitung von Frau Professor Steiner, Urbans Nachfolgerin. Jarnoschke blieb kurz im Eingang zum Bistro stehen und ließ seinen Blick durch den Raum schweifen. Ja, da waren noch einige Plätze frei, sehr schön. Nachdem er seine Jacke über die Lehne eines freien Stuhls gehängt hatte, eilte er zum Buffet, stellte sich in die Schlange und nutzte die Wartezeit, um das Essensangebot zu inspizieren.

„Na Dieter, alles klar bei dir?“, hörte er eine bekannte Stimme hinter sich. Sie gehörte Hans Bertram, ebenfalls ein wissenschaftlicher Mitarbeiter, allerdings von der Fakultät für Rechtswissenschaften. Bertram, etwas jünger als Jarnoschke, schrieb gerade an seiner Doktorarbeit.

„Hey, Hans, grüß dich!“, erwiderte Jarnoschke erfreut. Die beiden kannten sich aus dem Fitnessstudio. „Na, hat sich bei dir wohl auch der kleine Hunger gemeldet?“

„Nee, noch nicht wirklich!“, erklärte Bertram. „Aber ich muss für etwas Kalorien-Input sorgen. Du weißt ja, ich hab gestern schwere Kniebeugen trainiert, und wenn ich nicht genügend esse, dann hapert es mit der Muskelmasse. Und du? Hast du Pause?“

„Ja, zum Glück, denn ich hab Hunger!“, antwortete Jarnoschke und erzählte seinem Trainingskollegen, dass er gerade eine Vorlesung in Vertretung für Professor Mayr gehalten hatte. Der war ja krank. Jarnoschke seufzte und jammerte über die viele Arbeit. Er hatte ein Forschungsprojekt zu betreuen und musste zusätzlich auch noch seinen Chef bei Vorlesungen vertreten.

„Na, dann hast du dir ja eine Stärkung auch redlich verdient“, meinte Bertram und ging hinüber ans andere Buffet, wo es kalorienreichere Kost gab, die der Fitnesssportler an diesem Tag bevorzugte.

„Hans, ich sitz da hinten. Gleich neben der Fensterreihe!“, rief ihm Jarnoschke nach. „Setz dich doch zu mir, dann können wir ein bisschen quasseln!“

Jarnoschke und Bertram saßen sich gegenüber und begannen gleichzeitig damit, ihre Mahlzeiten zu verspeisen. Während sich Jarnoschke mit viel Salat, magerem Roastbeef und Vollkorn-Baguette begnügte, hatte sich Bertram Deftiges auf den Teller geladen, Schnitzel und Kartoffelsalat. Kohlenhydrate. Jarnoschke wollte wissen, wie es denn so lief bei ihm und wie er mit seiner Doktorarbeit vorankam.

„Na ja, mehr schlecht als recht!“, antwortete Bertram kauend und beschwerte sich über die Zusammenarbeit mit seinem Doktorvater, Professor Mühling. Der nervte ihn zurzeit.

„Was macht er denn so Schlimmes?“, hakte Jarnoschke nach.

„Ich arbeite doch an diesem Projekt mit, das der Mühling von der Bundesregierung an Land gezogen hat“, begann Bertram zu erzählen. „Das Thema passte genau zu meiner Doktorarbeit.“ So weit war ja alles in bester Ordnung, doch die Zusammenarbeit mit seinem Professor und den anderen klappte nicht so, wie es sein sollte. „Der Mühling nervt! Um jede Kleinigkeit will er sich selber kümmern! Anstatt uns oder mich einfach mal machen zu lassen, funkt der bei jeder Lappalie rein. Ich weiß ja, dass es ein sehr wichtiges Projekt ist, aber ich bin ja auch nicht mehr ganz doof. Es reicht doch aus, wenn er nur ab und zu meine Ergebnisse kontrolliert, und nicht permanent. Das kostet alles so viel Zeit!“

„Ja, das kenn ich!“, meinte Jarnoschke mit noch halbvollem Mund. „Richtig kontrollieren ist eine Sache, die nicht jeder Professor beherrscht. Vor allem die älteren Baujahre nicht! Und da gehört euer Mühling ja dazu, oder?"

„Und ob! Der Mühling stammt noch aus der guten alten Zeit und ist der festen Überzeugung, dass es nirgendwo auf der Welt, insbesondere nicht hier an der Uni und schon gar nicht unter seinen Mitarbeitern und Studierenden jemanden gibt, der etwas genauso gut macht wie er", klagte Bertram, während er genüsslich ein großes Stück Wiener Schnitzel abschnitt. Dann erzählte er seinem Freund Jarnoschke noch ein treffendes Beispiel von seinem Professor: Im Rahmen seiner Doktorarbeit hatte Bertram von Professor Mühling die Aufgabe bekommen, etwas zu recherchieren, das sowohl für seine Dissertation als auch für das aktuelle Forschungsprojekt von Belang war. Bertram sollte darüber einen kurzen Bericht verfassen, der dann auch in seine Arbeit mit einfließen sollte. Als er Professor Mühling irgendwann einmal zufällig unverhofft getroffen hatte, hatte er ihn auf diese Aufgabe angesprochen. Er hatte seinem Professor die bisherige Recherche und was er dazu bereits geschrieben hatte gezeigt. „Ey, und anstatt den Text so zu kontrollieren, dass es mir was nützt und ich ein Feedback bekomme, setzt der sich hin, reißt mir den Laptop aus der Hand und haut wie ein Blöder eine halbe Stunde lang selber in die Tasten. Und als er fertig war, sagte er nur: ‚So sollte das aussehen. Ich sehe schon, das können Sie noch nicht! Kommen Sie ab sofort öfter mit Ihrer Arbeit und zeigen Sie mir die Fortschritte.' Also echt, Dieter, Vertrauen geht anders, oder? Und Kontrolle auch!"

„Ja, da gebe ich dir uneingeschränkt recht, Hans", bestätigte Jarnoschke schockiert. „Da kann ich nur unsere Steiner als positives Gegenbeispiel bringen. Die setzt das, was wir oben in den Personal Development Areas lernen, vorbildlich um. Das sehe ich auch täglich in der Zusammenarbeit mit den Studierenden. In Steiners und Gerkes Teams geht alles effizienter, schneller und reibungsloser. Auch in unseren Forschungsprojekten stelle ich das immer wieder fest. Die Leute sind selbstbewusster und damit auch schneller."

„Das liegt wohl am Alter", nuschelte Bertram, der gerade die letzte Gabel voll Kartoffelsalat in den Mund schob. „Die Frau Professor Steiner ist viel jünger. Die könnte doch glatt Mühlings Tochter sein."

„Es liegt sicher auch am kalendarischen Alter", überlegte Jarnoschke, der ebenfalls seinen Teller mit der kalorienarmen Kost aufgegessen hatte und sich gerade mit einer Serviette den Mund abwischte. „Die jüngere Generation hat es in Sachen ‚soziale Kompetenz und moderne Kommunikation' einfach besser drauf als die alte."

„Schade, dass ich nicht Physik studiere", seufzte Bertram. „Dann wäre ich wohl auch bei Steiner und Gerke."

„Lass den Kopf nicht hängen, mein Freund, die Rettung ist nah!"

„Was meinst du damit?", fragte Bertram hoffnungsvoll.

„Euer Professor Mühling geht fleißig in die Personal Development Areas", verriet Jarnoschke. „Heute Vormittag war er meines Wissens wieder in der Trust-Area unterwegs. Gut Ding will eben Weile haben, das wird schon!"

„Dein Wort in Gottes Ohr!", meinte Bertram nur. „Was ist, Dieter, holen wir uns noch einen Nachtisch?"

„Klar! Was Süßes ohne viel Zucker geht immer!"

* * *

„Erinnern Sie sich, was Ihnen Frau Dr. Wolfrum unten in der Trust-Area über Kontrolle und Vertrauen gesagt hat, Herr Professor?", fragte Dutschke, als er mit Urban zusammen im obersten Stockwerk ankam und sie gerade den Gang entlanggingen.

„Natürlich erinnere ich mich!", entgegnete Urban. „Kontrolle hängt unmittelbar mit Vertrauen zusammen."

„Und jetzt zeige ich Ihnen den Bereich, in dem genau das praktiziert wird."

Der nächste Bereich lag am Ende des Ganges, und schon hier auf dem Gang unterschied sich die Atmosphäre deutlich von den anderen Bereichen. Hier herrschte eine gediegene Ruhe, außer ihnen war niemand dort. Erneut freute sich Urban über die elegante und moderne Ausgestaltung des Innenlebens dieses Glasbaus, der ja bald nach ihm benannt werden sollte. In diesem Gang glänzte alles im angenehmen Schein des warm getönten und dennoch sehr hellen Lichts der energiesparenden LED-Leuchten, die in der ebenfalls weißen Deckenvertäfelung versenkt waren. Die mit weißem Edelholz getäfelten Wände wurden dezent von modernen Aquarellbildern verziert. Urban sah auf das Plexiglasschild, das auch hier vor der gläsernen Schiebetür mit Bewegungsmelder installiert war. Urban war gespannt, was ihn hier erwartete. An Überraschungen war er ja bereits gewöhnt. „Controlling-Area“. So weit war alles verständlich. Was darunter stand, musste er allerdings zweimal lesen: „Anti-Aging-Bereich“. Natürlich hatte auch Max Urban diesen Begriff schon einmal gehört. Und wenn es der Eingang zu einem Kosmetik- oder Wellnessstudio gewesen wäre, hätte ihn das auch nicht weiter verwundert. Aber hier, in der Universität?

„Äh, Herr Dutschke, warum steht denn hier ‚Anti-Aging-Bereich‘?“, fragte Urban dann auch vorsichtig nach und machte sich schon auf eine ebensolche Erklärung gefasst wie unten im Soft-Skills-Bereich.

„Ganz einfach: Dieser Raum sorgt dafür, dass wir alle jung bleiben!“, antwortete Dutschke amüsiert.

„Ah ja?“, meinte Urban nur. „Ein Jungbrunnen. Wieder so eine Überraschung“, dachte er sich und machte sich auf Unmögliches gefasst. Dutschke lachte nur.

„Gehen wir hinein, Herr Professor. Gehen wir hinein!“

Oha. Diese Area unterschied sich ebenso von den anderen Bereichen wie die „Power-Nap-Area“, in der er zuletzt gewesen war. Allerdings gab es hier das andere Extrem. Sitzgruppen mit in ihre Arbeit und ins Lernen und Üben oder Diskutieren vertieften Studierenden, Professoren und anderen Mitarbeitern waren hier Fehlanzeige! Dafür gab es unzählige, teilweise überdimensional große Computer. Hier sah es aus wie im Führungsstab einer Agentenzentrale. Ein echter Hightech-Raum, der jedem modernen Geheimdienstthriller zur Ehre gereicht hätte. Die vorherrschende Farbe war Weiß, ein blütenreines Weiß, das eine Aura von Perfektion und – wie sollte es anders sein – Kontrolle und Überwachung vermittelte. Auf den Monitoren an den Wänden liefen Zahlen, Charts und diverse Grafiken, ähnlich wie in den Arbeitsräumen von Börsen- und Wertpapierhändlern. Hier herrschte absolute Ordnung, nichts lag irgendwo herum. Und selbst der kleine Notizblock auf einem der Schreibtische wirkte wie mit Wasserwaage und Lineal drapiert.

„Ach du liebe Zeit, Dutschke, wo sind wir denn hier gelandet?", brach es aus Urban heraus. Er konnte sich wirklich absolut keinen Reim darauf machen, was sich hier drinnen abspielte.

„In der Controlling-Area!"

„Danke. Das wusste ich nun auch schon!", gab Urban zurück. „Das war eine eher rhetorische Frage." Als er sich weiter umsah, erblickte er etwas weiter vorne einen Mann mittleren Alters, der ihnen den Rücken zukehrte. Er stand vor einer großen, gläsernen Wand, auf der verschiedene Diagramme und Zahlenkombinationen aufleuchteten. Der Mann trug einen weißen Anzug und sah auf den ersten Blick aus wie ein Arzt. Mit der Hand tippte er auf dieser Glasscheibe die verschiedenen Dinge an, zoomte sie mit beiden Händen größer und verkleinerte sie wieder. Offenbar war das ein überdimensionales Display mit Touchscreen. Jetzt fiel Max Urban der letzte James-Bond-Film ein. Hier hatte die Führungsriege in etwa dieselben Bewegungen gemacht, als sie ihren Agenten in einem fernen Land überwachte.

„Entschuldigung, hallo, Herr Mentschel!", rief Dutschke. Der Mann im weißen Anzug dreht sich abrupt zu ihnen um. Er nickte seinen Besuchern freundlich lächelnd zu, wischte mit der Hand den Inhalt auf dem übergroßen Display zur Seite und kam zu ihnen herüber.

„Hallo Herr Dutschke, freut mich, Sie zu sehen! Und Sie sind Herr Professor Urban, nicht wahr? Herr Dutschke hat mich vorhin informiert, dass Sie meine Area heute besuchen. Schön, Sie kennenzulernen, Herr Professor Urban. Ich habe schon eine Menge von Ihnen gehört! Mein Name ist Christian Mentschel."

„Hoffentlich hat er nicht Ähnliches von mir gehört wie dieser Amerikaner", dachte sich Urban. „Sonst fliege ich hier gleich in hohem Bogen wieder raus." Urban reichte dem Mann im weißen Anzug die Hand. „Die Freude ist ganz meinerseits, Herr Mentschel!"

„Ich bin hier für den reibungslosen Ablauf verantwortlich!"

„Tatsächlich scheint hier alles tadellos zu funktionieren!", meinte Urban. „Aber was läuft hier genau ab?"

„Kommen Sie mit, ich zeige es Ihnen“, schlug Herr Mentschel vor und führte Dutschke und Urban langsam durch den großen, futuristischen Raum. Fasziniert beobachtete Urban die Computer und Bildschirme. „Hier kontrollieren wir das gesamte Tun und Lassen eines jeden Mitarbeiters der Universität. Was auch geschieht, es wird hier ausgewertet und kontrolliert.“

„Alles, was an der Universität geschieht, wird hier überwacht?“, fragte Urban geschockt. „Dann ist das hier ja die totale Überwachungsmaschinerie. Und ich habe immer gedacht, diese Methoden seien bei uns im Reich der Geschichte.“

„Oh nein, Herr Professor Urban. So dürfen Sie das nicht auffassen“, wehrte Herr Mentschel ab.

„Und wie soll ich es auffassen?“, bohrte Urban nach. „Als wir da unten waren in diesem Bereich ... wie hieß der doch noch gleich? Da, wo es um Vertrauen geht?“

„In der Trust-Area“, half Dutschke.

„Ja, in der Trust-Area. Danke, Herr Dutschke. Dort bringen Sie doch den Leuten bei, sich gegenseitig mehr zu vertrauen. Das passt doch irgendwie nicht zusammen. Wie sollen die Menschen denn Vertrauen lernen, wenn hier quasi ein perfektes Überwachungssystem herrscht?“

„Sie beziehen sich auf das Sprichwort ‚Vertrauen ist gut, Kontrolle besser‘, nicht wahr?“

„Absolut!“, antwortete Urban mit ernster Stimme. „Wenn Sie alles penibel kontrollieren, dann untergraben Sie doch das Vertrauen!“

„Eben nicht!“, erklärte Herr Mentschel ruhig. „Dieses bekannte Sprichwort gilt bei uns eben nicht! Wir handeln nach dem Motto: ‚Vertrauen ist gut UND Kontrolle ist gut.“

„Tut mir leid, Herr Mentschel, aber das ist zu hoch für einen alten Knochen wie mich.“

„Darf ich es Ihnen erklären?“

„Ich bitte sehr darum!“ Urban merkte, wie sich langsam Trotz in seinem Inneren regte. Was war das für ein Laden hier, voller Widersprüche. Erst vor ein paar Minuten hatte ihm der amerikanische Journalist Bishop eine Art Moralpredigt in Sachen „soziale Kompetenz“ gehalten, die sich Urban wirklich zu Herzen genommen hatte.

Gleich darauf hatte man ihm aber erklärt, dass Soft Skills nicht mehr gesondert gelehrt würden, und nun stellten die hier auch noch alles auf den Kopf, was mit gegenseitigem Vertrauen zu tun hatte. Nein, das konnte er nun wirklich nicht nachvollziehen, das passte alles nicht zusammen. Da musste der Mentschel aber eine geniale Erklärung abliefern, um ihn zu überzeugen.

„Der Begriff ‚Kontrolle' ist bei uns nicht mehr negativ belegt", begann Herr Mentschel. Und er erklärte auch, warum: Früher, in Urbans aktiver Zeit, war Kontrolle immer etwas Negatives gewesen. Hatte damals eine verantwortliche Führungskraft zu einem Mitarbeiter bzw. ein Professor zu einem Studenten oder Doktoranden gesagt: „Ich kontrolliere dich", dann hatte das einen faden Beigeschmack gehabt. Kontrolle war als mangelndes Vertrauen aufgefasst worden. Und war wohl auch so gedacht gewesen. „Das ist heute bei uns nicht mehr so. Bei uns ist das Thema ‚Kontrolle' positiv belegt und unser Mantra, wenn Sie so wollen, lautet: Erst Kontrolle schafft Vertrauen!"

Langsam zweifelte Max Urban an seinem Verstand. Diese Erklärung konnte er so nicht hinnehmen, und es kam zu einer kurzen, aber intensiven Diskussion zwischen den beiden, bei der Urban kein Blatt vor den Mund nahm, aufgeregt, wie er war, und sich Herr Mentschel hingegen alle Mühe gab, die Zusammenhänge einleuchtend und verständlich darzustellen. Schließlich sagte er: „Sie haben ein Verständnisproblem, Herr Professor Urban."

„Da wäre ich von alleine ja nie drauf gekommen!", konterte Urban sarkastisch.

„Wissen Sie, das liegt daran, dass sich die negative Belegung der Kontrolle in unserem Bewusstsein festgesetzt hat. Zumindest in Bezug auf die Zusammenarbeit von Menschen. Dabei sind wir Menschen doch echte Kontrollmaschinen. Wenn wir morgens aufstehen, schauen wir als Erstes auf den Wecker oder auf die Uhr. Wir kontrollieren also die Uhrzeit. Wenn wir mit dem Auto fahren, schauen wir auf den Tacho oder die Tankanzeige. Wenn wir uns krank fühlen, kontrollieren wir, ob wir Fieber haben. Liegen wir im Krankenhaus, kontrollieren die Ärzte dauernd die Parameter unseres Körpers." Mentschel brachte noch weitere Beispiele, die bewiesen, dass Menschen permanent kontrollieren. Und dass diese Kontrolle in nahezu allen Bereichen des Lebens durchaus etwas Positives ist.

Urban ließ sich auf diese Ausführungen ein und verstand bald, was Mentschel ihm eigentlich sagen wollte. Die Erklärung war wieder einmal so einfach wie eingängig: Was Kontrolle ist, liegt im Auge des Betrachters! Mentschel wiederholte auch immer wieder den Leitsatz dieser Area „Kontrolle schafft Vertrauen“. Je öfter Urban über die eigentliche Aussage dieses Satzes nachdachte, desto mehr änderte auch er sein Verständnis. Langsam drehte sich das Gespräch. Weg von der anfänglichen Opposition ging Urban mit Herrn Mentschel immer mehr d'accord.

„Ich will Ihnen noch ein abschließendes Beispiel geben, Herr Professor“, sagte Mentschel. „Sie waren doch sicher schon einmal in einem Klettergarten!“

„Ja, regelmäßig mit meiner Nichte!“

„Klasse! Stellen Sie sich vor, Sie stehen mit Ihrer Nichte am Hängeschlitten und es kommt einer vom technischen Dienst und kontrolliert vorher die Seile und Haken. Würden Sie das als negativ empfinden?“

„Natürlich nicht!“

„Sehen Sie, hier schafft die Kontrolle Vertrauen!“, fuhr Herr Mentschel fort. „Wir müssen Kontrolle nur richtig belegen. Dann schaffen wir Vertrauen.

„Und die Leute von der Fakultät für Mathematik machen daraus auch noch eine Gleichung: Kontrolle gleich Vertrauen!“, fügte Dutschke witzelnd hinzu. Die drei Männer lachten laut und herzlich. Die angespannte Stimmung war verflogen.

„Und was machen diese vielen Geräte oder Computer hier?“, wollte Urban noch wissen.

„Wir leben in einer digitalisierten Welt, Herr Professor“, gab Mentschel zu bedenken. „Das ist aber nur ein Grund. Weil wir im digitalen Zeitalter leben, sind wir von hier aus mit allen und allem vernetzt.“

„Das heißt: Sie sind hier oben so was wie Google. Ihnen entgeht nichts und Sie wissen alles über jeden.“

„Ich registriere, Herr Professor, Sie haben mich verstanden!", scherzte Mentschel. „Aber Spaß beiseite! Es ist genau so, wie Sie sagen. Wir wissen alles, haben alle Daten und damit auch die Kontrolle über alles. Entscheidend ist: Wir haben es in den letzten Jahren endlich geschafft, dass wir Kontrolle nicht mehr negativ sehen. Sie ist transparent und für jedermann einsehbar."

„Mal ganz ehrlich", sagte Urban nach ein paar Augenblicken des Nachdenkens. „Eigentlich haben Sie doch gar keine Kontrolle! Sie nehmen doch lediglich den Zustand wahr, also die Ist-Situation der Universität. Kontrolle bedeutet aber doch, Einfluss nehmen zu können! Wenn Sie das Wort *to control* aus dem Englischen in seiner Bedeutung betrachten, dann meint dieses sogar ‚etwas regeln'. Das heißt, mithilfe eines Systems einen stabilen Zustand auf einem bestimmten Niveau zu halten, obwohl es immer wieder Störungen des Systems gibt. Von einer echten Controlling-Area sind Sie doch weit entfernt!"

Mentschel lächelte entspannt. Es schien, als habe er diesen Einwand schon des Öfteren entkräftet. „Da haben Sie ganz recht, Herr Professor Urban. Das System Universität ist extrem komplex, und im Gegensatz zu Unternehmen gibt es keine zentrale Steuerungseinheit. Wie zum Beispiel die Holding eines Konzerns. Macht und Einfluss sind verstreut und liegen sowohl im Rektorat als auch in den Fakultäten. Sogar jeder einzelne Lehrstuhl hat ein hohes Maß an Freiheit in der Festlegung seiner Ziele. Als Lehrstuhlinhaber können Sie entscheiden, ob Sie Ihre Einheit mit 100 Mitarbeitern ausgestalten oder nur mit fünf. Sie können sich entweder stark auf angewandte Forschung fokussieren oder sich der Grundlage widmen." Mentschel erläuterte, dass alle diese Formen legitim und sogar notwendig sind. Er stellte allerdings die Frage, wie man all diese Unterschiedlichkeit in ein einziges Regelungssystem integrieren sollte, das nach dem Vorbild eines Reglers automatisch alle Störungen ausgleicht und für Stabilität sorgt. Darauf wusste Urban keine Antwort.

„Automatisch geht nach unserer Auffassung nichts", fuhr Mentschel fort und erzählte von einer Podiumsdiskussion. Dort hatte der Geschäftsführer eines mittelständischen Unternehmens gesagt,

Unternehmen führen sei wie Sümpfe trockenlegen. Da müsse man pumpen, pumpen, und nochmals pumpen. „So ist das auch mit unserer Universität! Wir wollen im Gespräch bleiben. Die Rolle der Controlling-Area besteht darin, den Status quo transparent und objektiv in das System zurückzumelden, d. h. Feedback zu geben. Das Gespräch bildet dann sozusagen den Regelkreis. Sie werden später in der Emergence-Area noch mehr dazu hören."

„Jetzt haben Sie mich überzeugt!", meinte Urban. „So schaffen Sie das nötige Vertrauen!" Als er Dutschke anschaute, musste der sich gerade das Lachen verkneifen. „Ich weiß Dutschke, die Mathematiker machen daraus auch noch eine Formel."

Als die drei Männer zum Ausgang kamen, bedankte sich Urban bei Herrn Mentschel mit einem festen Händedruck für den äußerst interessanten und aufschlussreichen Rundgang. Und er meinte es ehrlich.

„Ich bitte Sie, Herr Professor", wehrte Mentschel fast ein wenig beschämt ab. „Es war mir eine große Ehre, Ihnen unsere Auffassung vom Zusammenspiel von Vertrauen und Kontrolle vorstellen zu dürfen. Es macht mich auch ein wenig stolz. Schließlich wird unsere Einrichtung in ein paar Wochen Ihren Namen tragen."

„Noch einmal: Vielen Dank, Herr Mentschel!"

Wie schon so oft an diesem Vormittag dachte sich Max Urban beim Verlassen der Area: „Ach hätte ich doch das alles früher schon gewusst. Wie viele Fehler hätte ich vermeiden können." Dann richtete er sich auf, fuhr sich kurz durch die Haare und setzte sich in Bewegung. Er rief:

„Also Dutschke, auf geht's. Zur nächsten Station!" Als Dutschke nicht antwortete, sah er sich nach ihm um. Dieser stand noch am Ausgang der Controlling-Area und schüttelte sich fast vor Lachen.

„Ja, was lachen Sie denn dauernd, Dutschke?"

„Wusste ich es doch, Herr Professor. Ich kenne Sie eben!"

# 8. Kapitel

Jim Bishop, der amerikanische Journalist, saß bereits über eine halbe Stunde mit Raphael Gerke zusammen und befragte ihn zu den Personal Development Areas. Es ging dabei ausschließlich um nüchterne Fakten. Bishop hatte dem Büro des Kanzlers damals erklärt, dass er einen ausführlichen Artikel über die Areas schreiben wolle. Und da Gerke maßgeblich an deren Planung und Bau beteiligt gewesen war, hatte das Büro des Kanzlers vorgeschlagen, dass er sich von ihm die Informationen rund um den gläsernen Anbau quasi aus erster Hand holen sollte. Natürlich kam das Gespräch auch immer wieder auf Max Urban, dessen Namen dieser Anbau bei der bevorstehenden Einweihung bekommen sollte. Langsam bekam Bishop Lust auf einen Kaffee und fragte Gerke, ob sie in das wunderschöne Bistro-Restaurant gehen könnten, von dem er schon so viel gehört hatte. Außerdem hatte er seit den frühen Morgenstunden nichts mehr gegessen, und da es bald Mittag war, meldete sich auch sein leerer Magen vernehmlich. Erfreut willigte Gerke ein. Schließlich stand ihm noch der Termin mit Max Urban bevor und sorgte für mächtig Lampenfieber bei dem Habilitanden. Ein kleiner Snack zwischendurch würde da für etwas Ablenkung sorgen.

„That's really great here!“, schwärmte Jim Bishop, als er das Bistro-Restaurant betrat. Er kam aus dem Staunen nicht mehr heraus. Mittlerweile herrschte schon Gedränge, aber es gab dennoch genügend freie Plätze. „Da kriegt man ja schon Hunger, wenn man sieht sich nur um!“

„Freut mich, wenn es Ihnen gefällt, Herr Bishop!“, meinte Gerke. „Da sind wir auch ziemlich stolz drauf. Mittlerweile hat es sich herumgesprochen, dass man bei uns gut essen und trinken kann.“

„Und das ist nur für die Leute von der Universität?“

„In erster Linie, ja! Aber wir sind da ganz offen. Viele von den umliegenden Ämtern und Firmen kommen auch zu uns. Wir fungieren hier zwar nicht als öffentliches Restaurant, aber wir sehen das nicht so eng", erklärte Gerke. „Der Vorteil dabei ist: Das Restaurant finanziert sich besser! Speis und Trank, der dazu noch schmeckt, muss auch bezahlt werden. Was glauben Sie, was das für ein Kampf war, das hier aufzubauen? Öffentliche Mittel sind knapp. Aber wir haben es geschafft, dass sich das alles finanziert. Das Restaurant macht zwar keinen Gewinn. Das soll es auch nicht, aber es schreibt fast jedes Quartal eine schwarze Null. Und da freut sich unser Kanzler. Also kommen Sie, holen wir uns etwas an der Theke!"

„Oh, you don't have to tell me twice, Dr. Gerke!"

Im Restaurant musste Gerke den amerikanischen Journalisten scherzhaft zur Eile ermahnen. Bishop begutachtete jedes Getränk, jeden Snack und jedes Gericht einzeln und entschied sich schließlich für einen großen Kaffee und zwei Brötchen mit original Nürnberger Bratwürstchen. Die beiden setzten sich an die Seite. Da war es etwas ruhiger und von dort aus konnte man durch die Glaswand auf die Nürnberger Innenstadt sehen.

„Das war übrigens auch eine Idee von Max Urban!", meinte Gerke beiläufig.

„Das Restaurant?"

„Ja genau! Die Idee stammte ursprünglich von Professor Urban!"

Das wollte der Amerikaner dann genauer wissen. Gerke verriet ihm, dass Urban ein leidenschaftlicher Esser war. Er hatte eine Schwäche für kulinarische Köstlichkeiten. Früher hatte es hier ja nur die obligatorische Mensa gegeben, wie in jeder Universität. Viel „grün-alternative Dampfkost" und Fast Food. Immer wenn Urban dort etwas gegessen oder sich einen Kaffee geholt hatte, hatte er wie ein Rohrspatz geschimpft. „Der Kaffee in der Mensa schmeckt wie Spülwasser, die Brötchen sind weich wie Gummi, Käse und Wurst sind zäh wie Leder", pflegte sich Urban zu beschweren. Es hatte nichts in der Mensa gegeben, worüber er nicht gemotzt hatte. Urban, der besonders auf süße Sachen stand und Schokoriegel, Kuchen und anderes in Massen verzehrte, hatte dann irgendwann einmal die Idee entwickelt, die Mensa in ein modernes Schnell-Restaurant umzubauen. So wie es das in den Ministerien oder anderen größeren staatlichen Einrichtungen gab. „Geht nicht, gibt' s nicht!", lautete seine Devise. Wenn er vor einem Problem stand, suchte er sofort einen Weg zu dessen Lösung.

„Wie immer schob er das aber vor sich her. Es wollte alles irgendwann einmal angehen", meinte Gerke und seufzte. „Wenn er mal Zeit dazu hätte. Doch die hatte Urban nie! Und dann, ja dann ist etwas passiert, was, hm, eben nicht so gut war."

Der Journalist hatte genug Einfühlungsvermögen und erkannte an Gerkes Körpersprache und seiner Mimik, dass dieses Thema Gerke ziemlich nahe ging. Deshalb sagte er sehr vorsichtig:

„Oh, I see. But – warum war ein so berühmter Professor von eine Tag auf die andere weg von die University? Können Sie mir das sagen?"

„Das ist keine gute Idee, Herr Bishop!", wehrte Gerke ab. „Was geschehen ist, ist geschehen und Vergangenheit. Außerdem ist das nicht für die Öffentlichkeit bestimmt."

„Of course, Herr Dr. Gerke!", sagte Bishop, klappte demonstrativ sein Notizbuch zu und steckte den Stift weg. „Das ist nichts für mein Zeitung. Ich verspreche Ihnen, ich schreibe keine Wort darüber. Das bleibt alles mit mir. Es interessiert mich persönlich. Weil doch auch mein Stiefbruder, der Stefan, hat bei Urban studiert. Please, Herr Dr. Gerke!"

„Okay! Aber das ist alles nur für Sie. For your ears only. Sind wir uns einig?"

Bishop versprach es hoch und heilig. Er interessierte sich brennend für den plötzlichen Abgang Urbans vor etwas mehr als sechs Jahren. Gerke begann mit der offiziellen Variante, nach der Max Urban damals einen Burnout und einen Zusammenbruch erlitten hatte und depressiv wurde. Die Ärzte hatten ihm schließlich eine längere Auszeit verordnet. Er hatte sich in psychologische Behandlung begeben, ging anschließend in Kur und als er sich wieder einigermaßen gefangen hatte, machte er das, was er sich immer gewünscht, aber über die Jahre stets vor sich hergeschoben hatte: Urlaub! Vor allem Urlaub auf See.

„Und wie ist es zu diese Burn-out gekommen?", wollte der Amerikaner wissen. „Hat er zu viel gearbeitet?"

„Das auch!", meinte Gerke. Aber das war seiner Ansicht nach nicht der hauptsächliche Grund. Jeder Professor hat ein viel zu volles Programm. Einigen machte das nichts aus, andere scheiterten daran. So auch Max Urban. Gerke beschrieb seinen ehemaligen Doktorvater als einen überaus engagierten und vor allem interessierten Menschen mit größtmöglicher Leidenschaft für alles, was er tat. „Und das war eine Menge!", erzählte Gerke. Gerke verglich Urban mit einem Computer. Wenn dessen Arbeitsspeicher zu voll ist, dann bricht das ganze System zusammen. So war es seiner Meinung nach bei Max Urban. „Er hat den Blick fürs Wesentliche verloren!", erklärte Gerke. „Ein Hund, der viele Hasen fangen will, fängt am Ende keinen! Weil er sich verrennt! Urban hat uns, damit meine ich seine Mitarbeiter, Studierenden und natürlich auch solche wie mich, seine Doktoranden, nicht mehr erreicht. Und darunter hat jeder von uns gelitten. Ich ganz besonders, denn ich hatte auch meine Probleme, und die hat er einfach nicht registriert. Oder er wollte sie nicht registrieren. Ich weiß es nicht!" Gerke machte eine Pause und starrte nachdenklich in den Raum. Jetzt hatte er alles wieder vor sich. Diese schlimme Zeit damals, als er selber nicht mehr wusste, wie es weitergehen sollte, und er sich hilfesuchend an seinen Doktorvater gewandt hatte. Diese Erinnerungen schmerzten. Ja, sie schmerzten sehr. Das schien Bishop bemerkt zu haben, denn er wechselte das Thema und holte Gerke aus seinen schlimmen Gedanken heraus.

„Und dann war Urban lang im Urlaub?", fragte er.

„Ja!", antwortete Gerke und lachte jetzt wieder. Er erzählte, dass Urban ein leidenschaftlicher Schiffsnarr war und eine Seereise nach der anderen unternommen hatte. „Ja, und heute ist er plötzlich wieder aufgetaucht und sieht sich jetzt gerade unsere Personal Development Areas an. Hätte es die früher schon gegeben, wäre vielleicht vieles ganz anders gelaufen."

Dann herrschte einige Sekunden Schweigen.

„Sie sagten, Sie hatten damals auch some problems, Herr Dr. Gerke", fuhr Bishop fort. „Darf ich fragen, was Ihnen passiert ist?"

„Sorry, Herr Bishop, aber das ist mir etwas zu persönlich!"

„Das ist in Ordnung, Herr Dr. Gerke!", meinte Bishop und schaute auf die Uhr. „Oh, it's late. Ich muss gehen zu Ihre Kanzler. Der erwartet mich!"

„Tun Sie das, Herr Bishop! Und wenn Sie noch was brauchen – Sie wissen ja, wo Sie mich finden und wie Sie mich erreichen. Hat mich sehr gefreut!"

„Eins muss man diesem Amerikaner lassen", dachte sich Gerke, als er sich wieder auf den Weg zu seinem Büro machte und dabei an dem Saal vorbeikam, in dem Urban früher bevorzugt seine Vorlesungen gehalten hatte: „Er hat ein sensationelles Einfühlungsvermögen. Der Mann weiß, was Achtsamkeit bedeutet. Von dem hätte sich Max Urban früher einige Scheiben abschneiden können. Dann wäre uns viel erspart geblieben." Gerke schaute auf seine Uhr. Der Countdown lief; es war nicht mehr lange hin, bis er seinem ehemaligen Doktorvater, den er Zeit seines Studiums verehrt hatte, nach sechs Jahren zum ersten Mal wieder gegenüberstehen würde. Gerke graute vor diesem Treffen, und plötzlich bemerkte er, dass er schweißnasse Hände hatte.

* * *

„Hier entlang, Herr Professor!", rief Dutschke. Urban war im Begriff, in die falsche Richtung zu gehen.

„Aber der nächste Bereich ist doch da vorne", meinte Urban. „Da hinten geht es rauf aufs Dach!"

„Da müssen wir auch hin!"

Achselzuckend kehrte Urban um und folgte Dutschke. Die beiden gingen den hellen, eleganten Gang entlang auf die hintere Glasfront zu. Am Ende steuerte Dutschke nach rechts, eine schmale Treppe hinauf. Urban folgte ihm. Es ging wirklich hinauf, hoch aufs Dach. Dort oben standen die beiden vor einer großen, gläsernen Doppeltür. Keine Schiebetür mit Bewegungsmelder, sondern eine ganz normale. Mit zwei großen viereckigen Griffen aus Holz. Urban wunderte sich. „Was ist denn das für ein Bereich, den die aufs Dach gebaut haben?" Und er sollte sich noch mehr wundern, als er das Schild vor diesem Bereich sah. Keines mit verchromten Rahmen und aus Plexiglas, sondern aus hellem Fichtenholz. Darauf eine geschwungene „3“ mit einem nicht ganz geschlossenen O am Ende. Darüber stand „Namaste-Area“. Urban hatte dieses Symbol schon einmal gesehen. Das war so ein asiatisches Zeichen, wie man es aus den Kung-Fu-Filmen kennt. Neugierig ging er mit Dutschke hinein.

Wahrhaftig, dieser Bereich machte seinem ungewöhnlichen Namen alle Ehre: Urban fand sich in einem überdimensional großen Wintergarten mit vielen teils exotischen, teils einheimischen Pflanzen wieder. Auch hier war man dem gut durchdachten Design gefolgt; alles war stringent auf „natürlich“ gestylt. Rechter Hand plätscherte sogar ein wunderschöner künstlicher Wasserfall, etwa zwei Meter hoch und drei Meter breit, der die Luft ganz leicht anfeuchtete und so für eine sehr frische und natürliche Atmosphäre sorgte. Ein schmaler, mit niedrigen Holz-Palisaden eingefasster Weg schlängelte sich durch die Pflanzen. Im Hintergrund stimmte leise asiatische Musik auf Ruhe und Entspannung ein. Auch Urban fühlte sich hier auf einmal ruhig, geborgen und völlig entspannt, bereit, abzuschalten und die Seele baumeln zu lassen. Er wollte Dutschke gerade etwas fragen, als eine schlanke, gut aussehende Frau mit braunen Haaren hinter einer der großen Pflanzen hervorkam. Sie trug dunkle Leggins und ein weites helles Shirt, eine Art Kimono, das mit einem seidenen Gürtel an der Hüfte zusammengebunden war. Urban war entzückt von dem Anblick. Schnell fuhr er sich noch mit den Fingern durch die Haare, um seine Frisur zu richten.

„Guten Tag, Herr Dutschke!“, sagte sie.

„Ich grüße Sie, Frau Dr. Sauter“, entgegnete Dutschke und gab ihr die Hand. „Darf ich vorstellen, das ist Professor Max Urban.“

Urban stellte sich instinktiv etwas gerader hin, Brust raus, Bauch rein, und atmete tief durch.

„Professor Urban!“, wandte sie sich mit einer angenehmen Stimme an ihn. „Welch eine Ehre, dass Sie uns besuchen! Mein Name ist Cornelia Sauter. Ich leite die Namaste-Area!“

„Ach, ich bitte Sie, Frau Dr. Sauter“, antwortete Urban in seiner tiefsten Stimme. Trotz der frischen Luft hier fiel ihm das Atmen nun ein bisschen schwer. Wohl auch, weil er den Bauch noch immer einzog. „Es ist mir eine Ehre!“

Es folgte ein kurzer Small Talk. Frau Dr. Sauter weckte in Urban offenbar ein paar längst in Vergessenheit geratene männliche Emotionen, und Dutschke bemerkte zu seiner großen Erheiterung, dass der Professor sogar begann, ein wenig mit ihr zu flirten. Allerdings nicht allzu lange, denn schon nach kurzer Zeit gewannen Urbans brennender Wissensdurst und sein Interesse an der Area wieder die Oberhand.

„Das ist ja ein wahres kleines Paradies hier oben bei Ihnen!“, begeisterte sich Urban. „Und was genau machen Sie in dieser wunderbaren Umgebung?“

„Wir üben uns in Achtsamkeit!“

„Achtsamkeit?“, wiederholte Urban fragend.

„Unter Achtsamkeit verstehen wir eine offene, neugierige und akzeptierende Haltung gegenüber allem, was wir in jedem Moment wahrnehmen und tun.“

„Und warum üben Sie das?“, wollte Urban wissen.

„Wir lernen, uns dem jeweiligen Augenblick zu widmen“, erklärte Dr. Sauter. Da Urban verständnislos eine Augenbraue hob, fügte sie eine ausführliche Erklärung an: „Das Ziel der Achtsamkeit ist es, sich ganz und gar auf das einzulassen, was wir mit unseren Sinnen wahrnehmen. In der Praxis des Universitätsalltags bedeutet das natürlich auch, sich ganz und gar auf die jeweiligen Menschen einzulassen, mit denen wir gerade zu tun haben. Es bedeutet, ganz bei dem zu sein, was wir gerade tun, sehen, hören, schmecken oder fühlen. Unvoreingenommen und neugierig, ohne eine Wertung abzugeben.“

„Vielleicht schildern Sie Herrn Professor Urban kurz, welche Auswirkungen es in der Praxis hat, wenn wir nicht achtsam sind“, schlug Dutschke vor und lächelte. Dieses Lächeln wirkte ein bisschen schadenfroh. Urban schaute Dutschke streng an. „Was mischt sich der Hausmeister da jetzt ein“, dachte er sich. „Als ob der wüsste …“

„Sehr gerne!“, erwiderte Dr. Sauter und erklärte, dass alles, was wir Menschen zur Gewohnheit und Routine werden lassen, zu Verdruss und Stress führt. „Die meisten", erklärte sie, „vor allem die in führenden, verantwortungsvollen Positionen, schalten irgendwann auf Autopilot und nehmen immer weniger wahr, was sie eigentlich tun. Wichtige Tätigkeiten gehen für sie in Fleisch und Blut über und sie verlieren den Blick für das Wesentliche, bis sie es irgendwann gar nicht mehr wahrnehmen. In der Zusammenarbeit von Menschen hat das meist fatale Wirkungen. Die Menschen erkennen dann überhaupt nicht mehr, was sie selbst brauchen und was ihr Gegenüber eigentlich will und braucht. Sie handeln nur noch mechanisch. Irgendwann haben sie dann das Gefühl, nicht mehr zu wissen, wo ihnen der Kopf steht. Sie beschäftigen sich in einer Endlosschleife im Kopf mit ihrer To-do-Liste. Was sie alles zu erledigen haben und vielleicht gar nicht erledigt bekommen." Sie sah Urban kurz von der Seite an und fügte hinzu: „Ich denke, Sie wissen selbst, wozu das alles führen kann. Ich nenne nur einige weit verbreitete Symptome: Stress, Burn-out, Depression und so weiter. Wir verlieren den Zugang zu uns selbst und damit auch zu den Menschen, mit denen wir umzugehen haben. Welch fatale Auswirkungen das gerade für Menschen in anspruchs- und verantwortungsvollen Berufen haben kann, in der Wirtschaft, aber auch hier in der Wissenschaft, können Sie sich ja vorstellen."

Urban war blass geworden. Er schluckte. Ihm fehlten tatsächlich einmal die Worte. Er sah Dutschke an, und dieser erwiderte offen seinen Blick, sagte aber auch nichts. Nachdenklich sah Urban zu Boden. Auch Frau Dr. Sauter schwieg. Sowohl der „Hausmeister" Dutschke als auch die Bereichsleiterin verfügten über genug Fein- und Taktgefühl, um zu erkennen, was in diesem Moment in Max Urban vorging.

Nach einigen Sekunden beendete Frau Dr. Sauter das mittlerweile bedrückende Schweigen und fuhr fort: „Aber Achtsamkeit kann man lernen! Und dann muss man sie üben. Wenn Sie erlauben, zeige ich Ihnen, wie wir das hier machen."

„Ich bitte darum!", antwortete Urban schlicht.

Frau Dr. Sauter ging auf dem schmalen Weg durch die Pflanzen voraus. Sie kamen in einen offenen Bereich, der durch drei hohe, beigefarbene Raumteiler wie ein separates Zimmer abgetrennt war. Frau Dr. Sauter hob den Zeigefinger an die Lippen.

„Das ist unser Meditationsbereich!“, flüsterte sie. Dieser Bereich war eingerichtet wie ein Yoga-Raum. An den Wänden erkannte Urban Yoga-Symbole, an der rechten Seite stand eine moderne Skulptur und auf der linken die bekannte Figur mit den drei aufeinanderliegenden schwarzen Steinen. Ein kleiner Springbrunnen sorgte auch hier für ein sehr beruhigendes Plätschern. In dem Raum saßen sieben Leute verschiedenen Alters im Schneidersitz auf dem Boden. Vor ihnen saß ein Mann im Kimono, das Gesicht den anderen zugewandt, im Lotussitz, die Hände auf den Knien abgelegt und die Augen geschlossen. Dr. Sauter winkte Urban heran, sodass er hören und verstehen konnte, was hier vor sich ging.

„... und jetzt spürt eure Beine!“, sagte der Mann gerade mit sanfter und beruhigender Stimme. „Fühlt die Unterschenkel ..., die Oberschenkel ... und jetzt die ganzen Beine. Seid euch bewusst: Ihr seid nur der Beobachter.“

Es herrschte absolute Ruhe, nur das sanfte Plätschern des kleinen Springbrunnens war zu hören. Frau Dr. Sauter winkte Urban und Dutschke weiter. Sie entfernten sich einige Schritte von dem Bereich, damit niemand gestört wurde.

„Hier meditieren wir!“, sagte sie. „Meditation ist eine sehr wichtige Übung, um achtsam zu werden.“ Urban nickte zustimmend. „Das ist ja eine tolle Einrichtung“, dachte er sich. Früher hatte er mit Meditation nichts am Hut gehabt. Im Gegenteil: Er hatte seine Frau, die regelmäßig einmal in der Woche zum Yoga ging, damit immer aufgezogen, sich lustig über sie gemacht. Erst während seiner Therapie war er mit dieser wunderbaren Sache in Berührung gekommen. Und er hatte damals ehrlich zugeben müssen: Es tat ihm sehr gut!

Frau Dr. Sauter verließ mit Urban und Dutschke im Gefolge den Meditations-Bereich und führte sie zu einer Art Fitnesscenter im Miniformat. Dort gab es Fahrrad-Ergometer, auf denen Leute unterschiedlichen Alters fleißig in die Pedale traten, und drei Multifunktions-Trainingsgeräte. An einem saß ein älterer Herr, den Urban zu kennen glaubte. War das nicht Professor Stieglitz von der Fakultät für Mathematik, mit dem er vor vielen Jahren ein gemeinsames Forschungsprojekt gehabt hatte? Der zog langsam und konzentriert eine Stange von oben zur Brust und trainierte damit die Rückenmuskulatur. Der Mann hatte auch Urban entdeckt und nickte ihm freundlich zu. Ja, das war wirklich Professor Stieglitz. Auf einer Bank neben ihm saß eine junge Frau, sicher eine Studentin. In jeder Hand hielt sie eine kleine Hantel und hob beide Arme kontrolliert bis zur Höhe der Schulter und ließ sie genauso kontrolliert wieder ab. Am dritten Gerät lag ein Mann mittleren Alters und drückte eine Langhantelstange mit leichten Gewichten von der Brust über den Kopf und wieder zurück. Weiter hinten machten andere gymnastische Übungen. Alle wurden von einem Betreuer beobachtet, der sich abwechselnd jedem Einzelnen widmete.

„Hier tanken wir neue Energie durch sportliches Training", erklärte Dr. Sauter.

„Sehr vorbildlich!", meinte Urban und war ehrlich beindruckt.

„Durch sportliche Bewegung üben wir Achtsamkeit mit unserem Körper", fügte die Bereichsleiterin hinzu. „Und gleichzeitig bauen wir Stress ab und unser Gehirn schüttet Glückshormone aus!"

Weiter ging es zum nächsten Raum. Auf der einen Seite hielt Urban die ganzen Bereiche für sehr professionell und vorbildlich. Auf der anderen Seite hegte er Zweifel, ob denn dieser ganze Aufwand für die praktische Arbeit in der Wissenschaft wirklich notwendig und nicht nur moderner Schnickschnack war. Urban wusste noch nicht, dass sich seine Zweifel nach diesem Rundgang von ganz allein und für immer zerstreuen würden.

„Ich hörte, Sie gehören zu den Genießern, was das leibliche Wohl angeht!", meinte Dr. Sauter und grinste versöhnlich.

„Das kann ich nicht dementieren!", antwortete Urban und lachte gutmütig.

„Dann wird Ihnen dieser Bereich hier sicherlich gefallen!"

Wiederum durch hohe Raumteiler abgetrennt, sah dieser Raum aus wie ein modern eingerichtetes Esszimmer. In dessen Mitte stand ein viereckiger Tisch aus Naturholz, um den gemütlich aussehende Stühle platziert waren. „Und hier üben wir, achtsam zu essen!"

„Zu – essen, habe ich das richtig verstanden?", fragte Urban ungläubig.

„Ja, zu essen!“, bestätigte Dr. Sauter. „Achtsam essen bedeutet, bewusst, langsam und genüsslich zu essen. Und wirklich NUR zu essen. Ohne dabei auf das Handy zu sehen, eine Zeitung zu lesen oder sonst irgendetwas zu tun, das uns ablenkt. So lernen wir, ein gutes Essen zu schätzen und uns nicht nur Nahrungsmittel hastig in den Mund zu stopfen, um satt zu werden. Achtsames Essen hilft uns, zu lernen, wieder unseren Körper und seine Bedürfnisse wahrzunehmen, zu wissen, wann man wirklich satt ist, zu bemerken, wann man wirklich Hunger hat oder nur Appetit. Wir machen hier keine Diät, sondern wir lernen, unserem Körper zu vertrauen und Verantwortung für uns selbst, für unsere Bedürfnisse zu übernehmen. Aber sehen Sie selbst!“

Sie zeigte auf die Sitzgruppe. Drei Leute saßen da, von denen jeder einen Salatteller vor sich hatte. Auf dem Tisch stand noch ein Korb mit Brot, auch eine kleine Schüssel mit Fleischstückchen und Kartoffeln. Ein junger Mann schlang bereits den Salat in sich hinein und schielte schon auf das Fleisch, während sein Nachbar noch genüsslich seinen Salat nachwürzte und sich ein kleines Stück Brot dazunahm. Die Frau neben ihm nippte nur an ihrem Glas Wasser und schien zu überlegen, ob sie die Gabel in die Hand nehmen sollte oder nicht. Wie immer stand ein Bereichsmitarbeiter in der Nähe des Tisches und beobachtete die Szene.

„Der Mitarbeiter wird die Personen gleich stoppen und befragen, wie sie das Essen empfunden haben, ob sie wirklich Hunger hatten oder nur Appetit. Er wird wissen wollen, ob sie den Duft des Salates wahrgenommen haben, welche Salatsorten auf dem Teller angerichtet waren und ob sie noch hungrig sind oder bereits ein Völlegefühl eingesetzt hat. Auf diese Weise versuchen wir, etwas so Alltägliches wie das Essen wieder ins Bewusstsein zu rücken – schon die alten Lateiner kannten ja den Spruch ‚Mens sana in corpore sano‘ – und so an unserer Gesundheit zu arbeiten. Dazu gehört auch, ab und zu mal das Besteck zur Seite zu legen und zu überlegen, ob man noch weiteressen möchte oder nicht. Eben den Automatismus auszuschalten.“

In Urbans Gedanken formte sich der Satz seiner Mutter, den er so oft in seiner Kindheit gehört hatte: „Bevor du nicht aufgegessen hast, darfst du nicht aufstehen. Was auf dem Teller ist, wird gegessen, Punkt.“ Ja, wenn er es recht überlegte, aß er immer auf, egal, ob er noch hungrig war oder nicht. Interessant.

„So habe ich übrigens meine zehn Kilo abgenommen“, bemerkte Dutschke. „Nicht durch Diät, sondern durch achtsames Essen. Ich weiß jetzt, wann ich satt bin, ich kenne jetzt die Signale meines Körpers und höre auf, wenn es genug ist. Ebenso esse ich immer etwas, wenn ich merke, dass es grummelt. Das kann dann auch ruhig mal ein Schokoriegel sein!“, fügte er grinsend hinzu und sah auf Urbans Bauch. Als Dr. Sauter ebenfalls einen kurzen Blick auf Urbans Körpermitte warf, trat Urban Dutschke leicht mit dem Fuß gegen sein Schienbein.

„Danke für diesen Hinweis, Dutschke!“, fauchte Urban. „Aber Ihre Kommentare sind fehl am Platze!“

Frau Dr. Sauter schmunzelte nur amüsiert und winkte die beiden weiter. Als Nächstes erkundete Urban einen Bereich, in dem aktive Erholung geübt wurde. Hier standen gemütliche und einladende Liegesessel, auf denen Leute schliefen. Dr. Sauter erklärte im Flüsterton, wie wichtig aktive Entspannung für ein achtsames Leben ist. Vor allem lernten die Leute hier, wie sie richtig ein- und durchschlafen konnten. Im Raum daneben entspannte man auf gemütlichen Sesseln und las oder hörte mit Kopfhörer Musik. Hier wurde durch diese einfache Achtsamkeitsübung das Bewusstsein trainiert für das, was man mit seiner vollen Aufmerksamkeit gerade tat.

„Aber Musik hören oder lesen ist doch immer noch eine massive Ablenkung“, wandte Urban ein.

„Das kommt drauf an, wohin Sie Ihre Aufmerksamkeit richten wollen. Wenn Sie Aufmerksamkeit nach innen richten wollen, macht es sicherlich Sinn, ganz still zu sein. Sie können bei uns auch in der Stille meditieren. Erfahrungsgemäß ist dies für viele jedoch etwas zu viel. Eine solche Meditation kann durchaus anstrengend sein; man kann zum Beispiel in dieser Stille Gefühlen begegnen, die man im Alltag eigentlich lieber verdrängt. Gerade das Thema Ängste spielt hier eine große Rolle. Es ist unglaublich, wie stark das Thema Angst verdrängt wird. Und je höher man auf der Karriereleiter steht, desto weniger traut man sich, über seine Ängste zu sprechen. Natürlich gibt es auch Techniken zum Umgang mit Angst. Auch die kann man bei uns in Kursen erlernen. Falls Sie interessiert sind, können Sie gerne einen solchen Kurs buchen", schlug die Bereichsleiterin vor und sah Urban aufmunternd an.

„Äh, danke, das mache ich dann mal", murmelte Urban.

„So, das ist der letzte Abschnitt", sagte Dr. Sauter und führte die beiden zu einem abgeteilten Raum, in dem es aussah wie in einem großen Büro. Dort standen Schreibtische und Sitzgruppen, an denen wieder Leute verschiedener Altersgruppen saßen.

„Hier lernen wir, achtsam zu arbeiten und vor allem achtsam mit unseren Mitarbeitern und Kollegen umzugehen." Und während die Bereichsleiterin erklärte, dass gerade der Arbeitsplatz für viele Menschen der Ort ist, an dem sie dem höchsten Stresslevel ausgesetzt sind, beobachtete Max Urban, wie ein junger Mann emsig auf einer Computertastatur tippte und nebenan eine schon etwas ältere Dame unter Aufsicht eines Bereichsmitarbeiters telefonierte. Dieser korrigierte dabei ihre Sitzhaltung – „Setzen Sie sich aufrecht!" – und forderte sie auf, tief zu atmen. Frau Dr. Sauter lenkte Urbans Aufmerksamkeit auf eine Dreiergruppe an einem der vorderen Tische.

„Es ist naheliegend, bei der täglichen Arbeit mit dem Achtsamkeitstraining zu beginnen. Allerdings ist es wirklich eine Herausforderung, achtsam zu sein, wenn anstehende Probleme behandelt werden sollen, wie Sie hier sehen können." Ein Bereichsmitarbeiter saß dort mit einer Lehrkraft mittleren Alters und einer Studentin. Urban hörte, wie die Studentin gerade resigniert sagte:

„... ich beschäftige mich deshalb mit dem Gedanken, mein Studium abzubrechen. Da können Sie sagen, was Sie wollen!" Urban wurde hellhörig und dachte sofort wieder an sein letztes Gespräch mit Raphael Gerke. Er war gespannt, was der Dozent nun antworten würde. Dieser gab sich jedoch zunächst große Mühe, mit gezielten Fragen und Anregungen die Atmosphäre des Gesprächs zu ändern.

„Was machen die denn hier?", fragte er Dr. Sauter.

„Hier geht es um die wichtigsten Themen überhaupt", antwortete Dr. Sauter. „Es geht um ‚Emotionale Aufnahmebereitschaft' und ‚Berechtigung'."

„Und was ist das?"

„Stellen Sie sich Folgendes vor“, begann sie: „Sie versuchen Ihr Gegenüber von etwas zu überzeugen. Aber ohne Erfolg! Ihr Gegenüber bringt stets Gegenargumente oder hört Ihnen vielleicht gar nicht zu. Was tun Sie? Sie geben auf und brechen die Diskussion ab. Dann kommt jemand anderes und überzeugt Ihren Gesprächspartner in der gleichen Sache ganz einfach. Was ist passiert?“

„Keine Ahnung“, antwortete Urban. „Er hatte wohl die besseren Argumente?“

„Nicht unbedingt! Sie konnten bei Ihrem Gegenüber einfach keine Aufnahmebereitschaft erzeugen. Er gab Ihnen keine Berechtigung, dem anderen aber schon. Deshalb hat er dem anderen zugehört, und deshalb konnte der andere ihn überzeugen! Das ist der Unterschied!“

„Das verstehe ich nicht!“, gab Urban ehrlich zu.

„Dann lassen Sie es mich so erklären“, begann Dr. Sauter. „Aufnahmebereitschaft heißt: Ihr Gegenüber stimmt einer Idee, einem Sachverhalt oder einem Argument nicht nur rational zu. Er ist vielmehr auch emotional bereit, das Argument auf- und dann sogar anzunehmen. Und dann nachhaltig umzusetzen oder etwas zu verändern. So wie mein Neffe zum Beispiel. Meine Schwester hatte immer große Mühe, ihn zum Gang zum Friseur zu bewegen. Und kaum sagt seine neue Freundin, ihr gefiele sein Haarschnitt, zack, schon ist er alle zwei Wochen dort. Berechtigung heißt: Ihr Gegenüber gibt Ihnen die Erlaubnis, ihm etwas zu sagen. Der Gesprächspartner erkennt Sie als kompetent zu einem spezifischen Thema an. Er räumt Ihnen also Fachkompetenz im Thema ein, erkennt Ihren Status, Ihren Ruf oder Ihre Expertise und Ihre Fähigkeiten an. Mein Neffe erkennt seine Freundin als Expertin in Sachen Mode und gutes Aussehen an. Es geht also um Emotion, eine unserer wichtigsten und grundsätzlichsten Triebfedern.“

„Das bedeutet dann also, dass ich mein Gegenüber dann ganz tief drinnen erreichen kann“, überlegte Urban. „Also auch in seinen Emotionen?“

„Genau!“, bestätigte Dr. Sauter erfreut. „Emotionale Aufnahmebereitschaft und Berechtigung sind die Schlüssel zu unserer Art von Kommunikation! Der Kommunikation der Zukunft. Durch die

Achtsamkeit lernen wir, das Gegenüber besser zu erkennen, mit uns selber besser umzugehen, und damit auch mit unserer Umgebung."

Das abschließende Gespräch dauerte noch ein paar Minuten, und dann stand für Urban fest: Das war nun der mit Abstand für ihn interessanteste Bereich. Er bedankte sich bei Frau Dr. Sauter und verabschiedete sich herzlich. Es hatte sich nicht nur rein optisch gelohnt, diesen wunderschönen Dachgarten zu besuchen.

„Jetzt habe ich vergessen, zu fragen, warum das hier ‚Namaste-Bereich' heißt", ärgerte sich Urban, als er mit Dutschke wieder unten im Gang war.

„Das kann ich Ihnen erklären, Herr Professor."

„Ach ja? Ich höre!"

„Namaste ist eine unter Hindus verbreitete Grußformel. Dabei werden die Hände vor der Herzgegend gefaltet", erklärte Dutschke. „Es ist ein Ausdruck tiefsten Respekts und höchster Ehrerbietung für den anderen. Grob übersetzt bedeutete Namaste: ‚Ich verbeuge mich vor dir.' In vielen Kampfkünsten wird Namaste übrigens auch als Gruß gegenüber dem Gegner verwendet."

Urban schaute den „Hausmeister" erstaunt an. „Donnerwetter Dutschke, was Sie alles wissen!"

# 9. Kapitel

Michael Schröder ging durch die Aula Richtung Aufzug. Er wollte gerade den Knopf drücken, als er Harald Binder vom technischen Dienst erblickte. Der war auf dem Weg zur der Tür am Ende der Aula, von wo aus man in den Hinterhof der Universität gelangen konnte – und in die „Raucherecke" der Uni. Egal, ob wissenschaftliches Personal, Studierender oder jemand aus der Verwaltung – alle gingen in diesen Teil des Hofes, um der Sucht zu frönen. Dr. Schröder eilte nun ebenfalls Richtung Hinterhof. Harald Binder hatte bereits seine Zigarettenschachtel aus der Hemdtasche geholt. Er klappte sie auf und schimpfte: „Mist!" Die Schachtel war leer. In dem Moment kam Dr. Schröder aus der Tür.

„Na, Herr Binder, machen Sie auch eine kleine Zigarettenpause?"

„Wollte ich, ja. Aber meine sind alle. Ich geh mir schnell welche holen!"

„Lassen Sie mal, Herr Binder, nehmen Sie doch eine von mir!", sagte Dr. Schröder, holte seine Packung aus der Tasche, klopfte diese auf die Hand, sodass ein paar herausragten, und hielt sie ihm hin.

„Danke!", sagte dieser erfreut und griff zu. „Dafür spendiere ich das Feuer!" Binder knipste sein Feuerzeug an und hielt es mit der Flamme so, dass Schröder sich seine Kippe anstecken konnte.

Der junge Physiker und der altgediente Techniker unterhielten sich über Fußball. Beide waren leidenschaftliche Anhänger des 1. FC Nürnberg, der in der 2. Bundesliga spielte und kurz vor dem Aufstieg in die erste Liga stand. Während des Small Talks konnte man Dr. Schröder anmerken, dass ihm irgendetwas unter den Nägeln brannte, denn nach einer Weile lenkte er das Gespräch geschickt auf Professor Urban, die Fakultät für Physik und Raphael Gerke.

„Sagen Sie mal, Herr Binder, Sie sind doch schon eine halbe Ewigkeit bei uns", meinte Schröder.

„Ja, das kann man wohl sagen! Ich habe hier an der Fakultät schon einiges mitbekommen in all den Jahren."

„Können Sie mir vielleicht erklären, welches Problem Dr. Gerke mit Professor Urban hat?", fragte Schröder.

„Ach, das ist doch schon lange her", antwortete Binder und winkte ab. Seine Stimme und sein Gesichtsausdruck verrieten, dass er darüber nur ungern sprechen wollte.

„Eben! Ich bin ja erst seit ein paar Jahren hier an der Fakultät. Mit Gerke arbeite ich gut und auch gern zusammen. Aber den Urban, den kenne ich überhaupt nicht. Ich weiß nur, dass er eine absolute Koryphäe ist. Schließlich begegnet er jedem Physiker früher oder später durch seine Forschungsarbeit und seine vielen Veröffentlichungen. Aber mehr weiß ich von ihm nicht!"

„Ja, ja, der Professor Urban ... der war schon eine Nummer", erinnerte sich Binder grinsend und erzählte ein paar Anekdoten aus Urbans aktiver Zeit. Er, Binder, hatte ihm über viele Jahre assistiert. Bei Vorlesungen und auch bei seinen Forschungsarbeiten.

„Ich hatte vorhin einen Termin bei Dr. Gerke", erzählte Schröder. „Auf der einen Seite lobt er den Urban in den Himmel. Auf der anderen, na ja, da zieht er auch schon mal über ihn her. Heute trifft Gerke den Urban und ..."

„Nein!", unterbrach ihn Binder und sah schockiert aus. „Der Gerke und der Urban treffen sich?"

„Sie reagieren ja wie Gerke!", sagte Schröder erstaunt. „Was haben die denn für ein Problem miteinander? Ich dachte, Gerke und Urban waren früher ein Herz und eine Seele? Und waren das perfekte Team?"

„Wissen Sie das wirklich nicht?"

„Nein! Sonst würde ich doch nicht fragen!", wiederholte sich Schröder ungeduldig. „Jetzt lassen Sie sich doch nicht jedes Wort aus der Nase ziehen. Erzählen Sie mir doch mal, was los ist!"

Binder sah sich verstohlen um und gab nach: „Na gut, aber das bleibt unter uns, ja? Von mir haben Sie das nicht!"

„Ich schweige wie ein Grab, Herr Binder. Jetzt machen Sie es mal nicht so spannend!"

Harald Binder bat um noch eine Zigarette, und nach dem ersten tiefen Zug begann er zu erzählen: Max Urban und Raphael Gerke hatten sich von Anfang an sehr gut verstanden; im Laufe der Zeit entwickelten sie ein fast schon freundschaftliches Verhältnis und begegneten dem anderen mit dem größten Respekt. Schon als Student galt Gerke als Ausnahmetalent. In Urbans Augen war er gar ein Naturtalent. Was möglicherweise daran lag, dass Gerke, wie Urban auch, aus bescheidenen Verhältnissen stammte und sich sein Physikstudium selbst verdienen musste. Gerke war fleißig, strebsam und wissbegierig. Und er fand die Welt überaus interessant. Vor allem die der Physik. Urban erkannte sich wohl in Gerke wieder, er nahm ihn unter seine Fittiche und wurde eine Art Mentor von ihm. Schon früh band er den hoffnungsvollen Studenten in wichtige Projekte mit ein, und Gerke dankte es seinem Professor mit unermüdlichem Einsatz. Natürlich schloss er sein Studium mit Bestnoten ab. Später dann, als Gerke promovieren wollte, wurde die Beziehung der beiden noch enger.

„Urban war für Gerke weit mehr als nur ein Doktorvater", erinnerte sich Binder. „Urban hat ihn systematisch an alles herangeführt, was für Gerke wichtig war. Er bezog ihn in seine Forschungsprojekte ein und nahm ihn sogar auf viele seiner Reisen im Dienste der Physik in alle Herren Länder mit. Urban war ja eine große Nummer an unserer Uni. Er galt immer als ‚gefühlter' Präsident. Zwar hatte er nie ein gesteigertes Interesse, dem Präsidium anzugehören, aber sein Wort hatte Gewicht. Wenn er etwas sagte, konnte es das Präsidium nur schwer ignorieren. Es war nur eine Frage der Zeit, bis Urban Präsident würde. Sie wollten ihn alle dort haben, und irgendwann hätte er das auch sicher gemacht."

„Das klingt doch alles klasse. Was ist denn dann schiefgelaufen?", wollte Schröder wissen.

„Urban hatte dasselbe Problem wie viele andere Professoren auch. Wissenschaftlich und intellektuell war er ein Ass, aber der Umgang mit anderen Menschen, mit der Geschäftsführung und so weiter ..., das war nicht so sein Ding."

„Ja, das kann ich gut nachvollziehen."

„Urban war Gerkes Leitfigur. An ihm hat er sich orientiert", erzählte Binder weiter. „Doch Gerke hatte auch so seine Probleme."

„Welcher Art?“

„Er war jung und in vielen Dingen noch überfordert. Vielleicht ging sein Aufstieg einfach zu schnell. Und soviel ich weiß, hatte Gerke dann auch ein paar private Probleme. Sie wissen schon, Frauen und so. Irgendwie kam Sand ins Getriebe“, Binders Stimme klang traurig. „Der Gerke kam mit seinem Leben und seinem Job plötzlich nicht mehr klar. Wie sagt man doch? Er ist aus der Bahn geworfen worden. Wie das eben so ist, wenn man jung und ehrgeizig, aber noch nicht lebenserfahren ist. Sie wissen sicher, was ich meine, Herr Dr. Schröder! Sie sind doch auch noch nicht so alt.“

„Ich verstehe es auch!“, gab Schröder zu und seufzte tief. „Und ich kann das gut nachvollziehen. Das ist alles kein Zuckerschlecken. Wenn du promovierst, ist das schon Stress. Du musst lernen, wirst mit Aufgaben betraut, denen du noch nicht gewachsen bist ... und dann hast du ja auch noch ein Leben außerhalb der Uni. Da brauchst du jemanden, der dich immer mal an die Hand nimmt und dich durch die raue See der wissenschaftlichen Arbeit lotst.“

„Sehen Sie, Herr Dr. Schröder, so war es sicher bei Gerke auch. Aber Urban hat das nicht erkannt. In dieser Situation hat er seinen Zögling allein gelassen.“

„Und was ist dann geschehen?“, wollte Schröder wissen.

Binder sah ihn an und schwieg einige Augenblicke. Dann sagte er unverblümt: „Gerke hat einen Selbstmordversuch unternommen!“

„Was!“, entfuhr es Schröder. „Um Gottes willen!“ Schröder schüttelte fassungslos den Kopf. Sein Gesicht wirkte wie versteinert.

„Aber zum Glück hat man ihn noch rechtzeitig gefunden!“

„Und Urban?“, fragte Schröder aufgewühlt. „Wusste Urban davon?“

„Natürlich wusste er das. Ich kann mich noch gut erinnern, als ob es gestern gewesen wäre. An dem einen Donnerstagvormittag war Gerke noch in der Uni gewesen und hatte seine Sachen gepackt. Es hieß damals: Er schmeißt seine wissenschaftliche Arbeit hin. Ja, und am Freitagnachmittag darauf kam die Nachricht, dass man ihn gefunden und in die Notaufnahme gebracht hätte. Für Urban war das wohl ein gewaltiger Schock. Er ist oben auf dem Gang zusammengebrochen, als er das gehört hat. Ich hab ihn damals dort gefunden ... Schlimm ... Ja, das war ganz schlimm!"

Schröder war noch immer wie vor den Kopf geschlagen. Nach einer Weile fragte er: „Und wie ging es weiter?"

„Gerke hat an eine andere Universität gewechselt. Dort hat er seinen Doktor gemacht. Und als Frau Professor Steiner Urbans Lehrstuhl übernommen hat, kam er wieder hierher ... Den Rest kennen Sie ja!"

„Na und ob! Danke, Herr Binder, jetzt verstehe ich alles! Und heute ist Urban im Haus. Das erste Mal seit damals, hat Gerke mir erzählt. Und in einer halben Stunde trifft er Urban. Jetzt kapier ich auch, warum ihm davor graut!"

* * *

Die Namaste-Area hatte Max Urban tief beeindruckt. Mit dem Thema „Achtsamkeit" hatte auch er sich schon befassen müssen. Damals in der Psychotherapie, nach seinem Zusammenbruch. Doch das war bei Weitem nicht so intensiv und auch nicht so praxisnah gewesen, wie die das in diesem Dachgarten da oben machten. Am meisten beschäftigten ihn allerdings die beiden Themen „Emotionale Aufnahmebereitschaft" und „Berechtigung". Urbans Gedankenkarussell drehte sich mit Höchstgeschwindigkeit. So schnell, dass er die vielen Dinge und Situationen in seinem Kopf gar nicht mehr ordnen konnte. Das würde wohl noch eine Weile dauern, bis er alles mit seinem neuen Wissen verknüpft und neu geordnet hatte ... Da kam ihm ganz gelegen, dass Dutschke ihn wieder jäh aus seinen Gedanken riss.

„Einen Bereich gibt es noch, den ich Ihnen gerne zeigen würde, Herr Professor", sagte Dutschke, als sie zurück durch den hellen Gang gingen. „Vorausgesetzt, es interessiert Sie und Sie haben noch Zeit."

„Ich bitte Sie, Herr Dutschke", Urban sah auf seine Uhr. „Ich bin Ihnen ohnehin sehr dankbar, dass Sie mich vorhin dazu genötigt haben, mir das alles anzuschauen. Und was die Zeit angeht ...

doch, ein bisschen Zeit habe ich noch bis zum Termin bei Professor Mayr bzw. einem seiner Assistenten!“

„Ich glaube, ich weiß, wer ihn vertreten wird, aber ich vergewissere mich gleich noch für Sie“, antwortete Dutschke. „Gut, dann schauen wir uns jetzt unseren Waschraum an!“

„Wie bitte?“, fragte Urban erstaunt. „Kann man sich Waschräume ansehen? Wie ist das denn gemeint?“

Dutschke lachte. „Wir nennen den Bereich ‚Waschraum‘, weil wir uns dort von Zeit zu Zeit im übertragenen Sinne selbst den Kopf waschen.“

Dutschke führte Max Urban zu dem letzten der PDAs. Dieser lag, wie alle anderen, direkt am Gang, hatte eine Schiebetür mit Bewegungsmelder und davor stand auch ein Plexiglasschild, hier mit der Aufschrift „Emergence-Area“.

„Na, jetzt bin ich aber gespannt!“, sagte Urban, als er mit Dutschke den Bereich betrat. Hier war alles in dezentem Schwarz und Weiß gehalten. Nach Urbans erstem Eindruck vermittelte dieser Raum eine Aura von Reinheit, Stärke und Eleganz. Alles war schlicht, aber trotzdem modern und perfekt designt. Auch hier stand wieder ein Terminal, das die Chipkarten der Besucher auslas und ihnen die Anweisung gab, wo sie sich melden sollten und was sie bei ihrem Besuch zu tun hatten. Interessiert schaute Urban zwei jungen Männern zu, die nach dem Einstecken ihrer Karte zielstrebig zu einem der vielen abgeteilten Bereiche gingen. Jeder dieser Bereiche war mit deckenhohen Wänden von den anderen getrennt und durch eine große Glasfront mit integrierter Tür abgeschottet, sodass man nicht hören könnte, was im Inneren vorging. Nur zusehen konnte man, und Dutschke lud Urban ein, sich so ein Bild von dieser Area zu machen. Viele dieser Räume waren belegt; Urban konnte überwiegend junge, aber auch einige ältere Personen erkennen. Es sah so aus, als übten sich alle in Rollenspielen.

„Ah, da ist ja der Herr Naujoks!“, zeigte Dutschke auf einen großen, breitschultrigen Mann mit dunklen Haaren, der lächelnd auf sie zukam. Passend zur Farbgestaltung des gesamten Bereichs trug er ein schwarzes Hemd und eine weiße Bundfaltenhose. Dutschke stellte Max Urban vor.

„Ich freue mich, Sie kennenzulernen, Herr Professor! Mein Name ist Fabian Naujoks. Ich bin für die Emergence-Area zuständig. An mir kommt keiner vorbei!“, begrüßte der Bereichsleiter Urban fröhlich mit einem schweizerischen Akzent.

„Sehr angenehm!“, antwortete Urban und verkniff sich das Grinsen. „Schon allein von seiner Statur her kommt an dem keiner vorbei“, dachte er sich.

„Herr Professor Urban möchte sich gerne unseren Waschraum ansehen“, meinte Dutschke. „Alle anderen Areas hat er schon kennengelernt!“

„Das passt sehr gut!“, sagte Herr Naujoks. „Wenn Sie so wollen, dann sind wir hier die ‚Sparring-Abteilung'.“

„Sparring?“, fragte Max Urban verblüfft. Verwendete man den Begriff nicht beim Boxen? „Der Naujoks sieht ja auch schon aus wie ein Boxer“, überlegte Urban und inspizierte verstohlen die kräftigen Arme des Bereichsleiters, die sich deutlich unter dem Hemd abzeichneten.

„Ja, Sparring!“, fuhr Naujoks fort. „Gestatten Sie mir den Vergleich mit dem Boxen! In allen anderen Areas lernen wir die einzelnen Techniken. Wie beim Boxen. Gerade, Haken, Block- und Ausweichtechniken. Alles separat. Und hier bei uns üben wir alles zusammen, wie in einem vorher abgesprochenen Kampf mit einem ausgesuchten Gegner. Verstehen Sie?“

„Ehrlich gesagt nicht ganz!“, gab Urban zu, obwohl ihm die Box-Metapher schon einleuchtete.

„Ihnen als Physiker brauche ich die Definition des Begriffs ‚Emergence‘ oder ‚Emergenz' nicht extra zu erklären, nicht wahr?“

„Nicht wirklich!“, meinte Urban, „Emergenz bedeutet, dass das Ganze mehr ist als die Summe seiner Teile. So kann ein menschlicher Organismus zum Beispiel komplexe Funktionen ausführen, wozu eine einzelne Zelle ja niemals imstande wäre. Eine Eigenschaft eines Systems ist demnach emergent, wenn sie sich aus den einzelnen Bestandteilen des Systems nicht ableiten lässt. Verstehen Sie Ähnliches unter dem Begriff, Herr Naujoks?“

„Äh, ja!“, kommentierte Naujoks diesen Monolog. „Und ähnlich wie in der Physik verhält es sich auch in der Psychologie: Wenn sich zwei Menschen zum ersten Mal begegnen, bildet sich aus dem jeweiligen individuellen Verhaltens-Repertoire der beiden automatisch ein Muster heraus, nach dem sie interagieren. Dieses Muster ist immer abhängig von den sich begegnenden Einzelpersonen. Was bedeutet es nun für eine ganze Universität, in der Hunderte oder Tausende von Personen zusammentreffen und zusammenarbeiten? Wenn schon das Ergebnis der Interaktion zweier Personen nicht vorhersagbar ist, wie kann ein solches soziales Gebilde gesteuert werden? Schließlich hat eine Universität Aufgaben, die es bestmöglich zu erfüllen gilt. Und das setzt voraus, dass die Kommunikation überall bestmöglich klappt."

„Gute Frage", nickte Max Urban. „Und was ist Ihre Antwort zum Thema Emergenz in der Universität?" Urban schaute Herrn Naujoks fragend an. Er war wirklich gespannt auf dessen Antwort.

„Wichtig ist eine gemeinsame Basis. Wir brauchen Ziele, die von allen Mitarbeitern gemeinsam getragen werden können", antwortete der Bereichsleiter. „Zielidentifikation ist dabei der zentrale Schlüssel! Wenn wir uns alle mit den Zielen identifizieren können, ziehen wir automatisch am gleichen Strang und verhalten uns zielgerichtet. Das bedeutet: Ziele werden nicht mehr vorgegeben, sondern mit Repräsentanten der verschiedenen Stakeholder, also Studierenden, Lehrkräften, wissenschaftlichem Personal usw., erarbeitet. Dieses System der Repräsentanz und des Transports von Zielidentifikation ist das eigentliche Führungssystem unserer Universität. Taucht nun ein unvorhergesehenes Problem auf, das nicht den Zielen der Universität entspricht, können die Mitarbeiter es dennoch lösen, weil sie die Richtung kennen, in die sich ihre Arbeit entwickeln soll. In den verschiedenen Areas haben sie dafür das nötige Rüstzeug erlernt. Und hier bei uns üben sie es ein. Konnten Sie mir folgen, Herr Professor?"

„Hm, mehr oder weniger", gab Urban zu. Eher weniger! Als gestandener Physiker hatte er naturgemäß eine andere Expertise, was Emergenz anging. Naujoks schien das zu bemerken und erklärte es verständlicher.

„Nehmen wir wieder das Boxer-Beispiel: Das systematische Erlernen der einzelnen Techniken, wie Schläge, Deckung, Blocken und Ausweichen, ist eine zwingend notwendige Voraussetzung für den Kampf. Doch im Ring steht dem Boxer ein Gegner gegenüber, von dem er nie genau weiß, wie dieser reagieren wird. Das heißt: Er darf sich nicht nur hinstellen und alle erlernten Techniken der Reihe nach abspulen. Vielmehr muss er aus der individuellen Entwicklung des Kampfes seinen Gegner einschätzen und die Wahl seiner Techniken an dessen Reaktion anpassen. Und das alles hat das Ziel, im Boxkampf die Führung zu übernehmen. Wenn Sie so wollen, lernen wir hier ein dynamisches und anpassungsfähiges Führungssystem."

„Aaaah!", machte Urban. „Wenn ich alles richtig verstanden habe, baut alles, was Sie in den verschiedenen Areas an separaten Modulen lehren, aufeinander auf. Und heraus kommt ein wirksames System der Führung."

„Genau, ein wirksames System, das wir aber immer wieder reflektieren, überprüfen und ergänzen müssen", räumte Naujoks ein und schmunzelte. „Wir machen alle immer Fehler. Doch Fehler sind menschlich. Aber im Großen und Ganzen haben Sie das richtig erfasst. Dazu gesellt sich noch unser spezielles Übungssystem."

„Und wie geht das?"

„Kommen Sie! Ich zeige es Ihnen!" Naujoks ging mit den beiden an den einzelnen Räumen mit Glaswänden vorbei. „Sehen Sie: Wir üben Schritt für Schritt. Niemand kann von jetzt auf gleich alles auf einmal lernen und schon gar nicht umsetzen. Deshalb übt jeder in der Praxis eine gewisse Zeit lang ein Modul. Darauf konzentriert er sich dann während eines festgelegten Zeitraums. Und nur darauf. Hier bei uns einmal pro Woche und auch in seiner tagtäglichen Arbeit sowie in der Freizeit. Dort zum Beispiel geht es um das Herausfinden der Lebensprämissen!" Naujoks zeigte auf einen Raum, in dem sich ein junger Mann mit einem Bereichsmitarbeiter unterhielt. Weiter ging es zu einem anderen Raum, in dem vier Leute miteinander redeten und wild gestikulierten. Naujoks erklärte, dass dort „Zuhören" und „Feedback geben" trainiert wurde.

Der Rundgang an den einzelnen Räumen vorbei dauerte einige Minuten, und zu jedem Raum konnte Naujoks genau erklären, was dort gerade eingeübt wurde.

„Sehen Sie, Herr Professor Urban, immer wenn Menschen zusammenkommen, kann niemand vorherbestimmen, was passieren wird. Das gilt in jedem Bereich des Lebens. Mit Emergenz umzugehen erfordert, emergente Systeme führen zu können. Dies wird immer wichtiger. In unseren Personal Development Areas werden die jungen Menschen, die an die Universität gehen, auf die Zukunft vorbereitet. Sie lernen, Verantwortung zu übernehmen, und vor allem lernen sie, Unsicherheiten bei sich selbst und bei anderen zu erkennen und richtig darauf zu reagieren", erklärte Naujoks zum Abschluss.

„Ich kann nur sagen", Urban war beeindruckt, „das ist ja wirklich perfekt!"

„Oh nein, Herr Professor!" Naujoks schüttelte den Kopf und lachte wieder. „Perfekt sind wir noch lange nicht! Wir scheitern auch heute noch. Das ist doch nur menschlich. Aber – und das ist das Entscheidende – wir lernen, am Scheitern nicht zu scheitern!"

* * *

„Am Scheitern nicht scheitern!" Wow. Das war ein Satz, über den er später unbedingt noch einmal ausführlich nachdenken musste.

„So, jetzt haben Sie sich ein Bild von diesem neuen Gebäudeteil machen können, der in Kürze nach Ihnen, Herr Professor, benannt wird", sagte Dutschke abschließend draußen auf dem Gang. Die beiden Männer kamen am Aufzug an. „Und, was sagen Sie?"

„Ich bin beeindruckt, Herr Dutschke! Tief beeindruckt und ... auch ein bisschen beschämt."

„Aber ich bitte Sie, Herr Professor, weshalb sollten Sie denn beschämt sein?"

„Verzeihen Sie, Herr Dutschke, aber das ist eine sehr persönliche Sache!"

Der Aufzug ließ noch ein wenig auf sich warten. Dutschke hatte ja versprochen, sich für Urban zu erkundigen, wer den Termin des erkrankten Professor Mayr tatsächlich wahrnehmen würde. Er war gespannt, ob wirklich Gerke ihn übernehmen würde. Also ging er ein paar Schritte zur Seite und rief oben im Vorzimmer von Mayrs Institut an.

„... wollte ich Ihnen nur sagen, dass Herr Professor Urban bei mir ist. Wer nimmt denn nun den Termin für Professor Mayr wahr? Wo soll ich Herrn Professor Urban hinbringen? ... Ah ja ... Oh, das ist ja ... Das ist wirklich ... Na gut, ja, ich werde es ihm sagen!"

Auffällig langsam kam Dutschke zurück zum Aufzug, wo Urban wartete. Urban schien es, als habe er eine schlechte Nachricht zu überbringen und wolle noch etwas Zeit schinden.

„Also Dutschke, raus mit der Sprache. Wer ist mein Gesprächspartner?"

„Den Termin für Professor Mayr nimmt ... Dr. Raphael Gerke wahr!"

„Wie bitte?", fragte Urban. In diesem Moment schien die Welt um ihn herum plötzlich stillzustehen. „Sagen Sie das nochmal!"

„Dr. Gerke wird mit Ihnen sprechen", wiederholte Dutschke. „Im Auftrag von Professor Mayr!"

Urban musste erst einmal tief durchatmen. Diese Info hätte ihm beinahe den Boden unter den Füßen weggezogen. Er konnte unmöglich mit Gerke zusammentreffen und ihm in die Augen schauen.

„Auf gar keinen Fall!", sagte er entschlossen.

„Aber Herr Professor", sagte Dutschke ganz ruhig. „Sie sind und bleiben ein Teil dieser Universität. Alle hier haben Ihnen viel zu verdanken. Das weiß und sagt auch Dr. Gerke. Irgendwann müssen Sie ihn doch mal wiedersehen!"

„Ich kann nicht mit ihm sprechen", wiederholte Urban. „Nicht ohne vorbereitet zu sein."

„Aber ich bitte Sie, Herr Professor. Sie werden mir doch nicht erklären wollen, dass Sie irgendetwas sprachlos macht. Darf ich an die Vorlesungen erinnern, die Sie auch bei Versagen der Technik mit Bravour und sehr souverän aus dem Stand gehalten haben?", warf Dutschke seine ganze Überredungskunst in die Waagschale und begann einen so eindrucksvollen, emotionalen und rührenden Vortrag, dass Urbans Vorbehalte dahinschmolzen. Urban hätte nie gedacht, dass der „Hausmeister" so überzeugend und einfühlsam sprechen konnte. Ja, Dutschke hatte ja recht, es gab nun wirklich kein Argument, das gegen ein Treffen sprach.

„Sagen Sie mal, Dutschke, Sie haben diese ganzen Trainingseinheiten in den Areas verinnerlicht, oder?“ Dutschke antwortete nicht. Er lächelte nur.

„Ja, das merkt man!“ Urban nickte beeindruckt. Dann kam der Aufzug, und die beiden stiegen ein.

Unten im Foyer begleitete Dutschke Urban noch ein Stück, bis sie die Aula erreichten.

„Sie können den Aufzug nehmen und damit in den ...“

„Ach, Dutschke, denken Sie, ich habe vergessen, wo das Dekanat ist?“

„Entschuldigung, Herr Professor! Selbstverständlich ...“ Dutschke wurde unterbrochen. Sein Handy klingelte. „Ja bitte! Natürlich kann ich Ihnen das zeigen. Moment mal bitte ... Herr Professor, ich muss dringend weg. Sie finden den Weg ja! Und wenn Sie fertig sind, dann kommen Sie doch noch auf einen Sprung zu mir rüber in die Verwaltung, ja?“

Dutschke klopfte Urban noch aufmunternd auf die Schulter und verschwand schnellen Schrittes wieder Richtung Aufzug. Urban machte sich auf den Weg zur Fakultät für Physik. Ja, den Weg kannte er!

* * *

„Jetzt habe ich doch glatt vergessen, mich noch mal bei Dutschke zu bedanken“, dachte sich Max Urban und beschloss, nach seinem Termin tatsächlich noch einmal kurz bei ihm vorbeischauen. Noch immer blieb ihm ein wenig Zeit bis zu seinem Treffen mit Gerke. So konnte er in aller Ruhe durch die Gänge der Universität schlendern. Seiner Universität! Es tat gut, auch einmal alleine mit sich und seinen Gedanken zu sein. Den wichtigsten Teil seiner Karriere und fast sein halbes Leben hatte er hier verbracht. Der Wissenschaft zu dienen war immer seine oberste Maxime gewesen und die entscheidende Motivation, einen wichtigen Teil seines Lebens der theoretischen Physik zu widmen. Und: Es war das erklärte Ziel seiner Arbeit! Aber hatte er es erreicht? Der Besuch dieser Personal Development Areas hatte ihm die Augen geöffnet. Vielleicht hatte er seine beruflichen Ziele falsch gesteckt oder hätte andere Schwerpunkte setzen können? Alles, was er in den letzten beiden Stunden gesehen, erlebt und erfahren hatte, sprach eine deutliche Sprache. Unmengen an Gedanken schwirrten Max Urban durch den Kopf, während er die neu gestaltete Treppe nach oben zum Dekanat hinaufstieg. Es war ihm noch nie leichtgefallen, seine Fehler zuzugeben. Doch jetzt, in diesem Augenblick, als er das große Schild mit der Aufschrift seiner Fakultät las, sah er ein, dass er im Umgang mit seinen Studierenden, Professorenkollegen, Doktoranden und Mitarbeitern wohl einige Dinge hätte anders machen können. Zu Dutschke hatte er vorhin gesagt, er sei beschämt. Das war nicht gelogen. Denn alle Themen dieser Areas führten ihm seine Fehler vor Augen. Und diese gipfelten in der Zusammenarbeit mit Raphael Gerke, in diesem für sie beide so folgenschweren Tag, als Gerke ihn verzweifelt in seinem Büro aufgesucht hatte.

Urbans Herz klopfte. Er bog in den Gang ein, in dem sein früheres Büro lag. Er spürte seinen stark erhöhten Puls bereits im Hals, seine Händen schwitzten. Wie würde Gerke reagieren, wenn er ihn zum ersten Mal nach über sechs Jahren wiedersah? Und dann stand er vor der Tür des gemeinsamen Vorzimmers von Frau Professor Steiner und Professor Mayr, vor seinem alten Büro. Wie oft war er durch diese Tür gegangen. Fast wünschte er sich, wieder wie selbstverständlich einfach durch diese Tür marschieren zu können und mit einem „Hallo Frau Mönius, liegt irgendwas an?“ schnurstracks an ihr vorbei in sein Büro zu gehen. Ja, seine Sekretärin, die Frau Mönius ... Auf sie war Verlass gewesen. Alles, was nicht gerade mit Forschung, Studierenden oder ganz allgemein mit Wissenschaft zu tun gehabt hatte, hatte sie von ihm ferngehalten. War er ein guter Chef gewesen? Hatte er das honoriert, ihr dafür gedankt? Nach allem, was Max Urban in den letzten Stunden erfahren hatte, wohl eher nicht. Er atmete tief durch und klopfte an.

Dr. Raphael Gerke lief schon seit geraumer Zeit in seinem kleinen Büro auf und ab und starrte immer wieder auf das Telefon. Sein

Herz klopfte, er war aufgeregt wie vor einem ersten Date. Wie würde Urban reagieren, wenn er ihn wiedersah? Sechs Jahre waren eine lange Zeit, in der viel passiert war. Wie würde er selbst reagieren, wenn der Mann vor ihm stand, der einst sein Idol gewesen war und der ihn dann so bitter enttäuscht hatte? So oft hatte er in den letzten sechs Jahren an seinen früheren Professor gedacht. Erinnerungen schossen ihm durch den Kopf. Gute, schöne, aber auch ganz bittere. Vor allem diejenigen an die letzten Wochen vor diesem „schwarzen Donnerstag", wie Gerke ihn für sich nannte. Er fühlte, wie er zu zittern begann, als die bösen Erinnerungen an jene Stunden in ihm hochkamen, in denen er beschlossen hatte, aus dem Leben zu treten. Wieder starrte Gerke auf das Telefon.

Max Urban atmete noch einmal tief durch, als er das „Ja bitte!" einer weiblichen Stimme hörte. Mit zitternden Händen und einem Puls wie nach einem Hundertmeterlauf öffnete er die Tür zum Vorzimmer.

„Grüß Gott! Sie sind Professor Urban, richtig?", sagte die junge Frau und strahlte übers ganze Gesicht. „Gisela Palluch ist mein Name. Wir haben uns vorhin schon unten im Restaurant gesehen."

„Guten Tag, Frau Palluch!" Urbans Stimme war leise. „Ja, ich erinnere mich."

„Wenn Sie bitte einstweilen im Besprechungszimmer Platz nehmen! Ich sage Herrn Dr. Gerke, dass Sie da sind!"

Gerke konnte nur schätzen, wie viele Kilometer er in der letzten halben Stunde in seinem Zimmer abgelaufen war. Ein kleiner Marathon war es wohl gewesen. Sein Puls raste noch immer. Plötzlich klingelte das Telefon. Gerke riss es förmlich der Halterung. „Ja!"

„Herr Professor Urban wartet auf Sie im Besprechungsraum!", sagte Frau Palluch. Erlösung und Hochspannung kämpften um die Vorherrschaft im Gemüt des jungen Physikers.

Max Urban konnte sich nicht setzen. Dazu war er viel zu aufgeregt. Er stand am Fenster, von dem aus man in den Hinterhof sehen konnte, mit dem Rücken zur Tür. Immer wieder versuchte er sich selbst eine Antwort auf die vielen Fragen zu geben, die die Erinnerungen ihm stellten. „Viel zu viele Fehler habe ich gemacht", dachte er. „Aber sie sind passiert." Wie sehr beneidete er in diesem Moment die jungen Kollegen, die in diese Personal Development Areas gehen und lernen konnten, solche Fehler zu vermeiden. Seine Fehler, die er in seinem Leben, das er doch der Wissenschaft und vor allem dem wissenschaftlichen Nachwuchs widmen wollte, gemacht hatte. „Tja", gab Urban innerlich vor sich selbst zu, und diese Einsicht war in gewisser Weise auch eine Erleichterung und erlaubte ihm, seinen Absolutheitsanspruch an sich selbst zu revidieren: „Ich bin wohl gescheitert!"

Dann erstarrte er. Die Tür öffnete sich. „Guten Morgen, Max!" Gerkes Stimme traf ihn wie ein Blitz! „Guten Morgen, Max!"

# 10. Kapitel

„Guten Morgen, Max!", sagte Margit Urban bereits zum dritten Mal. Und jetzt rüttelte sie ihren Mann, der schlafend auf dem Sofa lag, an der Schulter.

„Was? Aaaah, oh mein Gott!", schrie Max Urban und schreckte hoch. Er war schweißgebadet und zitterte am ganzen Körper. Wie in Panik sah er sich um. Dann blickte er völlig verstört in das Gesicht seiner Frau. Diese erschrak und wich einen Schritt zurück. „Max? Was ist mit dir?"

„Was ist los? Wo bin ich?"

„Du bist im Wohnzimmer. Auf dem Sofa!", antwortete Frau Urban und strich ihrem Mann besänftigend über seine zerzausten Haare. Sie sah in sein verschwitztes, unrasiertes Gesicht. „Was hast du denn? Es ist alles gut! Alles gut! Du hast nur geträumt!"

Noch immer zitterte Max Urban am ganzen Körper. Sein Puls raste. Als ob er den Worten seiner Frau nicht wirklich Glauben schenken konnte, sah er sich erneut um. Dann fasste er seine Frau an. „Margit?"

„Ja, ich bin's, Max!", sagte Frau Urban und lächelte ihn beruhigend an. „Es ist alles in Ordnung. Es war nur ein Traum!"

„Ich bin nicht in der Uni?" Langsam kam Urban wieder zu sich. Ja, er saß auf dem Sofa in seinem Wohnzimmer. Auf dem Tisch stand eine leere Flasche Wein und der Fernseher lief. Das Frühstücksprogramm eines Privatsenders.

„Nein, du bist nicht in der Uni!" Frau Urban zeigte auf die Flasche Wein und lachte. „Ich glaube, du hast gestern ein bisschen zu tief in die Flasche geschaut. Kann das sein? Als ich gestern Nacht gegen halb zwölf vom Canasta-Spielen heimkam, lagst du hier auf dem Sofa und hast tief und fest geschlafen. Du hast gestern wohl wieder einen stressigen Tag gehabt. So stressig wie die ganzen letzten Wochen."

„Gestern?" Urban versuchte sich zu erinnern. Traum und Wirklichkeit verflossen noch ineinander. „Was ist denn gestern passiert?"

„Nichts Außergewöhnliches! Es war ein Tag wie jeder andere auch", meinte Frau Urban und setzte sich ihrem Mann gegenüber in einen der beiden Sessel. „Aber ich hab dir ja schon häufiger gesagt, dass du dich übernimmst. Das wird dir alles zu viel. Erinnerst du dich nicht? Gestern Morgen hattest du dieses Telefonat mit deinem Doktoranden, dem Patrick Unger. Da hast du dich ganz schön aufgeregt. Und, naja, aber Max, hör mal, ich muss dir jetzt doch nicht haarklein berichten, was du gestern gemacht hast, oder?"

„Doch, Margit! Erzähl es mir, bitte! Ich würde das gern von dir hören. Was war denn mit Unger?"

„Also ich weiß nicht ... Aber gut, wenn du das wirklich hören möchtest, bitte schön!", sagte Frau Urban etwas skeptisch, begann dann aber zu erzählen, und schon nach ihren ersten Worten entrollte sich vor Urbans geistigem Auge der gestrige Tag erneut, und er sah ihn vor sich, wie in einem Film:

*Es war ein nasskalter Herbstmorgen, gegen acht Uhr. Margit Urban kam gerade von oben die hölzerne Treppe herunter. Den Frühstückstisch hatte sie bereits in der Küche gedeckt, der Kaffee war fertig. Da die zierliche Frau mit dem nach hinten gebundenen graubraunen Haar ihre grünen Hauspantoffeln aus Filz trug, hörte man ihre Schritte nicht. Nur das sanfte Quietschen der Holzstufen verriet, dass jemand die Treppe herunterkam. Im großräumigen Flur des Hauses kam sie auf ihrem Weg zur Küche am Arbeitszimmer ihres Mannes vorbei. Die Tür stand offen und so hörte Frau Urban, dass ihr Mann an seinem Schreibtisch telefonierte. Er widmete sich oft früh am Morgen diversen Erledigungen, für die er in der Uni entweder keine Zeit oder einfach keine Lust hatte. Dieses Gespräch führte Urban allerdings so engagiert, dass es Frau Urban aufhorchen ließ und sie unwillkürlich stehen blieb, um zuzuhören. Sie vernahm noch eine zweite Stimme. Max Urban hatte auf Raumlautsprecher geschaltet. Das tat er immer, wenn es sich um längere Gespräche handelte. Denn so konnte er lässig in seinem schweren Ledersessel herumlümmeln oder auch im Raum auf und ab gehen. Auch jetzt war er wild gestikulierend in seinem Zimmer unterwegs. Als er dabei an der Tür vorbeikam, trat seine*

*Frau einen Schritt zurück. Sie wollte nicht, dass er sie beim Lauschen erwischte.*

*„Dann nehmen Sie doch einfach das Material, das Ihnen schon vorliegt", sagte Max Urban gerade energisch. „Wenn ich es Ihnen doch sage: Sie dürfen dieses Material verwenden. Das ist der einfachste Weg und Sie würden damit auch Zeit sparen, Herr Unger. Sie machen sich doch sonst nur unnötige Arbeit!"*

*„Herr Professor Urban, ich habe dabei aber kein gutes Gefühl", antwortete eine ziemlich helle männliche Stimme aus dem Telefon. „Wenn ich das vorliegende Material verwende, dann stammt das doch nicht von mir. Es ist doch meine Arbeit, und darin sollen auch nur die Ergebnisse vorkommen, die ich selbst erarbeitet habe."*

*„Das macht doch keinen Unterschied!", antwortete Max Urban ungehalten. „Diese Erkenntnisse sind bekannt und stehen uns, also auch Ihnen und jedem anderen, zur Verfügung. Ein Plagiat ist etwas völlig anderes! Das dürfen Sie mir ruhig glauben! Ich würde Ihnen das nicht nahelegen, wenn es nicht so wäre. Keiner will, dass Sie fremde Erkenntnisse als die Ihren ausgeben, Herr Unger."*

*„Trotzdem habe ich dabei kein gutes Gefühl!", wiederholte die Stimme verzagt. Frau Urban wusste nicht, wer da an der Strippe war und worum es in der Sache genau ging. Sie hörte aber heraus, dass dieser Mann am anderen Ende der Leitung ein Problem mit dem hatte, was ihr Mann da vorschlug.*

*„Ihr Gefühl ist in diesem Fall aber kein guter Ratgeber", konterte Max Urban und redete wie ein Wasserfall auf seinen Gesprächspartner ein. Er schweifte ab und erzählte von einem Studenten, den er vor vielen Jahren als Doktorand betreut hatte und der mit einem ähnlichen Sachverhalt zu tun gehabt hatte. Max Urban lief förmlich zu Hochform auf. Seine geschliffene Rhetorik, die präzise platzierten Argumente und die nachhaltige Darlegung seines Standpunktes wirkten natürlich überzeugend. Sogar auf eine Außenstehende wie Frau Urban. Sie hörte noch ein „Aber …" aus dem Telefon, das ihr Mann mit einem weiteren Monolog im Keim erstickte. „Also Herr Unger, ich lege Ihnen noch einmal nahe, dass Sie das vorhandene Material verwenden. Ich stehe da voll und ganz hinter Ihnen!"*

*„Na gut!", gab Unger nach einer Weile klein bei. „Wenn Sie das sagen, Herr Professor! Trotzdem wäre mir viel wohler, wenn ich meine eigenen Erkenntnisse gewinnen und die in die Arbeit einbringen könnte."*

*„Lassen Sie das einfach meine Sorge sein, Unger!", antwortete Max Urban und sah genervt auf die Uhr. „Glauben Sie es mir einfach, Sie sparen sich eine Menge Arbeit und uns allen viel Zeit!"*

*Frau Urban hörte noch, wie sich ihr Mann von seinem Gesprächspartner verabschiedete und das Telefonat beendete. Dann ging sie schnell weiter in Richtung Küche.*

*Die Küche der Urbans befand sich gleich neben dem großen Wohnzimmer mit dem Essbereich, nur durch einen rund gefassten Türbogen getrennt. In der Mitte der im nordischen Landhausstil eingerichteten Küche standen ein kleiner Tisch aus Naturholz und vier Stühle. Hier nahmen die Urbans ihr Frühstück ein, das auch an diesem Morgen aus frischen Brötchen, Marmelade, Butter und aufgeschnittener Wurst sowie Käse bestand. Deftig und nicht wirklich dem neumodischen Fitness- und Gesundheitstrend entsprechend, so wie es Max Urban liebte. Mit Müsli und dergleichen konnte der Professor herzlich wenig anfangen.*

*„Du bist spät dran!", meinte Frau Urban zu ihrem Mann, als er in die Küche kam und sich an seinen Platz vor dem Fenster setzte.*

*„Ach, das passt schon!", erwiderte Max Urban und schenkte erst seiner Frau und anschließend sich Kaffee ein. „Ich hab erst um elf eine Vorlesung."*

*Frau Urban setzte sich ebenfalls und schnitt ihr Brötchen auf. Während ihr Mann auf seinem Smartphone herumtippte und diverse E-Mails checkte, blätterte Frau Urban durch einen Reiseprospekt.*

*„Wer war das vorhin am Telefon?", fragte sie dann beiläufig.*

*„Patrick Unger. Einer meiner Doktoranden."*

*„Ach ja, das ist doch dieser große Schlanke mit dem gepflegten Dreitagebart. Richtig?"*

*„Genau der!", erwiderte Urban kauend.*

*„Hatte er ein Problem?", wollte Frau Urban wissen. „Ich meine, weil du gar so engagiert gesprochen hast. Du hast ihn ja förmlich totgeredet."*

*„Ach der Unger!", seufzte Max Urban und ließ sein Smartphone sinken. „Ja, der hat ein Problem. Der arbeitet gerade an einem Projekt und muss den Abschlussbericht schreiben. Ich hab ihm gesagt, er soll ein paar Passagen einfach von einer anderen Arbeit zitieren, die ich ihm vor einiger Zeit gegeben habe."*

*„Und?"*

*„Das will er nicht!"*

*„Warum nicht?"*

*„Er bildet sich ein, dass sein Bericht nur dann authentisch ist, wenn er die Sachen, die da angeführt werden, selbst prüft. Dann würde er sich besser fühlen!"*

*Frau Urban schaute ihren Mann kurz an und meinte: „Das ist doch nachvollziehbar."*

*„Für mich nicht!", konterte Max Urban und regte sich wieder auf. „Das kostet Zeit und er macht sich nur eine Menge Arbeit, die nicht sein muss. Das kann man doch auch zitieren!"*

*„Also ich versteh dich nicht, Max!", meinte Frau Urban entschieden. „Wenn dieser junge Mann die Dinge selbst herausfinden und nicht von anderen übernehmen will, dann ist das doch in Ordnung!"*

*„Aber es ist Zeitverschwendung und unökonomisch. Keiner interessiert sich dafür, woher die Ergebnisse stammen. Es geht um einen Nebenaspekt des Berichts, bei dem niemand erwarten würde, dass da eigene Untersuchungen stattfinden. Das ist unsinniger Perfektionismus. Das hab ich ihm gesagt. Soll er sich lieber auf die wichtigen Dinge konzentrieren."*

*„Das habe ich mitbekommen! Du warst ja laut genug. Aber das ist dein Standpunkt", jetzt wurde auch Frau Urban energischer. „Vielleicht hättest du ihm mal ein bisschen besser zuhören sollen. Dann wäre dir bestimmt was aufgefallen."*

*„Was soll mir denn da auffallen?"*

*„Dass der junge Mann ein bisschen anders tickt als du! Vielleicht ist es einfach nicht seine Sache, von anderen was zu übernehmen. Er hat eben seine Grundsätze, Werte und Prinzipien!"*

*„Was für Werte und welche Prinzipien?", bellte Max Urban und fühlte sich gleich angegriffen.*

*„Na Werte und Prinzipien eben!", sagte seine Frau wiederum nachdrücklich. „Du hast deine, andere Leute haben ihre! Wenn es für den jungen Mann wichtig ist, seine Ergebnisse selbst zu erarbeiten, und er sich nur dann gut fühlt, finde ich es falsch, wenn du ihn mit Argumenten an die Wand drückst, ohne ihm zuzuhören und ohne zumindest einmal darüber nachzudenken, welche Beweggründe er denn haben könnte."*

*Max Urban sah seine Frau einen Moment lang schweigend an und dachte nach. Er wollte gerade etwas erwidern, als sein Smartphone ein „Bing" von sich gab. „Ach, das ist eine Nachricht von Dr. Meixner. Ich gehe mal kurz telefonieren!" Max Urban sprang auf und verschwand in seinem Arbeitszimmer.*

*Das Telefonat hatte nicht lange gedauert, und bald erschien Urban wieder in der Küche. Das Gespräch, das er eben noch mit seiner Frau über den Doktoranden Unger geführt hatte, war für ihn bereits Geschichte und abgehakt. Für Frau Urban jedoch nicht. Sie hatte schon häufiger versucht, ihren Mann ein wenig zu beeinflussen, damit er künftig auf seine Mitarbeiter mehr einging, wenn sie sich vertrauensvoll mit einem Problem an ihn wandten. Sie kannte ja den in der Uni kursierenden Spruch „Das ist Max Urban live", wenn ihr Mann mal wieder von einem Vorgang oder von einem Gespräch zum anderen hüpfte wie ein Frosch im Wasser von einem Stein zu anderen. „Ich mach mir da mal meine Gedanken drüber", war seine kurze und sehr knappe Standard-Antwort. Und schon widmete sich Max Urban wieder seinem Smartphone.*

*„Max, dein Bruder hat am Sonntag Geburtstag!", sagte Frau Urban nach einer Weile. Der Klang ihrer Stimme, in dem ein leichtes und unterdrücktes Seufzen zu hören war, ließ Urban aufhorchen.*

*Er wollte gerade auf seinem Smartphone eine weitere E-Mail öffnen, hielt aber inne und sah seine Frau an. „Schon wieder? Hatte er nicht gerade erst Geburtstag?"*

*Mit einem lang gezogenen „Jaaa" beantwortete Frau Urban die Frage ihres Mannes. „Vor einem Jahr!"*

*„Die Zeit vergeht viel zu schnell!", meinte der Professor lachend und schüttelte amüsiert den Kopf. Dann aß er sein Brötchen weiter und wollte sich wieder den E-Mails widmen.*

*„Würdest du mir bitte mal zuhören, Max!", meinte Frau Urban streng.*

*„Ja, natürlich!" Urban verstand nicht ganz, warum seine Frau so sauer reagierte. Doch er legte das Smartphone beiseite und sah sie an.*

*„Er hat uns eingeladen!"*

*„Oh, das ist aber nett!" Urban wusste, dass seine Frau jetzt versuchen würde, ihn dazu zu überreden, die Einladung anzunehmen, und baute vor. „Zu dumm, dieses Jahr habe ich leider überhaupt keine Zeit, meinen Bruder zu besuchen!"*

*„So wie in den letzten zehn Jahren auch nicht!", fügte seine Frau hinzu. „Ich habe dir schon vor einigen Wochen von der Einladung erzählt. Also tu jetzt bloß nicht so, als ob das überraschend für dich käme."*

*„Du hast recht, Liebes!“, gab Max Urban kleinlaut zu. „Ich muss das völlig vergessen haben. Zurzeit habe ich wirklich den Kopf ziemlich voll und da …“*

*„Du hast den Kopf immer mit irgendwas voll, Max!“, schimpfte Frau Urban. Sie war nun wirklich wütend. „Dein Problem ist doch, dass du mir nie richtig zuhörst!“*

*Dann folgte eine regelrechte Standpauke. Der Geburtstag von Max' Bruder, zu dem sie seit Jahren alleine in die Schweiz fuhr, war der Tropfen gewesen, der das Fass zum Überlaufen gebracht hatte. Frau Urban platzte jetzt förmlich der Kragen. Mit so vielen anderen Dingen hatte sie ihr Mann immer wieder allein gelassen. Auch wenn es nicht immer so Wichtiges war, wie beispielsweise ein neuer Rasenmäher. Unzählige Male hatte sie ihren Mann daran erinnert, dass der alte Mäher bald seinen Geist aufgeben würde und sie einen neuen brauchten. Jetzt war er kaputt und der Rasen zehn Zentimeter hoch. Das Fenster oben im Badezimmer schloss nicht mehr richtig. Und das Auto, das stotterte ständig beim Anlassen. Das musste in der Werkstatt mal geprüft werden. Max Urban hörte sich die vielen Probleme zwar regelmäßig an, doch sie gingen meist buchstäblich zum einen Ohr hinein und zum anderen gleich wieder hinaus. Auch diese Standpauke nahm er so hin.*

*„Was hältst du davon, allein in die Schweiz zu fahren?“, schlug Max Urban vor, nachdem seine Frau mit ihrer Rede fertig war.*

*„Eine grandiose Idee!“, antwortete Frau Urban. Das nahm ihr Mann durchaus als Lob hin, denn er lächelte zufrieden. „Und vor allem so neu! Hast du wohl auch vergessen, dass ich in den letzten Jahren immer allein in die Schweiz gefahren bin und mir Ausreden einfallen lassen musste, damit keiner auf dich sauer ist?“*

*„Heinz ist Banker. Der ist nicht sauer! Er denkt logisch und rational. So wie ich! Wenn jemand dafür Verständnis hat, dass ich Prioritäten setze, dann er. Schließlich forschen wir derzeit an einem Projekt, das für die Menschheit einen Quantensprung bedeuten könnte. Glaubst du, Heinz würde zu meinem Geburtstag kommen, wenn er an irgendeiner Börse gerade eine Menge Geld verdienen könnte?“*

*„Du hast ihn ja noch nie eingeladen!“, meinte Frau Urban nur spitz und schüttelte verständnislos den Kopf. „Du vergisst ja sogar deinen eigenen Geburtstag.“*

*„Heinz nimmt mir das bestimmt nicht übel, der kennt mich doch!", versuchte Max Urban sich zu rechtfertigen und die Vorwürfe seiner Frau herunterzuspielen. Dann schlug er vor, seinem Bruder in diesem Jahr einen besonders großen Fresskorb zusammenzustellen. Den bekam dieser jedes Jahr von den Urbans geschenkt. „Wir schenken Heinz zu seinem Sechzigsten einen besonders schönen und großen Fresskorb mit fränkischen Delikatessen. Was meinst du, sollen wir ihm – so als Gag – 60 Nürnberger Bratwürste mit reinpacken?"*

*„Maaaax ...", Frau Urban sah ihren Mann ungläubig an. „Dein Bruder isst keine Bratwürste. Und auch keine fränkischen Delikatessen! Hast du das etwa auch schon wieder vergessen?"*

*„Was denn? Ach richtig, Heinz ist ja unter die Pflanzenfresser gegangen!"*

*„Vegetarier", stellte Frau Urban richtig. „Das heißt Vegetarier!"*

*„Na dann bekommt er eben einen besonders schönen und großen Obstkorb. Und sechs Mammutflaschen seines Lieblings-Champagners. Was meinst du? Und sag ihm: Zum nächsten Geburtstag komme ich mit. Versprochen!"*

*„Das glaubt er mir aufs Wort!", gab Frau Urban trocken zurück und verdrehte die Augen. Jedes Jahr hörten alle dasselbe Versprechen.*

*Max Urban sah auf die Uhr. „Gut, dann machen wir es so! Ich sag Frau Mönius, sie soll das mit dem Obstkorb und dem Champagner organisieren. Ich muss jetzt los!"*

* * *

*Die Sache mit dem Geburtstag war zum Glück für dieses Jahr vom Tisch, und als Max Urban aus der Küche eilte, hatte er auch den Rest schon wieder vergessen. „Bis nachher, Margit!"*

*„Vergiss nicht wieder, dir eine Jacke überzuziehen!", rief Frau Urban noch hinterher. Also blieb er vor der Garderobe einen Moment stehen und suchte seine braune Daunenjacke. „Die liegt bestimmt noch im Auto", überlegte Urban und ging zur Garage. Er suchte das Auto ab, fand sie aber nicht. Dann hatte er sie wohl im Büro hängen lassen. Als er auf den Startknopf drückte und der Motor nicht gleich ansprang, dachte sich*

*Urban zunächst noch nichts dabei. Es war ja kalt draußen. Nach ein paar Sekunden versuchte er es erneut, doch der Motor rührte sich nicht. Nur ein Licht blinkte auf dem Armaturenbrett. Da aller guten Dinge bekanntlich drei waren, versuchte es Max Urban ein drittes Mal. Nach mehr als zwei Minuten Wartezeit noch immer Totenstille. Der Motor machte keinen Mucks und keinerlei Anzeichen, dass er irgendwann anspringen würde.*

*„Mist, was ist denn jetzt los?", dachte Urban und sah auf die Uhr. Jetzt war er doch langsam spät dran.*

*„Das darf doch wohl nicht wahr sein!", schimpfte Frau Urban, die in der Küche gerade das Frühstücksgeschirr wegräumte, als sie ihren Mann wieder an der Haustür rumoren hörte. „Das war ja vorauszusehen."*

*Genervt warf sie den roten Lappen auf die Spüle und ging ihrem Mann entgegen.*

*„Die Kiste springt nicht an!" Max Urban schilderte seiner Frau, dass er einige Male erfolglos versucht hatte, den Wagen zu starten.*

*„Das war doch nur noch eine Frage der Zeit!", sagte sie vorwurfsvoll. „Seit Langem läuft der Motor nicht mehr rund und das Auto springt schlecht an. Tausendmal habe ich dir gesagt, du sollst es endlich in die Werkstatt bringen, bevor du damit irgendwo stehenbleibst oder der Motor nicht mehr anspringt. So wie jetzt! Jetzt haben wir den Salat!"*

*„Ich weiß, ich weiß! Ich hatte eben einfach noch keine Zeit!"*

*„Keine Zeit!", fauchte Frau Urban. Sie war ziemlich aufgebracht. „Wenn du keine Zeit hast, dann versteht das jeder! Aber dann solltest du halt mal ein Wort sagen. Ich kann den Wagen doch auch in die Werkstatt bringen! Wenn ich was sage, dann heißt es immer: Ja, ja, ich erledige das schon. Aber es passiert nichts! Und da ist er, der Schlamassel!"*

*„Das ist doch kein Problem, Liebes", beruhigte sie Max Urban und zeigte ihr sein Handy. „Ich hab schon ein Taxi angerufen, es wird sicher gleich hier sein. Reg dich nicht auf. Das kriegen wir schon hin!"*

*„Ich soll mich nicht aufregen, sagst du! Es ist immer dasselbe. Du hörst einfach nicht …"*

*„Ah, da kommt mein Taxi!", unterbrach Max Urban seine Frau und gab ihr einen flüchtigen Kuss. „Machs gut!"*

*Jedes noch so ungeübte Auge hätte sofort erkannt, dass Frau Urban kurz vor der Explosion stand. Ein Funke hätte wohl genügt und sie wäre in die Luft gegangen. Zum Glück war es ziemlich kalt an diesem Morgen und so kühlte auch das Gemüt von Frau Urban recht schnell wieder ab. Ihr Mann eilte den schmalen Weg entlang, der zur Straße führte. Dort parkte gerade sein Taxi.*

*„Morgen, Herr Koller!", rief Max Urban im Laufen. „Na, alles klar? Ist kalt heute, was?"*

*Der Nachbar, der gerade aus dem Haus kam, erwiderte den Gruß und ließ ein paar Kommentare über das ungemütliche Wetter los. Der Sohn des Nachbarn ließ sich ebenfalls sehen und Max Urban erkundigte sich, warum dieser noch nicht in der Schule war.*

*„Ich war krank und heute haben wir Klassenfahrt. Da bin ich noch entschuldigt!", antwortete der Junge. Dann lief er auf Urban zu, der gerade ins Taxi steigen wollte, und öffnete den Reißverschluss seines Anoraks.*

*„Hey, das ist toll, das neue Club-Trikot!", erkannte Max Urban und zeigte dem Jungen anerkennend einen Daumen nach oben. Urban winkte zum Abschied und schloss die Taxitür.*

*„Guten Morgen, wo soll es hingehen?", fragte der Taxifahrer.*

*„Zur Universität bitte!"*

*Zur Uni ging es in die entgegengesetzte Richtung, und so wendete der Taxifahrer auf der Straße. Als sie das Urban'sche Haus erneut passierten, sah der Professor seine Frau vor der Haustür stehen. Für einen kurzen Augenblick trafen sich ihre Blicke und er dachte: „Sie hat ja recht mit dem, was sie sagte. Der Wagen sprang schon seit einiger Zeit nicht gut an. Und auch der Service war längst überfällig." Er hatte die Angelegenheit nur immer wieder aufgeschoben. Es hatte einfach immer etwas anderes zu tun gegeben. Auch jetzt blieb ihm keine Zeit mehr zum Nachdenken, denn sein Smartphone vibrierte und meldete den Eingang neuer Mails. Der Professor nutzte die Fahrt und widmete sich erneut seinen Nachrichten. Die Route führte auch am Valznerweiher vorbei, wo das Trainingsgelände des 1. FC Nürnberg lag.*

*Urban sah auf und fragte den Taxifahrer: „Das wird sicher ein heißes Spiel am Samstag, was meinen Sie?" Der wirkte anfangs ein bisschen überrascht, denn er wusste von seiner Zentrale, um wen es sich bei seinem Fahrgast handelte. Und Leute von diesem Kaliber sprechen Taxifahrer normalerweise nicht auf solche Nebensächlichkeiten an. Urban hatte bei seinem Chauffeur aber voll ins Schwarze getroffen, denn der zählte auch zu den leidenschaftlichen Fans des 1. FC Nürnberg. So begann eine* rege und interessante Fachsimpelei über die aktuelle sportliche Situation des Nürnberger Zweitligisten, die bis kurz vor der Ferdinand-von-Kohlheim-Universität dauerte. Die beiden Fußballfans tauschten noch einen Tipp fürs nächste Spiel aus.

„Stimmt so!“, meinte Urban und drückte dem Taxifahrer einen Zwanziger in die Hand. Ohne dessen Dank abzuwarten, schlug er die Tür des Wagens zu und eilte bereits über die Straße zum Hauptgebäude der Universität.

Der Eingang der Ferdinand-von-Kohlheim-Universität war ebenerdig. Eine alte Doppelflügel-Tür aus schwerem Eichenholz führte in das weiträumige düstere Foyer. In dessen Mitte stand die Bronzeskulptur eines bekannten Nürnberger Künstlers. Um diese Zeit ging es hier unten zu wie in einem Taubenschlag. Professor Urban war nicht der Einzige, der ins Innere der Uni eilte.

„Herr Professor Urban!“, rief eine männliche Stimme. Urban, der gerade um die Ecke biegen wollte, blieb stehen und drehte sich um. Da sah er den Taxifahrer, der durch das Foyer rannte und seine Aktentasche in der Hand schwenkte. Urban schüttelte den Kopf über sich selbst. Er hatte sie schon wieder vergessen.

Er dankte dem Fahrer und marschierte schnellen Schrittes durch den langen, mäßig beleuchteten Gang, der zum Hörsaal führte.

„Herr Professor! Herr Professor, bitte warten Sie!“ Urbans Sekretärin eilte, so schnell sie konnte, in seine Richtung.

„Oh nein, die kann ich jetzt aber gar nicht brauchen“, dachte Urban.

Völlig außer Atem erreichte sie ihn. „Gut, dass sich Sie noch treffe!“

„Frau Mönius, ich habe überhaupt keine Zeit. Ich muss in die Vorlesung und bin eh schon viel zu spät dran.“

„Ich würde Sie nicht aufhalten, wenn es nicht wichtig wäre, Herr Professor“, antwortete die gepflegte ältere Dame, die überall als Urbans rechte Hand bekannt war, schnaufend.

„Was gibt es?“

„Es geht um den Raphael Gerke.“ Frau Mönius schien wirklich sehr besorgt. Raphael Gerke gehörte zu Urbans Doktoranden. Und er galt als hochtalentierter Physiker und wurde hinter vorgehaltener Hand auch als Kronprinz Urbans gehandelt. Frau Mönius eröffnete ihrem Chef nun, das *sein Lieblingsschüler im Begriff war, die Universität zu verlassen, um woandershin zu wechseln.*

*„So ein Quatsch!", erwiderte Max Urban. „Gerke ist mein bester Mann. Wenn es irgendein Problem gibt, dann soll er sich an mich wenden."*

*„Das hätte er auch ganz bestimmt getan, Herr Professor", meinte Frau Mönius. Sie schlug einen Ton an, der Vorwurf und Enttäuschung ausdrückte. Max Urban kannte den von seiner Frau. „Aber erstens haben Sie so gut wie nie Zeit und zweitens hören Sie niemandem richtig zu. Vielleicht vermisst Herr Gerke nur Ihre Aufmerksamkeit. Jedenfalls scheint sein Entschluss festzustehen. Er will unsere Universität verlassen."*

*„Blödsinn!" Es passte ihm gar nicht, was er da zwischen Tür und Angel zu hören bekam. Gerade wollte er etwas sagen, als Hausmeister Frank Dutschke um die Ecke bog.*

*„Ah, Herr Professor! Da sind Sie ja!", grüßte der Hausmeister. Er hatte ein kurzes schwarzes Kabel in der Hand. „Gut, dass ich Sie noch treffe. Ich muss Sie noch über etwas Wichtiges informieren."*

*„Machen Sie es kurz, Dutschke, ich muss weg!", schnauzte Max Urban ihn an und wandte sich von Frau Mönius ab. Die verzog ärgerlich das Gesicht darüber, dass ihr Chef sie einfach stehen ließ und diese äußerst wichtige Angelegenheit einfach abtat.*

*„Es geht um den neuen Beamer, Herr Professor, den ich im großen Hörsaal installiert habe", erklärte Dutschke. „Der funktioniert besser als der alte, muss aber anders bedient werden."*

*„Das ist doch perfekt, Dutschke. Danke, dass Sie mich informiert haben!", meinte Urban und wandte sich wieder Frau Mönius zu.*

*„Ich muss Ihnen das aber noch zeigen." Der Hausmeister hielt Urban das Kabel vor die Nase und erklärte, dass er neue Kabel installiert habe, an denen erst ein Adapter angeschlossen werden müsse, bevor der Beamer funktioniere.*

*„Ist schon in Ordnung, Frau Mönius", sagte Urban, noch während der Hausmeister ihm zeigte, wie man das Kabel und den Adapter richtig anschließt. „Lassen Sie nur, ich regle das schon mit Gerke. Das mach ich später. Jetzt habe ich eine Vorlesung. Alles klar?"*

*„Haben Sie das verstanden, Herr Professor?", fragte der Hausmeister nach und wollte sich vergewissern, ob seine Anleitung angekommen war. „Also dieses Ende des Steckers kommt in den Adapter und das andere …"*

„Ja, ja, Dutschke!", unterbrach Max Urban seinen Hausmeister genervt. „Das kriegen wir alles geregelt. Vielen Dank! Also, ich muss jetzt!"

Max Urban nickte noch freundlich wie immer und ließ den Hausmeister stehen. Der schaute ein wenig verdutzt und ließ unschwer erkennen, dass er doch gewisse Zweifel hegte, ob der Professor das auch wirklich kapiert hatte.

Der Hörsaal 3 lag wie alle anderen Säle unten im Parterre. Der „Dreier", wie sie ihn hier alle nannten, war der größte, das Auditorium Maximum der FKU, und fasste 800 Personen. Und es war auch der eleganteste Saal der alten, ehrwürdigen Universität. An diesem Vormittag war der Dreier gerammelt voll. Urbans Vorlesungen zählten zu den sogenannten „Must Hears", wie die Studierenden ganz neudeutsch die interessanten Vorträge nannten, die keiner verpassen sollte. Kurz nach elf Uhr erreichte Professor Max Urban das Zimmer hinter dem Hörsaal und wurde bereits von Heiko Friesinger erwartet. Der junge, gut aussehende und sehr gepflegt wirkende junge Mann gehörte zum Team der wissenschaftlichen Mitarbeiter von Urban.

„Guten Morgen, Herr Professor!", begrüßte ihn Friesinger.

„Morgen!", gab Urban zurück.

„Der Saal platzt aus allen Nähten!", berichtete der Assistent und musterte seinen Chef mit einem kurzen Scan-Blick von oben bis unten. Offenbar registrierte er den typischen „Casual-Look" seines Chefs.

„Sorry, ich bin ein bisschen spät dran! Frau Mönius hat mich noch aufgehalten."

„Hat Dutschke Sie noch erwischt?", fragte Friesinger.

„Ja, ja!"

„Und hat er Ihnen das gezeigt mit dem neuen Beamer?"

„Beamer?", fragte Max Urban. „Äh nein. Er hat mir nur was mit einem neuen Kabel und äh …, na das ist nicht so wichtig. Fangen wir an!"

„Es wäre schon wichtig, dass Sie wissen, wie man …"

„Das kriegen wir schon alles geregelt, Friesinger!", unterbrach Max Urban. „Wir fangen jetzt an!"

Und schon war Max Urban wieder auf dem Weg zu neuen Taten, die da anstanden. Aus dem Augewinkel sah er, wie Heiko Friesinger den Kopf schüttelte. Sein Gesichtsausdruck verriet, dass er nicht wirklich nur Gutes auf seinen Chef und sich zukommen sah.

*Max Urban war eine knappe Viertelstunde zu spät dran, als er das Podium betrat und der Masse der Studierenden ein freundliches Lächeln zuwarf. Die angehenden Akademiker begrüßten ihn mit Applaus.*

*„Guten Morgen allerseits!“, wandte sich Urban an seine Zuhörer. „Oder sagen wir besser Mahlzeit. Wie darf ich den Applaus verstehen? Freuen Sie sich, dass ich jetzt noch komme, oder dass ich gleich wieder gehe?“*

*Immer gut drauf und nie um einen Scherz verlegen. So kannten und mochten die Studierenden ihren Professor. Wie jedes Mal begann er auch diese Vorlesung mit einem kurzen Späßchen. Das lockerte die Stimmung. Die Studierenden lachten und auch sein Assistent Friesinger konnte nur lachend den Kopf schütteln.*

*„So, meine Damen und Herren“, begann Professor Urban seinen Vortrag und schaute freundlich in die Runde, wo er nur interessierte und aufmerksame Gesichter sah. „Heute beschäftigen wir uns also mit dem Thema ‚Optik und Quantenphänomene‘. In der Geschichte der Naturwissenschaften spielte die Optik stets eine wichtige Rolle. Denn das wichtigste Wahrnehmungsorgan des Menschen ist wohl das Auge. Ist es nicht so?“ Mit einem schelmischen Lächeln blickte Professor Urban in die Runde. Die Studierenden nickten.*

*„Ja, vor allem im Internet- und Videozeitalter“, meinte eine Studentin in der zweiten Reihe.*

*„Sie sagen es!“, antwortete Urban und zeigt kurz auf die junge Studentin. „Was ich Ihnen hier erzähle, glauben Sie nicht unbedingt. Was ich Ihnen aber gleich auf meinem Laptop bzw. auf dem Beamer in einem Video zeigen werden, das glauben Sie gleich, stimmt's?“*

*Alle Zuhörer lachten. Während er die historischen Ursprünge erläuterte, schielte Urban kurz zu seinem Laptop, der auf einem Board an der Seite des Podiums stand. Er brauchte ihn gleich, wenn es um die Natur des Lichts ging.*

*Die erste halbe Stunde der Vorlesung war um. Max Urban gehörte zu den Professoren mit einem gut ausgeprägten Bewegungsdrang. Während andere Kollegen wie festgeklebt hinter ihrem Rednerpult standen, zog er es vor, im Saal hin und her zu laufen und auch mal die Studierenden in der ersten oder zweiten Reihe spontan mit einzubinden. Das tat er auch an diesem Tag und weckte bei seinen Zuhörern ganz bewusst auch die Vorfreude auf das kurze Video, das er ihnen gleich zeigen wollte. Während er in das nächste Kapitel einführte, ging er zu dem Board, auf dem sein Laptop stand. „... wie Sie ja bereits wissen, geht es um die Frage ‚Welle oder Teilchen'. Im 17. Jahrhundert gab es Differenzen über die Natur des Lichts ..." Während Max Urban sprach, klappte er wie gewohnt seinen Laptop auf und griff automatisch nach dem roten Kabel, das normalerweise am hinteren Rand des Boards befestigt war. Normalerweise, aber nicht an diesem Tag. Professor Urban unterbrach seinen Vortrag kurz und sah irritiert das Kabel an. Zum einen war es schwarz und zum anderen hatte es einen riesigen Stecker, der viel zu groß war, um in die USB-Buchse zu passen.*

*„Eigentlich möchte ich Ihnen ja jetzt ein Video zeigen, aber irgendwie passt dieser Stecker nicht mehr!", meinte der Professor und suchte fieberhaft nach dem passenden Kabel. Da waren zwar zwei, aber keines davon passte. Plötzlich fiel ihm ein, dass der Hausmeister ihm ja irgendetwas erklärt hatte. Irgendwas mit dem Kabel. Was war das noch gleich gewesen? Max Urban hatte keine Ahnung. Er hatte dem Hausmeister ja nicht zugehört, als er ihm erklären wollte, dass in dem kleinen Kästchen ein passender Adapter war, der bei dieser neuen Beamer-Anlage vorher angebracht werden musste. Urban schaute sich nach seinem Assistenten um. Der zuckte mit den Schultern und gab zu verstehen, dass er auch nicht wusste, wie das funktionierte. „Nun, meine Damen und Herren, ich hab jetzt ein Problem: Ich weiß nicht, wie ich den Nippel durch die Lasche ziehen und diesen neuen Beamer in Gang bringen soll!"*

*„Wir könnten doch kurz unterbrechen und den Hausmeister holen!", schlug einer der Studenten vor. „Der hat das Ding gestern erst neu installiert."*

*„Nein, nein!", gab Urban zurück. „Lassen Sie mal! Das kriegen wir schon so hin. Dann erkläre ich Ihnen das eben auf die althergebrachte Art und Weise!" Urban beschloss kurzerhand, seinen Vortrag so weiterzuhalten, wie er das früher getan hatte, als es noch keine Video-Unterstützung gab. Er erklärte alles, was das Video gezeigt hätte, so anschaulich, dass von den Studierenden nicht einmal eine Nachfrage dazu kam. Für Amüsement sorgte bei den Studierenden der Hinweis auf die alte Tafel aus dem Nebenraum: „Ich hoffe, Sie wissen noch, was eine Tafel ist und was man damit macht! Wenn nicht, schauen Sie schnell bei Wikipedia nach!"*

# 11. Kapitel

*„Brutal souverän" war die einzig richtige Bezeichnung für diesen freien Vortrag, ohne jegliche technische Unterstützung. Und so war es auch nicht verwunderlich, dass die Studierenden allesamt begeistert waren, als ihr Professor die Vorlesung nach knapp anderthalb Stunden beendete. Es kam eine angeregte Diskussion auf, ein Indiz dafür, dass die Studierenden den durchaus schwierigen Stoff auch ohne bewegte Bilder mit Interesse aufgenommen und verstanden hatten. Finger gingen hoch. Assistent Heiko Friesinger, der wohl wusste, dass sein Chef in Eile war, kam aufs Podium und bot an, dass er die Fragen beantwortete.*

*„Nein, lassen Sie nur, Friesinger", wehrte Urban ab. „Das mache ich selbst." Natürlich wusste er, dass er dafür eigentlich gar keine Zeit hatte. Doch die Studierenden machten einen fachlich sehr interessierten Eindruck und außerdem war Urban regelrecht gepowert. Dieser Vortrag wie in alten Zeiten hatte bei Max Urban für die Ausschüttung von Glückshormonen gesorgt. Er war in Hochstimmung.*

*„Sie, bitte!" Urban zeigte auf einen jungen Mann in der ersten Reihe, der ihm aufgefallen war, weil er sich während des Vortrags eifrig Notizen gemacht hatte. Bei seiner Frage ging es ihm aber nicht um den Vortrag, sondern um diverse Prüfungen.*

*„Mir ist aufgefallen, dass die Prüfungen allesamt in die vorlesungsfreie Zeit fallen", begann der Student ganz vorsichtig und führte ausführlich an, dass das für ihn und all diejenigen, die sich in diversen außeruniversitären Projekten engagierten, ein großes Problem darstellen würde.*

*„Würden Sie sich bitte auf das Wesentliche beschränken und auf den Punkt kommen?", fragte Professor Urban dazwischen. Seine anfängliche Lust, Fragen zu beantworten, näherte sich rapide dem Nullpunkt, als er feststellte, dass diese wohl doch nicht alle auf das Fachliche bezogen waren.*

*„Der Punkt ist, dass wir keinen Freiraum haben", erklärte der Student. „Weder im Semester noch in den Semesterferien. Ich engagiere mich zum Beispiel ehrenamtlich bei einem Projekt in Afrika. Dort stellen wir Solar-*

*zellen auf, um effizient und auf sehr umweltfreundliche Weise Energie zu gewinnen. Ich weiß, dass es vielen hier so geht und dass auch andere sich ehrenamtlich engagieren.“*

*„Sie können doch in Ihrer Freizeit machen, was Sie wollen!“, entgegnete Urban kurz und knapp. Das interessierte ihn alles schon nicht mehr.*

*„Genau das ist ja das Problem, Herr Professor Urban! Ich habe nicht genügend Freizeit. Während des Semesters nicht, denn da muss ich ja die Vorlesungen besuchen. Und in den Semesterferien sind die Prüfungen angesetzt.“*

*„Und, was wollen Sie mir damit sagen?“, fragte Urban und packte zusammen.*

*„Ich möchte vorschlagen, dass Sie doch die Prüfungen vorziehen könnten!“, sagte der Student. „Für ehrenamtliche Projekte brauche ich ein paar Wochen am Stück Zeit. Und ich denke, den anderen geht es ähnlich!“*

*Der junge Student schaute sich hilfesuchend um. Viele Studierende nickten mit dem Kopf und meldeten sich ebenfalls zu Wort. Der einhellige Appell bzw. die Bitte an Urban lautete: Die Prüfungen so zu legen, dass die Studierenden wenigstens in ihren Semesterferien ausreichend Freizeit hatten. Der junge Mann, der diese Frage gestellt hatte, wiederholte seine Bitte noch einmal und fasste damit das Anliegen einer großen Anzahl Studierender zusammen. Professor Urban antwortete nicht gleich, sondern wartete einen Moment. Im Saal herrschte eine gespannte Ruhe. Max Urban verstand schnell. Es ging um ein Thema, das ihn nicht wirklich brennend interessierte, und er hatte auch keine große Lust, sich in diesem Moment damit zu befassen, aber offenbar brannte es den Studierenden unter den Nägeln. So griff er auf seine verlässliche Waffe zurück: die perfekte Rhetorik.*

*„Nun, meine Damen und Herren, ich will nicht grundsätzlich ausschließen, dass die aktuelle Prüfungsplanung nicht veränderungsfähig wäre“, begann Urban mit ruhiger und überlegener Stimme und hielt dabei mit seinen Studierenden Blickkontakt. „Allerdings sollten Sie nicht übersehen, dass man mit dieser pauschalen Fragestellung diesem doch komplexen Anliegen kaum gerecht werden kann. Ich versichere Ihnen allerdings, dass ich Ihr Anliegen zu gegebener Zeit den dafür zuständigen Personen vortragen werde.“*

* * *

„Ich hol dir mal einen Kaffee!“, meinte Frau Urban. „Damit du wieder klar im Kopf wirst! Ich glaube nämlich, du hast einen ziemlich starken Kater!“

Urban sah seiner Frau nach, als diese in die Küche ging. Und als er alleine war, dachte Urban nach. Mittlerweile hatte er begriffen, dass alles ein Traum gewesen war. Der Besuch in der Universität und diese Personal Development Areas. Aber es war so real gewesen. Und so nah an seinem echten Leben. Das beschäftigte ihn. Da war doch auch dieser junge Student in seinem Traum gewesen, der ihn gebeten hatte, die Prüfungen nicht über die vorlesungsfreie Zeit zu verteilen. Das war ja so gut wie identisch mit dem, was der junge Student gestern von ihm gewollt hatte. Und dann diese junge Frau. Sie hatte ihm gestern nach der Vorlesung eine praktische Frage zum Lernen gestellt. Der Film über den Vortag spulte in Urbans Kopf weiter:

*„Also ich bin jetzt ja bereits im zweiten Semester dabei und ich tue mich mit dem Lernen ein bisschen schwer!“, gab die Studentin zu.*

*„Das kann ich nicht verstehen!“, antwortete der Professor. Er wollte es auch gar nicht verstehen, denn das alles wurde ihm zu lästig und dauerte zu lange. Urban schaute erst auf seine Uhr und dann hinüber zu seinem Assistenten. Mit einer Kopfbewegung bedeutete er diesem, dass er zum Podium kommen solle. „Warum tun Sie sich mit dem Lernen schwer?“*

*„Na ja, ich habe keinen rechten Spaß daran“, begann die Studentin. „Der Stoff wird hier, gelinde gesagt, ziemlich trocken serviert. Da fehlt einfach die Motivation und zu vielen Themen finde ich einfach keinen Zugang. Haben Sie vielleicht eine Idee, wie ich das einfacher gestalten kann?“*

*„Ich bin mir der Komplexität der Physik durchaus bewusst“, antwortete Professor Urban spitz. „Und ich unterschätze die bildungspolitischen Auswirkungen diverser Veränderungen in der Darbietung der Lernstoffe durchaus nicht. Allerdings sehe ich in diesem Moment keine praktikable Möglichkeit, um Ihre Arbeitsmoral auf ein anderes Level zu hieven.“*

*Urban schaute die Studentin freundlich an. Diese erwiderte nichts. Wahrscheinlich war sie im Geiste noch mit der Übersetzung von Urbans schwülstiger Umschreibung beschäftigt, dass er einfach keinen Bock hatte, sich darum zu kümmern. Freundlich aber bestimmt übergab er seinem Assistenten das Wort und bat die Studierenden, sich vertrauensvoll an diesen zu wenden.*

Urban wusste: Er hat die jungen Leute gestern eiskalt abserviert. Wie schon so oft in vergleichbaren Vorlesungen. „Ich Idiot“, dachte er sich in diesem Moment auf seinem Sofa. „Die Studierenden wenden sich hilfesuchend und vertrauensvoll an mich, weil sie weiterkommen wollen. Und ich? Ich lasse sie einfach mit ihren Sorgen und Problemen im Regen stehen.“

„Was war denn gestern in der Uni los?“, fragte Frau Urban, als sie mit einer Tasse herrlich duftenden Kaffees zurück ins Wohnzimmer kam. Sie blieb kurz stehen und betrachtete ihren Mann von Kopf bis Fuß. Dann lächelte sie amüsiert. Wie er so dasaß, unrasiert mit zerzausten Haaren, verknittertem Flanellhemd und ausgebeulter Cordhose, sah er aus wie ein Obdachloser, der gerade unter einer Brücke seinen Rausch ausgeschlafen hatte. Urban nahm einen Schluck Kaffee.

„Was gestern war?“, antwortete er und räusperte sich. „Eigentlich nichts Besonderes ... Es war wie immer ...“

* * *

*Nach der Vorlesung an diesem Donnerstagvormittag eilte Max Urban durch das Foyer der Uni in Richtung seines Büros. Das lag oben im zweiten Stock. Er hätte natürlich auch den Aufzug nehmen können, doch um diese Zeit ging es im Foyer zu wie in einem Taubenschlag. Vor dem Aufzug warteten eine Menge Studierende. Das dauerte Max Urban zu lange und so beschloss er, die Treppe zu nehmen.*

*„Herr Professor!“, rief ihn Hausmeister Dutschke an. Urban blieb stehen und dreht sich um. „Hat alles geklappt? Haben Sie das mit dem Adapter hinbekommen? So wie ich es Ihnen gezeigt habe?“*

*„Das war also das Problem", dachte sich Urban. „An das Ding hätte ein Adapter angeschlossen werden müssen. Mist!" Aber an Dutschke gewandte sagte er: „Alles gut! Alles bestens!", ließ den Hausmeister stehen und eilte die Treppe hinauf, zwei Stufen auf einmal nehmend.*

*Als Max Urban in sein Büro kam, erinnerte ihn seine Sekretärin Frau Mönius noch einmal an das Problem des Doktoranden Raphael Gerke, der fest entschlossen war, die FKU zu verlassen.*

*„Sehen Sie mal zu, ob Sie den Gerke erreichen", sagte Urban, während er vor dem Schreibtisch seiner Sekretärin stand und die Post durchsah. „Er soll zu mir kommen. Am besten heute Nachmittag noch!"*

*Zuerst machte Frau Mönius ein ziemlich grimmiges Gesicht, denn Urbans Termin- und Erledigungsplan war eigentlich voll. Aber sie wusste um die Wichtigkeit der Sache mit Gerke und griff gleich zum Telefon. Für 15:00 Uhr vereinbarte Frau Mönius einen Termin.*

*Viertel nach drei holte Urban Gerke zu sich ins Büro. Er hatte vorher noch dringend telefonieren müssen, und die zugehörigen Notizen lagen verstreut auf seinem Schreibtisch.*

*„So Raphael, jetzt machen wir mal Butter bei die Fische", sagte Professor Urban ohne Umweg und fiel wie immer gleich mit der Tür ins Haus. „Wir sind hier unter uns und ich möchte jetzt klipp und klar von dir wissen, was los ist! Also! Liegt es an dem Forschungsprojekt? Ist dir das zu viel? Weil die anderen nicht so mitziehen? Ich habe dir die Leitung übertragen; das wirst du doch wohl hinkriegen!"*

*Während Urban das sagte, sah er seinen Doktoranden zumindest für diesen Moment an. Doch kaum hatte er zu Ende gesprochen, wandte er seinen Blick auch gleich wieder ab, um sich schnell noch seinen Notizen zu widmen, an denen er gerade arbeitete. Die musste er dringend bis zum Ende durchgehen. Urban notierte und notierte. Nach einiger Zeit fiel ihm das Schweigen seines Doktoranden auf und er blickte hoch. Er sah, wie Gerke sich verlegen mit der Hand durchs Haar fuhr und unruhig auf seinem Stuhl hin und her rutschte. Offenbar fühlte er sich nicht wohl in seiner Haut.*

*„Was ist, Raphael? Ich warte!"*

*„Ich werde abbrechen, Max!", begann Gerke zögerlich.*

*„Das ist doch Quatsch!", antwortete Urban, der noch immer auf dem Notizblock herumkritzelte. „Und das weißt du auch!"*

*„Nein, Max, es mir wirklich ernst damit!“, fuhr Gerke fort und sah seinen Chef herausfordernd und hilfesuchend zugleich an. „Ich werde die Promotion abbrechen und stattdessen in die Wirtschaft gehen.“*

*Wieder machte Raphael Gerke eine kurze Pause und musterte seinen Chef. Der war nun endlich mit seinen Notizen fertig und legte den Stift zur Seite. Aber Max Urban kapierte es immer noch nicht. Der stumme Hilfeschrei in den Worten seines Musterschülers … er hörte ihn nicht! Er sah nur auf die Uhr. Das Telefonat vorhin hatte viel zu lange gedauert und er hatte doch noch eine Unmenge an Arbeit vor sich.*

*„Das ist doch alles Blödsinn“, knurrte Urban. „Du bist doch schon so weit gekommen. Jetzt hinschmeißen und in die Wirtschaft gehen wäre doch eine fatale Fehlentscheidung. Das ist doch keine Herausforderung für einen talentierten Physiker. Gut, du magst vielleicht mehr verdienen, aber …“*

*„Es geht mir nicht ums Geld, Max. Ich …“*

*„Jetzt lass mich mal ausreden, Raphael“, fuhr Urban dazwischen. Natürlich wusste der Professor, dass sich die Industrie um Physikernachwuchs riss und diese mit entsprechenden Verdienstmöglichkeiten lockte. Also rechnete er seinem Doktoranden vor, was nach den vielen Abzügen von einem Gehalt in der freien Wirtschaft übrig bleiben würde.*

*„Ich habe gerade versucht zu erklären, dass es mir nicht ums Geld geht“, rechtfertigte sich Raphael Gerke. Seine Stimme klang erregt. Wenn nicht gar ein klein wenig wütend. Die beiden redeten aneinander vorbei, doch Professor Urban fiel das noch nicht einmal ansatzweise auf. Er redete einfach weiter.*

*„Die Industrie kann dir doch gar nicht das bieten, was du brauchst“, ereiferte sich Professor Urban und begann einen Monolog, was Gerke wohl bräuchte.*

*„Max, das brauchst du mir nicht zu erklären. Darum geht es mir gar nicht. Ich …“*

*„Du unterbrichst mich schon wieder,“ sagte Urban barsch und bestimmend. Gerke sah ihn nur an. Der Professor sprach immer schneller. Das tat er immer, wenn er merkte, dass er sein Gegenüber nicht erreichte. Urban setzte seine geschliffene Rhetorik gekonnt ein und redete alles schlecht, was mit einer Position in der Industrie zu tun hatte. Nach etwa fünf Minuten war er fertig und sah Gerke erwartungsvoll an. Der rutschte*

*nun noch nervöser auf seinem Stuhl hin und her und öffnete den Mund, um etwas zu sagen, da würgte Urban ihn erneut ab und sprach das Forschungsprojekt an. Wieder monologisierte er über einige unerträglich lange Minuten hinweg und versuchte seinen Doktoranden zu überreden, weiterzumachen. Erfolglos!*

*„Das weiß ich doch alles", sagte Gerke nach einer Weile und versuchte behutsam seine ureigenen Probleme zur Sprache zu bringen. Ganz vorsichtig wies er darauf hin, dass er Zweifel hatte, die Promotion erfolgreich abzuschließen. Doch davon wollte Urban schon dreimal nichts wissen. Er war schließlich überzeugt, dass Gerke es draufhatte. Urban verstand das alles nicht und wurde selbst zunehmend erregter, weil sein Doktorand so demonstrativ uneinsichtig war.*

*„Mein lieber Raphael", sagte Urban schließlich in einem strengen Ton und mit deutlich lauterer Stimme. „Du bist dir doch hoffentlich im Klaren darüber, dass es sich in deinem Arbeitszeugnis nicht besonders gut macht, wenn du deine Promotion jetzt hinschmeißt."*

*„Was willst du damit sagen?", fragte Gerke nach. Sichtlich verwundert, was denn nun diese Ansage sollte.*

*„Dass es sich für deine Karriere mit an Sicherheit grenzender Wahrscheinlichkeit nicht gut macht, wenn du deine Promotion jetzt abbrichst." Urban sah sich jetzt im Vorteil und baute an dieser seiner Meinung nach grandiosen und überzeugenden Aussage weiter. Gekonnt schilderte er den möglichen schlechten Ruf, der seinem Doktoranden immer und überall vorauseilen würde, wenn er diesen geplanten Schritt täte. Ganz zu schweigen von der ramponierten Reputation in der Welt der Physik, wenn er, Professor Urban, seine Enttäuschung über seinen Doktoranden in der Fachwelt publik machte. Das war starker Tobak! Gerke konnte nicht verbergen, dass ihn das tief ins Mark traf.*

*„Das ist jetzt aber nicht dein Ernst, Max! Du drohst damit, mich schlechtzureden?"*

*„Und ob das mein Ernst ist! Ich habe große Stücke auf dich gehalten und mich um dich bemüht. Ich habe dir dieses große und wichtige Forschungsprojekt anvertraut. Dir dessen Leitung überlassen. Ich weiß, dass das stressig ist. Aber hör mal, das musst du doch stemmen können. Wenn du jetzt alles hinwirfst und nicht zu Ende promovierst, dann hast du die ganze Energie und Zeit, die ich in dich investiert*

*habe, vergeudet. Du enttäuschst mich, Raphael! Du enttäuschst mich wirklich sehr!"*

*Das Gespräch hatte eine knappe Stunde gedauert, und als Raphael Gerke aus Max Urbans Büro ins Vorzimmer von Frau Mönius ging, hörte Urban, wie sie ihn freundlich und interessiert fragte:*

*„Na, wie ist es gelaufen?"*

*„Ich habe gekündigt, Frau Mönius!", erwiderte Gerke niedergeschlagen und reichte der Sekretärin die Hand. „Vielen Dank für das freundliche Gespräch von vorhin. Das war wohl unser letztes!"*

*Als Urban ebenfalls ins Vorzimmer kam, sah er noch, wie der junge Mann wie ein begossener Pudel das Büro verließ und seine langjährige Sekretärin ihm mit Tränen in den Augen nachsah. Ja, Urban war auch alles andere als gut drauf und schüttelte nur verzweifelt den Kopf. Natürlich sprach Frau Mönius ihren Chef darauf an.*

*„Der Gerke funktioniert einfach nicht mehr", meinte Urban enttäuscht. Und auch er war niedergeschlagen und traurig. „Gerke ist einer der talentiertesten Physiker, die ich je betreut habe. Ich habe doch versucht, ihm alles beizubringen. Wissen Sie, Frau Mönius, wenn ich den Gerke sehe, dann sehe ich mich selbst! Er macht fast alles so, wie ich es auch gemacht habe. Aber ich erreiche ihn nicht ..., diesen ..., diesen Sturkopf!"*

*„Haben Sie es überhaupt versucht, Herr Professor?"*

*„Was versucht?"*

*„Herrn Gerke wirklich zu erreichen!"*

*Urban zuckte mit den Achseln. „Nun ja ..."*

*„Vorhin, als er bei mir gewartet hat, bis Sie ihn hereinholten, hat er mir nämlich eine Menge erzählt. Ganz freiwillig. Ich denke, er hat mir sogar die wahren Gründe verraten, die ihn tief in seinem Inneren bewegen und beschäftigen und die zu seinem Entschluss, die FKU zu verlassen, geführt haben."*

*„Ach ja?", fragte Urban wenig beindruckt. „Und warum sollte er Ihnen das so mir nichts dir nichts verraten haben?"*

*„Weil ich ihn reden lassen habe. Ausreden", gab Frau Mönius mit einem Seitenhieb auf Urban zurück. „Und wissen Sie was? Es ist in erster Linie gar nicht die immer stressigere Zusammenarbeit mit seinen Kolleginnen und Kollegen im Projekt. Er hat auch im Alltag Probleme; seine*

*Freundin hat sich von ihm getrennt, weil er nur noch arbeitet und an nichts anderes mehr denkt. Ich glaube, er steckt in einer tiefen Lebenskrise. Wie ich herausgehört habe, hat er Zweifel an sich, an seiner Arbeit und an allem, was damit direkt zu tun hat. Ihn quält jetzt wohl, ob er denn wirklich richtigliegt mit dem, was er tut und wofür er arbeitet. Ob sich das alles lohnt. Er weiß einfach nicht, ob er erfolgreich sein wird, ob das der Weg für ihn ist. Ich habe ihm gesagt, dass er Ihnen das auch erzählen soll. Schließlich sind Sie doch sein Doktorvater." Das Wort „Vater" betonte Frau Mönius dabei besonders.*

*Für einen Moment war Max Urban sehr nachdenklich. Diese Worte verfehlten ihre Wirkung nicht. Das hatte er so nicht von Gerke gehört. Hatte er wirklich versucht, ihn zu erreichen? Zu ihm durchzukommen? Irgendwie war er nicht an seinen Doktoranden herangekommen. Aber ja doch, er hatte es versucht. Mit allen rhetorischen Mitteln. Gerke hatte einfach innerlich blockiert. Aber warum? Na ja, das war nun auch nicht so wichtig. Der fing sich schon wieder. Urban räusperte sich. Damit konnte er sich jetzt nicht weiter befassen. Anderes lag an.*

*„Frau Mönius, ich brauche jetzt noch einen Termin mit dem Kollegen Behrschmidt", sagte er geschäftsmäßig und war mit seinen Gedanken schon wieder zwei Hausnummern weiter. „Wir müssen noch die Anfrage von diesem Konzern durchgehen. Die wollen morgen eine Antwort."*

*„Das geht nicht, Herr Professor!"*

*„Wieso nicht?"*

*„Weil Sie doch in einer halben Stunde mit dem Bürgermeister verabredet sind! Wegen der Finanzierung des Anbaus", erinnerte ihn Frau Mönius. „Der Termin war Ihnen doch wichtig!" Aus ihrer Stimme klangen Entsetzen und Verzweiflung. „Ich musste doch ganze drei Mal mit dem Sekretariat des Bürgermeisters telefonieren, um das Treffen endlich in trockene Tücher zu bringen. Der Bürgermeister ist ja nicht irgendwer, der hat ja auch viel um die Ohren."*

*„Ach was, sagen Sie das ab, das passt mir jetzt nicht!", erwiderte Urban lapidar und wischte das Treffen mit dem Bürgermeister einfach vom Tisch. In Windeseile verschwand er durch die Tür und überließ es erneut Frau Mönius, sich zu überlegen, mit welcher Ausrede sie ihren Chef dieses Mal entschuldigen sollte. Urban hörte noch auf dem Gang, wie sie wütend die Schreibtischschublade zuknallte.*

*Kurz vor Feierabend traf Urban noch Dutschke, zu dem mittlerweile auch durchgedrungen war, dass der „Star-Doktorand“ Gerke überraschend das Handtuch geworfen hatte. Der Hausmeister hielt ihn an und erzählte Urban, dass er den Doktoranden vor etwa einer halben Stunde noch getroffen hatte, als der seine Sachen zusammenpackte, und dass dieser ihm sein Leid geklagt hatte.*

*„Und möchten Sie wissen, was er zu mir gesagt hat?“, fragte Dutschke. „Das wird Ihnen nicht gefallen.“*

*„Nur raus damit, Dutschke. Sie platzen ja sonst!“*

*„Professor Urban geht es doch gar nicht um mich!“, hat er zu mir gesagt. „Ich hätte mir gewünscht, dass er mehr Interesse an mir zeigt und mir Feedback gibt, sodass ich weiß, ob ich auf dem richtigen Weg bin oder nicht.“*

*„Das Feedback hab ich ihm gegeben, glauben Sie mir, Dutschke. Ich hab ihm gesagt, dass der Weg in die Industrie der falsche für ihn ist. Guten Abend, wir sehen uns morgen. Ich muss los, mein Taxi wartet!“*

* * *

*Gegen 20:00 Uhr kam Max Urban nach Hause. Wie immer zog er seine braunen Lederschuhe in der Garderobe aus und die blau-grauen Filzpantoffeln an. Donnerstagabends traf sich seine Frau gewöhnlich mit ihren Freundinnen zum Kartenspielen. Natürlich nicht, ohne ihrem Mann ein Abendessen vorzubereiten. Ein sehr lecker aussehender Hackbraten mit Kartoffelbrei, Gemüse und eine Schale Salat standen bereit.*

*Sein Abendessen nahm Max Urban in der Küche ein. Wie immer schmeckte es vorzüglich. Kochen konnte seine Frau. Urban war müde und hatte keine Lust mehr zu arbeiten. So beschloss er, aus dem Keller eine Flasche seines Lieblingsrotweins zu holen und es sich vor dem Fernseher bequem zu machen. Urban setzte sich in seinen Sessel und legte die Füße auf den Tisch. „Das Fernsehprogramm wird auch immer schlechter“, dachte sich Urban, während er mit der Fernbedienung durch die Programme zappte. Er nahm einen Schluck Rotwein. Dann noch einen und noch einen. Er füllte das Glas erneut. Und noch einmal. Und wieder … In einem der vielen Privatsender begann gerade ein amerikanischer*

*Film: „Zurück in die Zukunft“ mit Michael J. Fox in der Hauptrolle. In diesem Teil trifft ein junger Mann auf einen „verrückten“ alten Professor. Mit dessen Hilfe reist er mit einer Art Zeitmaschine in die Zukunft. „So schlecht ist der Film ja gar nicht“, dachte Urban zur Werbepause und schenkte sich ein weiteres Glas Rotwein ein. Das musste jetzt sein. Nach diesem dummen Tag. Er dachte an seine Studierenden, an seine Sekretärin und an seinen Doktoranden Raphael Gerke. Mit allen hatte er heute auf Kriegsfuß gestanden. Vielleicht lag es ja am Rotwein, aber intensiver als sonst beschäftigte er sich gedanklich noch einmal mit der jungen Frau, die Schwierigkeiten beim Lernen hatte, mit dem Studenten, der mehr Freizeit brauchte, mit Gerke, der wie ein Häufchen Elend vor ihm gesessen hatte … Urban gähnte, seine Augen gingen immer wieder zu und er registrierte kaum noch, dass der Film weiterging …*

# 12. Kapitel

„Ich erinnere mich noch, wie Marty im Film mit dem Auto in die Zukunft gereist ist“, erzählte Urban seiner Frau. „Dann bin ich wohl eingeschlafen!“

Er hatte seinen Kaffee fast ausgetrunken und sah seine Frau auffordernd an. Die verstand den Blick: Er wollte noch eine Tasse. Frau Urban ging in die Küche, um Nachschub zu holen. Als Urban alleine war, ging ihm das Gespräch mit seinem Doktoranden Gerke durch den Kopf. „Verdammt“, dachte er sich, „dass ich das nicht erkannt habe.“ Plötzlich schoss Urban die Erinnerung an seinen Traum durch den Kopf. Frau. Dr. Sauter. Was hatte sie doch gleich gesagt? „Es geht um ‚emotionale Aufnahmebereitschaft‘ und ‚Berechtigung‘.“ Dass er sich daran noch erinnern konnte ... In diesem Moment fühlte sich Max Urban wie von einer unsichtbaren Kraft durch- und wachgerüttelt.

Jetzt fiel bei ihm der Groschen. Nein, es waren zigtausend Groschen! „Du Vollidiot!“, schimpfte Urban mit sich selbst und hätte sich am liebsten selbst geohrfeigt. „Du hattest weder die Berechtigung von Gerke noch war dieser aufnahmebereit! Und du, du warst auch nicht aufnahmebereit. Du wolltest Gerke doch gar nicht zuhören, wie so oft! Das musste doch schiefgehen!“ Und in diesem Moment wusste er: Er war gescheitert! Doch dann dachte er an diesen letzten Bereich in seinem Traum. An den kräftigen Herrn Naujoks mit der Boxerstatur. Was hatte der doch gleich gesagt? „Scheitern ist menschlich, aber wir lernen, dass wir am Scheitern nicht mehr scheitern!“

Max Urbans Innenleben fühlte sich an, als sei er von dem berühmten Blitz aus heiterem Himmel getroffen worden. Doch daran war in diesem Moment nichts Negatives! Vielmehr spürte er die positive Energie dieses Blitzes, und die war es, die ihn jetzt antrieb. Wie elektrisiert sprang er vom Sofa auf und rief „Margit!“.

Dieser Ruf war so laut und so energisch, dass Frau Urban in der Küche alles stehen und liegen ließ und Richtung Wohnzimmer rannte. Dort sah sie ihren Mann schnell hin und her laufen. „Was ist denn los, Max?"

„Welcher Tag ist heute?"

„Freitag!"

„Dann war gestern Donnerstag?"

„Äh ..., ja!"

„Verflixt und zugenäht!", schimpfte Urban. „Donnerstag! Gestern war dieser Donnerstag!"

„Was denn für ein Donnerstag?", fragte Frau Urban und sah ihren Mann völlig entsetzt an. War er etwa verrückt geworden?

„Und ich bin hier, Margit! Ich bin nicht zusammengebrochen!" Frau Urban war fassungslos.

„Ich muss sofort in die Uni! Ich fahr gleich los!"

„Jetzt? So wie du beieinander bist? Dusch erst mal und iss was!"

„Egal, wie ich aussehe! Ich muss dringend etwas erledigen! Ich muss Gerke sprechen ... Ich fahr gleich los!"

„Max!", rief Frau Urban, als ihr Mann aus dem Wohnzimmer rennen wollte. „Der Wagen ist in der Werkstatt!"

„Was?" Urban hielt einen Moment inne und drehte sich um. „Ruf mir bitte ein Taxi!" Er wollte gerade weiter, hielt aber erneut inne. „Nein! Wo ist die Nummer von der Werkstatt? Ich ruf da jetzt selbst an!"

Frau Urban traute ihren Ohren nicht. Ihr Mann wollte sich selbst um ein Problem kümmern? „Beim Telefon, in dem kleinen Buch ..."

„Urban hier!", hörte Frau Urban ihren Mann sprechen. Er verlangte den Werkstattleiter und machte diesem in seiner unverwechselbaren scharfen Rhetorik klar, dass er sein Auto abholen wollte. In zehn Minuten. „Dann bauen Sie das Teil etwas schneller ein! Ich bin in zehn Minuten da!", hörte Frau Urban und traute erneut ihren Ohren nicht. Wenn Max Urban wirklich etwas wollte, dann konnte er auch genügend Power und Engagement aufbringen, um seinen Willen kompromisslos durchzusetzen. „Ich brauche doch ein Taxi! Es soll mich aber nur zur Werkstatt bringen!"

Binnen drei Minuten hatte sich Max Urban notdürftig frisch gemacht. Er sah zwar immer noch aus wie ein Penner, aber wenigstens wie ein gepflegter!

„Würdest du bitte noch meinen Bruder anrufen?“, rief Urban aus dem Treppenhaus. Er war gerade wieder auf dem Weg nach unten. „Sag ihm doch bitte, dass ich dieses Jahr sehr gerne zu seinem Geburtstag kommen werde!“

Jetzt musste sich Frau Urban hinsetzen. Da war ja wohl einiges nicht in Ordnung mit ihrem Max. Noch erstaunter war sie, als er zu ihr ins Wohnzimmer kam und ihr einen dicken Kuss auf die Wange drückte.

„Max?“, fragte Frau Urban völlig verstört. „Ist alles in Ordnung mit dir?“

„Mir geht es bestens!“, antwortete Max Urban. Er wollte gerade gehen, als er in das blasse Gesicht und die großen fragenden, staunenden Augen seiner Frau sah. „Jetzt guck nicht so! Mir ist es noch nie besser gegangen als heute! Ich werde ab sofort am Scheitern nicht mehr scheitern!“

* * *

Viel zu schnell fuhr Max Urban an diesem Freitagmorgen zur Universität. Aber zum Glück waren keine Blitzer aufgestellt. Er parkte sein Auto verbotenerweise direkt vor dem Eingang zur Uni und stürmte die zwei Stufen zu der schweren Doppeltür aus Holz hinauf. Dort blieb er einen kurzen Moment stehen und sah hinüber zum alten Anbau. Der Anblick nervte ihn noch viel mehr als sonst. Vor allem, weil Urban diesen hypermodernen Glaskomplex mit gläsernen Aufzügen vor seinem geistigen Auge sah. „Träume müssen keine Schäume bleiben!“, sagte er zu sich selbst und beschloss, sich nun der Idee eines Umbaus mit Nachdruck persönlich anzunehmen. „Und diese alte Tür sollte auch rausgerissen und durch eine überdimensional große Drehtür aus Glas ersetzt werden.“

Urban eilte in die Uni. Als er in dem düsteren grauen Foyer stand, sah er nach oben. Dort hingen sie noch, die alten Kronleuchter an der vergilbten Decke aus längst vergangenen Tagen, die nur spärliches, unfreundliches und dunkelgelbes Licht spendeten. Wie in einem alten Film aus der Zeit des dritten Reichs sah es hier aus. Eine große Glaskuppel würde dafür sorgen, dass Sonnenlicht hereinscheinen könnte. Und den alten Betonboden könnte man durch grauen Marmor ersetzen. Weiter ging es durch den düsteren Bau in Richtung seiner Fakultät.

Als er die letzten Stufen der uralten Holztreppe hochstieg, keuchte Max Urban. Bei jedem Schritt quietschte das ausgetretene, gewienerte Holz. Er hätte ja den Aufzug nehmen können. Doch das hätte ihm zu lang gedauert. Schließlich hatte Max Urban einiges vor, an diesem Freitag. Vor dem Eingang zum Bürotrakt kam Frank Dutschke um die Ecke. Er schob einen Wagen mit Putzzeug vor sich her.

„Mensch, Dutschke!“, rief Urban erfreut, als er den Hausmeister sah. „Bin ich froh, dass ich Sie gleich hier treffe.“

„Was gibt es denn, Herr Professor?“

„Herr Dutschke, ich habe mich noch nicht bei Ihnen bedankt“, sagte Urban und stellte extra seine Tasche ab, um dem Hausmeister die Hand geben zu können. Das hatte er noch nie getan.

„Wofür?“, fragte der Haumeister ganz erstaunt.

„Für alles, Herr Dutschke!“, sagte Urban mit bewegter Stimme. „Vor allem aber dafür, dass Sie mich überredet haben und mir die Personal Development Areas ...“ Urban hielt inne. Es war doch im Traum gewesen! „... für die Erkenntnis! Ich danke Ihnen vielmals für die Erkenntnis!“

„Jaaa ...“, antwortete Dutschke mit großen, fragenden Augen und einem ungläubigen Blick.

„Und die Sache mit dem Adapter gestern ... Das war ganz schön dumm von mir. Wenn es Ihnen recht ist, komme ich später bei Ihnen vorbei und Sie zeigen mir das noch einmal. Okay?“

„Ah, ja ... Ja, natürlich, Herr Professor!“

„Gut, dann sehen wir uns! Was macht denn eigentlich Ihr Nordic-Walking-Training?“

„Wie bitte?“, fragte Dutschke und schien die Welt nicht mehr zu verstehen.

„Na Sie machen doch jetzt Nordic Walking, oder?"

„Äh ..., nein, Herr Professor. Wie kommen Sie denn darauf?"

„Das weiß ich von Ihnen, Herr Dutschke. Von Ihnen!"

Urban eilte weiter und ließ einen verwirrten Hausmeister zurück. Wer Frank Dutschke in diesem Moment sah, musste einfach den Eindruck gewinnen, er hätte einen Außerirdischen getroffen.

„Was ist denn mit dem Urban los?", fragte sich Dutschke und setzte sich erst einmal auf einen der Stühle.

Ein bisschen Herzklopfen hatte Max Urban an diesem Morgen, als er vor der Tür zu seinem Vorzimmer stand. Er hatte schon mit der Hand zum Anklopfen angesetzt, stoppte aber rechtzeitig und ging hinein. Er warf einen schnellen Blick in alle Ecken – ja, es sah hier so aus wie immer. Wie gestern! Da saß noch immer Frau Mönius, seine langjährige Sekretärin. Und wie immer hatte sie ihre riesige Brille mit dem dicken schwarzen Plastikgestell auf. Sie sortierte gerade Akten.

„Wunderschönen guten Morgen, Frau Mönius!"

„Morgen", antwortete die Sekretärin, schaute ihren Chef aber nicht dabei an. Wahrscheinlich war sie noch sauer wegen gestern.

„Frau Mönius, ich muss mit Gerke sprechen."

„Ach wirklich?", antwortete Frau Mönius mit einem bitterbösen sarkastischen Unterton in der Stimme. „Gerke hat sich krankgemeldet. Er ist nicht da!"

„Was?", fragte Urban erschrocken. „Dann rufen Sie ihn bitte zu Hause an! Sagen Sie ihm, ich muss dringend mit ihm sprechen!"

„Ich kann mir nicht vorstellen, dass er mit Ihnen sprechen möchte. Nach Ihrer Galavorstellung gestern ist er bestimmt ..."

„Genau deswegen muss ich mit Gerke sprechen! Also los, worauf warten Sie? Rufen Sie ihn an! Jetzt sofort!"

„Gut, ich versuche es!"

„Versuchen Sie es nicht, tun Sie es, es ist wahnsinnig wichtig!", gab Urban in einem bestimmenden Befehlston zurück und wollte in sein Büro gehen. Er hielt aber inne und drehte sich noch einmal um. „Noch etwas, Frau Mönius: Rufen Sie bitte im Büro des Bürgermeisters an und vereinbaren Sie schnellstmöglich einen Termin!"

„Wollen Sie mich auf den Arm nehmen?“, fauchte die Sekretärin. „Erinnern Sie sich eigentlich noch, dass Sie gestern Abend den Termin haben platzen lassen?“

„Nein, ich will Sie nicht auf den Arm nehmen, verehrte Frau Mönius. Dafür sind Sie ein bisschen … entschuldigen Sie bitte … zu schwer!“, konterte Urban und kicherte. „Und ja, ich erinnere mich an gestern Abend! Aus diesem Grund sollen Sie ja auch anrufen. Damit es mit den Personal Development Areas endlich vorangeht!“

„Womit?“

„Mit den …“ Urban stockte. „Na mit der Finanzierung für den Anbau. Und jetzt starren Sie keine Löcher in die Luft und sehen Sie zu, dass Sie erst Gerke und dann den Bürgermeister erreichen!“ Urban verschwand in seinem Büro.

„Ist der verrückt?“, fragte sich Frau Mönius, griff aber sogleich in die Schublade ihres Schreibtischs und suchte die Handynummer von Raphael Gerke.

* * *

An diesem Freitagvormittag stand keine Vorlesung an. Urban nutzte die Zeit, um sich über den aktuellen Stand der laufenden Forschungsprojekte zu informieren. Ganz besonders über das, dessen Leitung er Raphael Gerke übertragen hatte. Urban sprach auch mit den anderen verantwortlichen Mitarbeitern des Projekts. Einem jeden fiel auf, dass ihr Professor an diesem Tag wie umgewandelt war. Er gab sich Mühe, zuzuhören, und fragte viel nach. Nicht die übliche Tour, jeden gleich über den Haufen zu reden, der sich erlaubte, Widerworte zu geben. Im Gegenteil: Max Urban hörte sich alles an und machte sich hier und da sogar Notizen. Wenn es die eine oder andere Kritik gab, erkundigte er sich nach den möglichen Gründen und fragte jeden Einzelnen nach seiner Meinung und ob er denn Lösungsvorschläge machen könne. Bei den Gesprächen stellte sich schließlich heraus, dass es zwischen Raphael Gerke und einem anderen Doktoranden, der an diesem Projekt mitarbeitete, in den letzten Wochen immer wieder zu Meinungsverschiedenheiten gekommen war. Urban schrieb sich alles auf und versprach seinen Mitarbeitern, sich Gedanken zu machen. Dasselbe verlangte er auch von ihnen. Der Gipfel der allgemeinen Überraschung war allerdings ein Termin für die kommende Woche. Urban schlug vor, ein Brainstorming zu veranstalten und in diesem kollektiv Lösungsansätze zu entwickeln, um die aktuellen Probleme zu beseitigen. Kaum hatte Urban die Gespräche mit seinen Mitarbeitern beendet, herrschte unter diesen reges Treiben und es gab unzählige Diskussionen über ihren Professor. Allerdings mit positivem Tenor. Und es waren nicht wenige, die sich ernsthaft fragten, was denn ihrem Professor wohl widerfahren sei, dass er sich von einem Tag auf den anderen so verändert habe.

Urban kam gerade von den Gesprächen mit den Projekt-Mitarbeitern zurück, als er auf der Treppe den jungen Mann erkannte, der ihn gestern in der Vorlesung gebeten hatte, die Prüfungen in den Ferien zu verschieben. Der junge Mann grüßte und wollte weitergehen, als Urban ihn ansprach.

„Sie sind doch … jetzt ist mir Ihr Name nicht geläufig“, sagte Urban und blieb stehen.

„Baierlein! Matthias Baierlein.“

„Herr Baierlein, richtig! Sie haben mir doch gestern vorgeschlagen, die Prüfungen nicht in die Semesterferien fallen zu lassen. Erinnere ich mich richtig?“

„Ja, Herr Professor!“, antwortete der junge Mann artig. Er hatte wohl nicht damit gerechnet, dass sich sein Professor noch daran erinnerte. Urban ehrlich gesagt auch nicht!

„Ich habe mir mal ein paar Gedanken gemacht“, fuhr Urban fort. „Und ich muss zugeben, dass Ihr Ansinnen durchaus berechtigt ist.“

„Wirklich, Herr Professor?“ Der junge Mann lächelte erfreut und trat einen Schritt nach vorn.

„Selbstverständlich, Herr …“

„Baierlein!“

„Herr Baierlein, genau! In der Kürze der Zeit ist mir noch nichts eingefallen, wie ich Ihnen helfen kann. Aber ich habe mir das notiert und werde alsbald mit den zuständigen Gremien darüber sprechen. Es sollte wirklich nicht sein, dass Sie und viele andere Studierende ihr Ehrenamt nur wegen veränderbaren Terminplanungen nicht ausüben können."

„Ich ..., oh ..., ich danke, Herr Professor! Vielen herzlichen Dank! Ich ...", stotterte der junge Mann, strahlte hoffnungsvoll über das ganze Gesicht und schüttelte Urbans Hand so kräftig, dass es ihm fast wehtat.

„Ihr Projekt sind die Solarzellen in Afrika ... und umweltfreundliche Energie, korrekt?"

„Ja, genau, Herr Professor!" Das Strahlen des jungen Mannes nahm die Intensität einer starken Glühbirne an.

„Eine tolle Sache, wirklich! Ich wünsche Ihnen dabei alles Gute und viel Erfolg!"

Umweltfreundliche Energie – das war es wohl auch, was Max Urban an diesem Vormittag ausgestrahlt hatte. Die Reaktion seiner Mitarbeiter und des Studenten hellte auch seine eigene Stimmung enorm auf. Zudem bekam er einen Anruf von Frau Mönius, dass sie Gerke erreicht hatte und dass der in einer Stunde in die Uni kommen würde.

„Da wäre noch etwas", sagte Frau Mönius am Telefon. „Ich habe mit dem Büro des Bürgermeisters gesprochen."

„Und weiter?", fragte Urban.

„Beim Herrn Bürgermeister ist heute ein Termin ausgefallen, den könnte er kurzfristig für Sie reservieren."

„Haben Sie zugesagt?"

„Nein, nicht wirklich", gab Frau Mönius vorsichtig zur Antwort. Womöglich rechnete sie wieder mit einer Last-Minute-Aktion ihres Chefs. „Ich weiß ja nicht, ob Ihnen das gerade passt und Sie Zeit haben!"

„Frau Mönius! Ich kann mich erinnern, dass Sie meine Terminplanung verwalten. Oder irre ich mich?"

„Nein, Herr Professor, Sie irren sich nicht! So war das vor vielen Jahren mal ausgemacht. Also, dass ich mich um Ihre Termine kümmere."

„Was fragen Sie dann mich? Wann ist der Termin?"

„Heute von 17:00 bis 18:00 Uhr!"

„Und, habe ich da Zeit?"

„Ja! Also Sie haben zumindest keinen Termin im Kalender stehen und auch sonst nichts gesagt, was …"

„Dann machen Sie den Termin perfekt, Frau Mönius! Bis dann, ich bin in fünf Minuten oben!"

Max Urban sah auf die Uhr. Ein paar Minuten hatte er noch, und Raphael Gerke war immer pünktlich. In der letzten dreiviertel Stunde war er noch einmal die Notizen durchgegangen, die er sich bei den Gesprächen mit den Mitarbeitern des Forschungsprojekts gemacht hatte. Eines der Probleme, mit denen Gerke zu kämpfen hatte, konnte er schon ausmachen. „Eigentlich eine Lappalie", dachte sich Urban. „Allerdings nur für einen erfahrenen Physiker mit entsprechendem Know-how und einer Expertise aus vielen Jahren wissenschaftlicher Arbeit. Die jungen Leute haben diese Erfahrung noch nicht. Können sie ja auch nicht haben. Es liegt an uns Professoren, ihnen das richtig zu vermitteln. Und sie zu unterstützen, dass sie sich entwickeln können. Warum habe ich das nicht schon viel früher erkannt?" Der Grund für diese Frage, musste sich Urban eingestehen, lag wohl im Traum aus der letzten Nacht begründet. Da hatte doch dieser Dr. Karlsberger aus der Unicom-Area mitgespielt. Der das treffende Beispiel mit dem Autofahren angebracht hatte. Dass er das nicht erkannt hatte, war wohl auch einem Automatismus geschuldet. Dieser Punkt wäre also geklärt! Einer der Mitarbeiter hatte aber noch etwas anderes angedeutet, und Frau Mönius hatte ihm auch davon berichtet: Gerke hatte auch im privaten Umfeld diverse Probleme. Dazu kamen wohl auch sein Ehrgeiz und sein Perfektionismus. Urban dachte wieder an seinen Traum, insbesondere an Frau Dr. Sauter und was sie ihm mit auf den Weg gegeben hatte, die „emotionale Aufnahmebereitschaft" und die „Berechtigung". „Wie erreiche ich bei Gerke diese Aufnahmebereitschaft? Dass er mir überhaupt zuhört, nach all dem, was ich verpatzt habe? Und wie schaffe ich es, dass er mir die Berechtigung gibt, ihm Ratschläge zu geben und ihm zu helfen?" Diese Fragen galt es noch zu beantworten.

Max Urban blieb noch einige Minuten an seinem Schreibtisch sitzen und versuchte das bevorstehende Gespräch in Gedanken schon einmal durchzuspielen. Als er an die Armlehnen seines

Drehsessels griff, bemerkte Urban, dass er feuchte Hände hatte und schwitzte. „Ich bin aufgeregt wie einer meiner Studenten“, stellte er amüsiert fest und beschloss, sich am Waschbecken im Sanitärbereich zu erfrischen. Er ließ das kalte Wasser über seine Hände laufen und genoss die angenehme Kühle. Er benetzte auch sein Gesicht, und als er sich mit einem Tuch abtrocknete, sah er automatisch in den Spiegel. Er verharrte mitten in der Bewegung. Ein Gedanke schoss ihm durch den Kopf.

„Wer bin ich eigentlich?“, fragte sich Urban wohl zum ersten Mal in seinem Leben. Natürlich, er war Max Urban, Professor für Theoretische Physik an der Ferdinand-von-Kohlheim-Universität. Aber da war doch noch mehr, das wusste er jetzt. Wer war er wirklich? Und was war der Sinn seines Daseins?

* * *

Raphael Gerke war pünktlich, wie immer. Ein bisschen Herzklopfen hatte Urban schon, und dem Doktoranden ging es nicht anders. Verständlicherweise sprühte Gerke nicht vor Begeisterung und hatte eigentlich gar nicht kommen wollen. Viel mehr noch: Er wollte seinen Professor überhaupt nicht mehr wiedersehen. Er wollte niemanden sehen!

„Grüß dich, Raphael!“, sagte Urban so freundlich, ruhig und nett, wie es nur ging, und strecke Gerke die Hand zur Begrüßung hin. Der zögerte erst, gab seinem Professor aber dann doch die Hand.

„Max!“, erwiderte er nur und setzte sich Urban gegenüber an den Schreibtisch. Einige Augenblicke vergingen in quälendem Schweigen. Urban wusste: Er hatte den ersten Schritt zu gehen. Es lag an ihm, bei Gerke Aufnahmebereitschaft zu erzielen.

„Raphael, ich bitte dich, unser Gespräch von gestern zu vergessen!“

„Was soll ich?“, antwortete Gerke geknickt. „Warum denn? Es ist alles gesagt, was gesagt werden muss. Du hast deinen Standpunkt klipp und klar geäußert. Ich weiß jetzt, woran ich bin. Für mich ist Schluss. Ich sehe keinen Sinn mehr!“

„Gestern war nun wirklich nicht mein bester Tag. Ich habe einen großen Fehler gemacht und dir nicht zugehört! Aber gestern war gestern und heute ist heute!", fuhr Urban fort.

„Hast du mir schon jemals richtig zugehört, Max?"

Urban überlegte, was er jetzt antworten sollte. Er entschied sich für die Wahrheit und antwortete: „Nein!" Gerke sagte darauf nichts. Mit dieser freimütigen Antwort hatte er allerdings nicht gerechnet. Urban fuhr fort: „Ich kann Fehler, die ich gemacht habe, nicht rückgängig machen, Raphael. Aber ich kann es ab sofort und in Zukunft besser machen! Schau, du bist einer der talentiertesten Physiker, die ich je betreuen durfte. Die Wissenschaft braucht Leute wie dich. Lass mich dir helfen, den Weg erfolgreich weiterzugehen, den du vor ein paar Jahren eingeschlagen hast."

„Das wusstest du wohl gestern noch nicht!", gab Gerke patzig zurück. Das klang verbittert und provozierend. Aber Urban hatte sich im Griff. Die Worte „emotionale Aufnahmebereitschaft" und „Berechtigung" hallten noch in ihm nach.

„Nein, Raphael, das wusste ich gestern noch nicht!"

„Und was ist seit gestern passiert, das diese wundersame Wandlung hervorgerufen hat?" Auch das klang böse.

„Einiges!", sagte Urban nur, verharrte in Schweigen und sah Gerke direkt in die Augen. Der wurde etwas verlegen und senkte den Blick zu Boden. „Raphael, lass mich dir eine Geschichte erzählen!" Wieder schwieg Urban bewusst und wartete die Reaktion seines Doktoranden ab. Gerke sagte nichts. Er fand keine Worte und hatte auch keine gesteigerte Lust, etwas zu sagen. Immerhin nickte er zustimmend. Daraufhin erzählte Urban die Geschichte von einem jungen Physiker, der aus kleinen Verhältnissen stammte und die Welt der Wissenschaft erobern wollte. Er schilderte eindrucksvoll die vielen Mühen, Hindernisse und Qualen des Werdegangs dieses jungen Mannes – erst im Studium, anschließend bei der Promotion und bei der praktischen Arbeit als junger Wissenschaftler.

Erst hörte Gerke nur halbherzig hin, doch die Worte und Beispiele, die Professor Urban wählte, berührten ihn. Er hörte aufmerksamer zu und nach einer gewissen Zeit wurde diese Geschichte nicht nur interessant, sondern nachvollziehbar. Gerke konnte sich mit dem jungen Mann identifizieren. Ja, das hatte er auch alles so erlebt. Und diese Probleme, die der hatte, kannte er nur zu gut. Jetzt setzte sich Gerke aufrechter hin und hörte genau zu. War das wirklich der Max Urban, der ihn gestern noch so brutal alleine hatte im Regen stehen lassen?

Urban erzählte weiter von dem jungen Mann und von dessen Problemen. Wie dieser sich irgendwann übermannt fühlte, von all den Aufgaben, die er zu bewältigen hatte. Und dass er sich so sehr danach sehnte, dass ihn jemand an der Hand nahm und ihm die Aufgaben zwar nicht abnahm, aber ihn doch bei deren Bewältigung unterstützte. Ihm Vertrauen schenkte und damit sein Selbstvertrauen stärkte. Ihn Schritt für Schritt entwickelte, sodass der junge Mann wie von selbst in seine Aufgaben hineinwachsen konnte.

Die Worte berührten Raphael tief in seinem Inneren. So sehr, dass er die innerliche Ablehnung gegen seinen Professor aufgab. Er fühlte sich plötzlich angesprochen. Jedes einzelne von Urbans Worten bewegte Gerke. Denn diese Geschichte hätte auch seine Geschichte sein können. Der junge Mann, von dem sein Professor erzählte, kam auch einmal an den Punkt, an dem er alles hinwerfen wollte. Nach einiger Zeit hing Gerke förmlich an Urbans Lippen.

„Und was ist aus dem jungen Mann geworden?“, wollte Gerke wissen, als Urban fertig war.

„Er sitzt vor dir!“

„Du?“ Gerke war baff! Damit hatte er nicht gerechnet.

„Ja, ich bin das, und es ist meine Geschichte!“, sagte Urban schlicht. Gut, er hatte hier und da ein bisschen weggelassen und woanders ein wenig hinzugefügt. Aber schließlich heiligte der Zweck ja die Mittel. Es vergingen wieder einige Augenblicke des Schweigens. Gerke hatte in diesem Moment eine ganz besondere Hochachtung vor seinem Professor. Er fühlte sich von ihm verstanden, und da er ja nun den Werdegang Urbans kannte und wusste, was dieser erreicht hatte, zollte er ihm jetzt auch wieder den Respekt, den er vor einigen Jahren bereits für ihn empfunden hatte.

„Es ist deine Entscheidung, Raphael“, setzte Urban nach einer Weile wieder an. „Wenn es wirklich unüberwindliche Hindernisse für dich geben sollte, die dich vom Weitermachen abhalten, dann werde ich deine Entscheidung respektieren und dir keine Steine in den Weg legen. Ich werde es auf meine Kappe nehmen. Denn wenn ich es nicht schaffe, einen Mann wie dich dahin zu führen, wo er hingehört, nämlich ganz nach oben in der wunderbaren Welt der Physik, dann bin ich als Professor gescheitert!"

Wieder vergingen einige Augenblicke des Schweigens. Gerke war so tief berührt, dass er mit den Tränen kämpfte, und musste mehrmals schlucken.

„Und du würdest mir wirklich helfen?", fragte Gerke leise und mit zittriger Stimme. Urban wusste: Jetzt war er emotional aufnahmebereit und er glaubte, dass sein Doktorand ihm in diesem Moment die Berechtigung erteilt hatte.

„So wahr ich hier sitze!"

Gerke fühlte sich erleichtert und verstanden. Und plötzlich hatte er Vertrauen zu Urban gefasst. Das ging dem jungen Mann so nahe, dass er feuchte Augen bekam.

„Ich war auch nicht untätig", sagte Urban und schilderte Gerke all das, was er aus den Gesprächen mit den anderen Mitarbeitern herausgehört hatte. Daraus bastelte er einen ersten Lösungsvorschlag. Gerke fiel ein großer Stein vom Herzen. Er konnte wieder ein wenig Mut fassen, denn die Vorschläge, die Urban machte, waren wirklich ein echter Lösungsansatz. „Sag mir doch einfach, was du vorschlagen würdest! Was kann ich tun, damit es für dich einfacher ist?"

Raphael Gerke war am Ende dieses Gesprächs wieder voll da und redete sich endlich auch vor Urban seine akuten Probleme von der Seele. Er verschwieg ihm auch nicht, dass er zusätzlich eine Menge privater Probleme hatte. Urban hörte aufmerksam zu und gab an manchen Stellen ehrliche Tipps und Anregungen.

„Weißt du, Raphael", meinte Urban zum Schluss „ein kluger Mann, um einiges klüger als ich, sagte einmal zu mir: Probleme wurden erfunden, um gelöst zu werden. Und jetzt schlage ich vor, du fährst nach Hause und ruhst dich erst einmal aus!"

Voller Energie und Tatendrang stand der junge Doktorand auf. „Nein, Max! Ich gehe erst noch runter ins Labor! Es liegen ein paar Dinge an, die nur ich erledigen kann. Gestern war das nicht mehr mein Ding. Aber jetzt schon! Danach fahr ich nach Hause. Ist das okay für dich?“

„Wenn es für dich okay ist, dann ja!“

Überglücklich, voller Energie und erneut mit Tränen in den Augen bedankte sich Gerke bei Professor Urban. Urban hatte es noch nie so sehr mit körperlicher Nähe gehalten, doch als die beiden im Türrahmen standen, fasste er seinen Doktoranden mit beiden Händen an den Schultern, umarmte ihn dann und sagte: „Wir kriegen das schon hin, Raphael. Glaub mir!“

„Danke, Max! Ich danke dir wirklich sehr!“, schniefte Gerke und verharrte einen Augenblick in Schweigen. „Mensch Professor, das hätte ich nicht von dir erwartet. Ich meine fast, ich träume!“

„Nein, Raphael!“, antwortete Urban. „Du träumst nicht. Ich habe geträumt!“

**Atilla Vuran** ist Unternehmer, Autor von mehreren Büchern und leitet seine eigene Leadership-Akademie. Neben seiner entwickelnden Tätigkeit für Führungskräfte in Unternehmen gibt er zusammen mit Professor Gunnar Seide Workshops für Professoren.

Sein Arbeitsschwerpunkt ist die Begleitung seiner Kunden zu einer gelingenden und erfolgreichen Führung und Kommunikation. Um dieses zentrale Thema geht es auch in seinem Buch *Kommunizieren heißt scheitern*.

Ein besonderes Augenmerk richtet Atilla Vuran auf die Entwicklung junger Wissenschaftler während ihrer Promotionszeit, und zwar aus einer überfachlichen Perspektive unter dem Gesichtspunkt ihrer Fähigkeit, sich selbst führen zu können. Hierzu verfasste er mit Professor Gunnar Seide das Buch Promovieren heißt scheitern, in dem zentrale Themen der Selbstführung, zugeschnitten auf die Bedürfnisse eines Promovierenden, fundiert dargelegt und praxisnah beschrieben werden.

Zu allen Bereichen hält er Impulsvorträge und führt Seminare bzw. Workshops durch.

Mit dem Buch *Mensch Professor* veröffentlichen Atilla Vuran und Gunnar Seide nun ihren ersten Roman, in dem sie viele ihrer Gedanken und Erkenntnisse zum Thema „Führung in Forschungseinrichtungen" in unterhaltsamer und packender Form den Lesern zugänglich machen.

**Prof. Dr.-Ing. habil. Dipl.-Wirt. Ing. Gunnar Seide** habilitierte an der RWTH Aachen University und hat heute einen Lehrstuhl für Polymer Engineering in den Niederlanden inne. Sein Forschungsschwerpunkt liegt im Bereich der nachhaltigen Polymerwerkstoffe.

Viele der von ihm betreuten Promotionen wurden mit international anerkannten Preisen ausgezeichnet. Eine wesentliche Erkenntnis seiner Arbeit mit den Promovierenden besteht darin, dass die Widerstände während des Promovierens in der Regel nicht fachlicher Natur sind.

Zusammen mit dem Führungsexperten Atilla Vuran untersuchte er diese Widerstände genauer – und schrieb dazu das Buch *Promovieren heißt scheitern,* in dem er typische Situationen, in die Promovierende geraten können, in kurzweiligen Geschichten vorstellt. Nach jedem Kapitel folgen ein Theorieteil und Lösungsideen. Mit dem Buch möchte Gunnar Seide Promovierenden ein Instrument an die Hand geben, um ihre Kompetenzen im Bereich der Selbstführung zu stärken, und sie somit auch überfachlich entwickeln.

Mit dem Buch *Mensch Professor* veröffentlichen Atilla Vuran und Gunnar Seide nun ihren ersten Roman, in dem sie viele ihrer Gedanken und Erkenntnisse zum Thema „Führung in Forschungseinrichtungen“ in unterhaltsamer und packender Form den Lesern zugänglich machen.

# **PROMOVIEREN** HEISST **SCHEITERN**

## DAMIT SIE AM SCHEITERN NICHT SCHEITERN

Ein Konzept zur Selbstführung und Selbstverantwortung

www.promovieren-heisst-scheitern.de

Viele Promovierende hadern im Laufe ihrer Promotion mit der Sinnhaftigkeit ihres Vorhabens oder möchten aus ihrem Promotionsvorhaben mehr herausholen. Die Lösung liegt oft in der Selbstführung und Selbstverantwortung, und genau hier hakt dieses Buch ein: Es liefert vielfältige Ideen und Anleitungen, um die Selbstführungskompetenz zu stärken. WOFÜR wollen Sie WIE promovieren? Das ist die Leitfrage dieses Buches, das sich an Doktoranden, Lehrende, Weiterbildungszentren von Universitäten und an jeden richtet, der sich für Selbstführung interessiert. Führen Sie sich selbstverantwortlich auf hohem Niveau. In Ihrer Promotionszeit und auch später als Führungskraft in Ihrem Fachgebiet.

**Atilla Vuran** ist Autor und Inhaber der Leadership Inhouse Akademie. In den vergangenen Jahren hat er in vielen Hochschulinstituten Doktoranden während der Promotion begleitet. Mit diesem Buch möchte er den Promovierenden ein Hilfsmittel zur Verfügung stellen, damit sie die Herausforderung während der Promotionszeit leichter bewältigen können.

**Prof. Dr.-Ing. habil. Dipl.-Wirt. Ing. Gunnar H. Seide** ist Professor für Polymer Engineering an der Maastricht University in den Niederlanden und forscht und lehrt dort zum Thema biobasierter Materialien. Zuvor promovierte und habilitierte er an der RWTH Aachen und baute während dieser Zeit eine Forschungsgruppe mit mehr als 30 Promovierenden auf, die er als Privatdozent betreute.

**Mit einem Vorwort von Prof. Ferdi Schüth,** Vizepräsident der Max-Planck-Gesellschaft

**PROMOVIEREN HEISST SCHEITERN**
**Damit Sie am Scheitern nicht scheitern**
**Ein Konzept zur Selbstführung und Selbstverantwortung**
Hardcover, 242 Seiten
ISBN 978-3-7664-9942-4

# WIE SIE MIT **EMOTIONALER AUFNAHMEBEREITSCHAFT** UND **BERECHTIGUNG** BRÜCKEN BAUEN

## DAMIT SIE AM SCHEITERN NICHT SCHEITERN

www.kommunizieren-heisst-scheitern.de

Gerade im Zeitalter von WhatsApp und Co. ist eine gelungene Kommunikation wichtiger denn je. Warum aber scheitern wir dann so oft in unseren Gesprächen, warum entstehen so viele Missverständnisse? Unsere Erfahrung zeigt: Der Fokus in Gesprächen wird zu oft auf den Inhalt gelegt. Nur wenn wir und unser Gegenüber auch emotional aufnahmebereit sind und uns die Berechtigung geben, zu kommunizieren, gelingt der Austausch. Erfahren Sie, wie Sie die Basis für eine erfolgreiche Kommunikation legen, um andere Menschen besser verstehen, erfolgreich überzeugen, zum Handeln anregen und führen zu können.

**Atilla Vuran**
Aufnahmebereitschaft und Berechtigung schaffen, immer wieder reflektieren und sich selbst durch Scheitern weiterentwickeln – das treibt Atilla Vuran seit über 20 Jahren an. Er ist Unternehmer, Autor von mehreren Büchern und leitet eine eigene Leadership-Akademie.

**Dr. Nina Harbers**
Als Ingenieurin hat Nina Harbers immer wieder festgestellt, dass fundiertes Fachwissen alleine nicht ausreicht, um Menschen wirkungsvoll überzeugen und führen zu können – auch Aufnahmebereitschaft und Berechtigung sind hierzu der Schlüssel.

**KOMMUNIZIEREN HEISST SCHEITERN**
**Emotionale Aufnahmebereitschaft und Berechtigung**
**Die Schlüssel zur Kommunikation der Zukunft**
Hardcover, 420 Seiten
ISBN 978-3-7664-9946-2

## FAILING TO SUCCEED

# **THE ROCKY ROAD** TO EARNING **YOUR DOCTORATE**

A blueprint for self-guidance and personal responsibility

Sooner or later, many doctoral candidates have doubts as to whether the journey they have embarked on really makes sense for them, and/or want to get more out of their investment of time and energy. The solution often lies in self-guidance and personal responsibility – which is where this book comes in. It offers various ideas and suggestions for how to strengthen your competency in self-leadership. What do you want to earn your doctorate for, and how? That is the central question of this book, which is aimed at doctoral candidates, teachers, university training centres, and all people interested in self-leadership. Lead yourself on a high level, taking full responsibility for yourself – during your doctoral journey, and, going forward, as a leader in your field of expertise.

"This book opens a whole series of windows for self-awareness and self-help that are useful during your doctoral journey and beyond. This book will definitely stay with you over your subsequent professional life."
**Prof. Dr. Martin Paul,**
**President Maastricht University**

"The implementation concept behind 'The Rocky Road to Earning Your Doctorate' is fascinating."
**Prof. Dr. med. Stefan Jockenhövel,**
**RWTH Aachen University**

**With**
**a foreword of**
**Prof. Ferdi Schüth,**
Vice President of
Max-Planck
Gesellschaft

**FAILING TO SUCCEED –**
**THE ROCKY ROAD TO**
**EARNING YOUR DOCTORATE**
**A blueprint for self-guidance**
**and personal responsibility**
Hardcover, 229 Pages
ISBN 978-3-7664-9950-9